KB265987

남의 불행을 먹고 사는 사람들

남의 불행을 먹고 사는 사람들

남의 불행을 먹고 사는 사람들

이동원 소설집

라곰

추천의 글

'그알', '꼬꼬무' PD로 세상의 충격적인 사건들을 추적해온 작가가 펼치는 상상의 나래. 첫 장을 펼친 후 손에서 놓지 못하고 재밌게 읽는 사이, 나도 모르게 다양한 직업의 세계를 경험한다. 그런데 신기하고 이상한 '남의 얘기'를 긴장과 스릴 속에 재밌게 들여다보다가 갑자기 목뒤에 소름이 돋는다. 어? 이 극단적인 욕망과 감정이 아주 낯설지만은 않은 이유는 뭘까? 혹시… 내 안 깊은 곳에도?

■ **표창원**(프로파일러, 『카스트라토 : 거세당한 자』 저자)

법정에서 수많은 사람들을 만나 얻는 영감으로 글을 풀어내며 살다 보니, 저처럼 15년간 다양한 사람들을 만나온 이동원 PD의 소설이 기대되었습니다. 현실을 기반으로 이토록 흥미로운 소설을 풀어낸 그의 상상력에 참으로 놀랐습니다. 10편의 단편을 읽는 내내, 마치 매번 다른 드라마를 보는 듯한 몰입감을 느꼈습니다. 책장을 넘기는 순간, 독자는 더 이상 관찰자가 아닌 사건의 한가운데 서 있는 당사자가 될 것입니다. 여러분도 이 강렬한 이야기에 기꺼이 압도당하시길 바랍니다.

■ **최유나**(변호사, 드라마 〈굿파트너〉 작가)

평온한 일상에 사건이 개입하면 장르가 변하고, 고요한 수면에 사연이 던져지면 파동을 일으킨다. 물결을 리듬 삼아 올라탄 이야기들엔 다채로운 인물들과 흥미로운 전개로 몰입해 읽는 소설적 즐거움이 충만하지만, 가만히 보면 책 속 모든 순간이 우리 주변에 도사리고 있는 듯하다. 다시금 제목을 상기해보면 마냥 웃거나 울기가 겸연쩍어진다. 나는 무얼 먹고 살고 있을까?

■ **신소율**(배우, 『나를 만든 말』 저자)

방송으로는 다 보여주지 못할, 말할 수 없는 이야기들이 있다. 방송국에는 심의규정이 있기 때문이다. 말할 수 없는 사건과 사고, 수많은 인간의 사연들이 모여 저자의 가슴속에 새로운 세상을 만들었고 그곳에서 살아가기 시작했다. 이 책은 바로 그 세상의 이야기들이다. "방송에서 할 수 없는 얘긴데 너한테만 이야기 해줄게"라며 빠져들게 하는 이야기. 이동원 PD가 이동원 작가가 되어주어 너무 감사하다.

■ **고명환**(작가, 『고전이 답했다 마땅히 살아야 할 삶에 대하여』 저자)

그가 이토록 글까지 잘 쓸 줄이야. 읽고 있다는 사실 자체를 잊어버릴 정도로 이야기에 빨려 들었다. 〈그것이 알고 싶다〉에 출연할 법한 기구하고 이상하며 때로는 환상적인 사건들이 한 사람의 시선에서 펼쳐진다. 순수하게 재미있고 흥미롭다. 분명 그가 '남의 불행'을 목도하고 이입했기에 탄생한 글들일 것이다.

■ **남궁인**(응급의학과 전문의, 『몸, 내 안의 우주』 저자)

행복은 가볍지만 불행은 지독하게도 무겁다. 범죄 피해자로서 나는 남의 불행을 먹고 사는 사람들을 보았지만 그들을 증오할 수 없었다. 그들 역시 불행을 원하지는 않았을 터이다. 이 책은 불행으로 가득하지만 그 이야기들은 언제나 그렇듯 나를 단숨에 매혹시켰다.

■ **김진주**(『싸울게요, 안 죽었으니까』 저자)

차례

☐ 3일 전 와이프가 사라졌을 뿐	9
☐ 일요일의 소아과	39
☐ 당신 사주에 금이 없다면	61
☐ 무대라면 어디든 달려갑니다	89
☐ 나의 프로파일링 비밀 노트	119
☐ 아직 특종은 끝나지 않았다	145
☐ 재심은 만루홈런처럼	179
☐ 문지기 박계장의 임무는 무엇인가	221
☐ 독기에 잠식당한 열아홉 내 영혼	251
☐ 가해자 H의 피해일지	287
☐ 작가의 말	330

3일 전 와이프가
사라졌을 뿐

□ 직업	회사원
□ 나이	44세
□ 성별	남자
□ 특징	와이프 실종 상태

1.

　와이프가 3일째 집에 들어오지 않는다. 처음 하루는, 솔직히 말하면 편했다. 설거지를 하고, 중1 쌍둥이들 숙제를 봐주고, 세탁기를 돌리고, 건조대를 펴서 빨래를 널었다. 이걸 내가 혼자 다 해야 한다는 게 귀찮긴 했지만, 동시에 좋기도 했다. 억지로 감정을 만들어내며 이어가는 대화가 없다는 건, 내 기준에선 충분히 휴가에 가까웠으니까.

　셋째 날 아침, 밥 먹으면서 애들한테 슬쩍 물었다.

　"너희, 엄마 어제도 안 들어온 거 알아?"

　쌍둥이 중 딸아이가 고개를 끄덕였다.

　"응, 아빠. 근데 엄마 어디 간 거야? 언제 온대?"

"글쎄, 아빠도 모르는데 별로 안 궁금하네"라고 말하려다 꾹 참았다. 그런 말을 하면 이상한 사람처럼 보일 거다. 그래서 나는 최대한 정상적인 아빠처럼 굴어보려고, 이렇게 대답했다.

"곧 오실 거야. 좋은 일 생겼다고 나갔잖아. 맛있는 거 먹으러 간다고."

그 말은 진짜였다. 그날 와이프가 그렇게 말했다. 좋은 일이 생겨서, 맛있는 걸 먹으러 간다고. 기분도 좋아 보였다. 그러고 보니 '좋은 일'이라는 게 뭘까? 나는 그날 집에서 애들이랑 저녁을 먹었는데.

오후엔 처갓집에서 연락이 왔다. 와이프랑 통화가 안 된다고 했다. 와이프가 일하는 동네 부동산 사장도 전화를 걸어왔다. 아내와 연락이 두절되었다는 말에 부동산 사장은 무척 놀랐다.

"그냥 평소처럼 퇴근했는데 어떻게 된 걸까요? 아, 좋은 일 생겨서 맛있는 거 먹으러 간다고 말하긴 했어요."

좋은 일. 그 좋은 일이 도대체 뭔지. 무슨 의미로 그런 말을 했을까. 말뜻이 궁금할 뿐이지 마음이 불안해지는 건 아니다. 그냥, 아무 정보도 없는데 반복되는 단어가 있으면, 맞춰보고 싶은 마음이 드는 거 아닌가. 수수께끼 퍼즐처럼.

"그럼 실종 신고는 한 거죠?"

실종 신고를 안 하면 또 이상해 보이겠구나. 사장과 통화를 마치자마자 집 앞 파출소에 가서 실종 신고를 했다.

파출소 내부는 커피 냄새와 먼지, 오래된 프린터 토너 냄새가 섞여 있었다. 책상 위에 쌓인 서류 더미 옆에서, 근무 중이던 젊은 경찰이 내 이야기를 대충 듣더니, 옆에 앉아 있던 나이 든 경찰 쪽으로 나를 밀었다.

"실종이면 선배님이 전문이시잖아요."

선배라는 경찰은 50대 중년의 남성이었다. 근데 왜 실종 전문이지. 설마 가족들이 수시로 가출을 하는 건가. 그는 사무적인 목소리로 인사도 없이 이렇게 물었다.

"최근에 부부싸움 하신 적 있으세요?"

곰곰이 생각해봤다. 지난 한 달 동안, 와이프가 나에게 욕을 한 적은 있었다. 꽤 여러 번, 많이 있었다. 근데 그건 우리가 싸웠다기보다는 일방적으로 그녀가 화를 낸 것이었다. 나는 그냥 듣고 있었다. 그걸 싸움이라고 부를 수 있을까.

"아니요. 싸운 적은… 없어요."

형사가 고개를 갸웃했다.

"그럼 고부 갈등은요? 시어머니랑 사이가 안 좋거나. 아니면 사모님이 도박을 한다든가."

어머니는 이미 오래전에 돌아가셨고, 와이프는 고스톱도 칠 줄 모르는 사람이다. 고스톱 치는 사람들 얘길 들을 때마다, 룰이

복잡해서 머리가 아프다고 했다. 보기와 달리, 머리가 꽤 나쁜 여자긴 하니까.

"아뇨. 전혀 없었습니다."

그러자 형사가 한숨을 쉬며 내게 이렇게 물었다.

"그럼 왜 3일이나 지나서 신고하러 오신 거예요, 바로 안 오시고?"

그 질문에 대한 답이 제일 어려웠다.

"그냥… 금방 집에 올 것 같아서요."

잠깐 정적이 흘렀다. 파출소 경찰들이 나를 한심한 사람 보듯 쳐다봤다. 그 눈빛이 굉장히 익숙했다. 학창 시절부터 자주 보던 눈빛이었다. '얘는 뭔가 좀 이상하다'라는 뜻을 담은 눈빛.

"집에 애들이 있어서요. 빨리 찾아주세요."

이상해 보이지 않으려고 서둘러 덧붙인 말이었는데, 더욱 앞뒤가 맞지 않았다. 집에 금방 올 것 같아서 신고도 안 했다면서, 이제 와서 애들이 있으니 빨리 찾아달라니. 하지만 선배라는 경찰은 별말 없이, 실종 접수증 같은 걸 한 장 주면서 소식이 있으면 알려주겠다고 했다.

실종 신고를 마친 나는 마트에 갔다. 마침 밀키트가 세일 중이었다. 장바구니에 부대찌개, 불고기전골, 순대볶음까지 골고루 담았다. 떨이로 나온 샤인머스캣도 두 송이나 샀다. 오늘 장보기는 제대로 선방했다.

2.

다음 날 오전, 모르는 번호로 전화가 왔다.

"와이프 실종 신고하신 분 맞으시죠? 천마경찰서 특별수사본부에서 연락드렸습니다. 저희가 수사를 담당하게 되어서요."

전화를 건 형사는, 아내가 납치되었을 가능성이 크다고 했다. 최근 수면 위로 떠오른 '충남 연쇄 여성 납치 사건'의 피해자인 것 같다는 설명이었다.

해당 사건에 대해 뉴스에서 본 적 있냐고 묻길래, 있다고 대답했다. 하지만 몇 가지 단어만 기억날 뿐 내용은 잘 몰랐다. 그게 나와 연결될 거라고는 전혀 생각하지 못했다. 친절하게 수사 상황을 설명하는 그에게 나는 제일 궁금한 것부터 물었다.

"그럼 와이프를 못 찾는 건가요?"

너무 태연하게 물어서였을까, 수화기 너머 형사는 한참 대답이 없었다. 침묵 속에서 나는 이 질문이 부적절했나 계산해봤다. 하지만 이미 해버린 말을 주워 담을 수는 없었다.

형사는 대답 대신, 오늘 수사본부에 나올 수 있는지 물었다.

협조가 필요하다고 했다.

아, 일찍 전화했으면 연차를 냈을 텐데. 이미 아침에 출근한 터라 상황이 애매했다. 그렇다고 안 갈 수는 없었다. 고민 끝에 나는 점심 이후에 오후 반차를 내고 가겠다고 말했다.

또 한참 대답이 없다가, 형사는 "급하신 줄 알았는데… 뭐, 네, 그럼 편할 때 오셔도 됩니다."라고 말한 뒤 전화를 끊었다. 대체 뭐가 편할 때라는 걸까. 그럼 내일 가도 된다는 건가.

오후에 가야겠다고 판단하고 반차를 신청하자, 집요한 사장이 꼬치꼬치 이유를 캐물었다. 그래서 별생각 없이 말해버렸다. 와이프가 실종되었는데 연쇄 납치 사건의 특별수사본부에서 오라고 했다고. 내 걱정으로 회사 전체가 난리가 났다. 걱정인 건지 호기심인 건지 의심스럽긴 했지만, 아무튼 다들 호들갑을 떨었다. 심지어 사장은 와이프를 찾기 전까지 사무실에 안 나와도 된다고 했다. '월급은 주는 건가요?'라고 물으려다 가까스로 참았다. 떼먹고도 남을 사람이긴 한데.

경찰서에 갔을 때, 예상보다 많은 사람들을 보고 놀랐다. 말만 '특별수사본부'가 아니라, 명패까지 그럴싸하게 걸려 있었다. 경찰들은 분주하게 움직였고, 화이트보드에는 실종자들의 이름과 얼굴, 지도와 동선이 가득 붙어 있었다. 그 끝에 와이프의 주민등록 사진과 이름도 함께 붙어 있었다. 생각보다 빠르게 움직이네.

조사를 받는 내내 나는 덤덤했다. 솔직히 말하면, 나는 그 여자가 실종되든 살해되든 관심이 없다. 우린 애초에 서로를 찾아다닐 만큼 애틋한 사이가 아니었으니까.

와이프에게는 딴 남자가 있었다. 남편으로서 모른 척하기 어려울 정도로, 대놓고 딴 남자를 만나고 다녔다. 처음 집 앞 부동산에서 알바를 시작할 때도, 영업 때문에 회식이 잦다고 했다.

하지만 사실이 아닌 걸 알고 있었다. 동네 부동산이 영업을 해봤자 얼마나 하길래 회식이 많겠는가. 질투심은 들지 않았다. 다만 그 남자가 궁금하긴 했다. 어떻게 생긴 사람일까. 머리는 똑똑할까. 그걸 알고 싶어 내가 가끔 떠볼 때마다, 와이프는 항상 이렇게 쏘아붙였다.

"당신은 공감 능력이 하나도 없어. 꼭 사이코패스랑 사는 것 같아!"

그 말은, 사실 틀린 말은 아니었다. 나는 공감 능력이 없다.

"왜 내가 힘들다고 말해도 표정이 그래? 내 마음이 이해가 안 돼?"

내 기억이 존재한 시절부터 언제나 들어왔던 비난.

"넌 가끔 감정이 안 보여. 꼭 변온동물 같아."

학창 시절 선생님과 친구들도 내게 와이프와 같은 말을 하곤 했다. 아, 친구라고 부르는 것도 안 맞겠구나. 친구라는 건 서로의 감정을 주고받고, 비밀을 털어놓고, 그런 경험적 시간이 축적된 사이라던데, 나는 그런 걸 해본 적이 없으니까. 그들을 그냥 '같은 반 학생'이라고 표현하는 편이 더 정확할지도 모른다.

아무튼 나는 남의 감정에 관심 있는 척 하는 게 무척 힘들었다. 누가 울고 있으면, 그 울음의 이유가 궁금하기보다는, 언제까지 울 건지, 내가 그 자리를 떠날 수 있는 타이밍이 언제인지만 궁금했다.

그러니 어쩌면… 진짜 나는 사이코패스일지도 모른다. 근데 사이코패스라고 다 살인을 하는 건 아니다. 세상엔 살인을 하지 않는 사이코패스도 있다. 뉴스에 나오지 않는, 상대적으로 평범한 쪽에 속하는 공감 무능력자. 그래도 귀찮은 일을 없애고자, 일반 사람처럼 보이려고 무척이나 노력해왔다. 남들을 챙겨야 할 타이밍을 관찰해서 기록한 뒤 외웠다. 생일 등 기념일에 대처하는 법, 몸이 아플 때, 회사에서 스트레스를 받을 때 반응하는 행동요령.

연애하던 시절 와이프는, 무심한 척 신경 쓰려 노력하는 내가 무척 마음에 든다고 했다. 그것도 사실 일반적인 '남자친구'라는 존재들이 하는 행동을 찾아보고 외운 것뿐이지만 말이다. 누군가를 위해서가 아니라, 이상하게 쳐다보는 주변의 시선을 피하며 살기 위해서였다.

3.

결혼이란 건 사회적 일상과는 매우 달랐다. 매일 얼굴을 마주하고 살다 보니, 수시로 부딪쳤고 와이프는 내게 점점 더 화를 냈다. 감정이 격해진 와이프를 보며 나는 매번 그러려니 했다. 결혼 생활에서는 매뉴얼화된 행동 요령을 만드는 것이 불가능했다. 가끔은 이렇게 화낼 일인가, 계산해보기도 했지만, 답은 나오지 않았다.

와이프는 예고했던 것처럼 회식을 핑계로 밤늦게 들어오기 시작했다. 다음 날도, 그다음 날도, 동료들과 회식이 있었다며 새벽에 들어왔다. 새벽은 점점 길어져, 이른 아침이 되기도 했다. 그러다 가끔은 이런저런 핑계를 대며 외박까지 일삼았다. 그렇게 살아온 지 어언 10여 년이었다. 그런데 갑자기 연쇄 납치 사건의 피해자라니, 의아했다. 솔직히 그럴 것 같지는 않았다. 내가 형사라면 그냥 와이프의 애인을 찾아서 물어볼 것 같다. 와이프가 지금 어디 있냐고.

문제는 내 예상과 달리 그 애인이라는 남자가 아니라, 남편인 내가 용의선상에 올랐다는 것이다. 일반적인 남편과는 다른 내 태도 때문이었을 것이다. 나는 단 한 번도 눈물을 보이거나 "제발 좀 찾아 달라"며 애원하지 않았다. 물론 그런 감정을 표현해야 될 것 같다고 생각했지만, 그건 나의 하찮은 연기 실력으로 애초에 불가능하기에 시도조차 하지 않았다. 연습한 적도 없었고. 그저 뭐든 무덤덤하게 묻고 대답하는 내 모습이 형사들이 보기에는 이상한 면이 있었을 것이다. 비과학적인 직감을 믿고 사는 직업군이니 나를 쉽게 의심하는 건 합리적인 수순이긴 했다.

그날 이후 형사들이 나를 미행하기 시작했다. 와이프를 찾는다며 이웃 주민들을 만나고, 내 직장 동료들에게 나에 대해 묻고 다녔다. 그들이 하는 모든 행동은 와이프를 찾으려는 듯 보였지만 동시에 나를 관찰하는 행위인 것 같았다.

나는 개의치 않았다. 이 수사 과정을 통해 얻고 싶은 답이 따로 있었기 때문이다. 내가 오래전부터 가지고 있던 진짜 궁금증. 우리 집에서 나와 함께 사는 쌍둥이 아이들은 진짜 내 자식일까? 아니, 답은 확실했다. 분명 친자가 아니다. 그냥⋯ 안다. 알 수밖에 없다.

아이들이 태어났을 때부터, 나는 한 번도 이 아이들을 보며 '나와 닮았다'는 감정을 가져본 적이 없다. 사람들은 눈이 닮았다, 입이 닮았다 말했지만, 그 얘길 듣는 동안에도 머릿속에서는 다른 계산을 하고 있었다.

'이 정도면 통계적으로 거의 모든 아이들에게 닮았다는 말을 할 수 있지 않나?'

쌍둥이들이 자라면서, 그 확신은 점점 더 강해졌다. 표정, 말투, 습관, 취향. 어느 것 하나 나와 겹치는 부분이 없었다. 안 닮았다는 게 문제가 아니라, 느낌 자체가 달랐다. 게다가 두 아이는 똑똑했다. 와이프도 나도 머리가 나쁜데 아이들은 정말 똑똑했다. 그냥… 내 유전자와는 구조가 다른 존재들 같았다.

나는 와이프의 성격을 기준으로 삼아 진짜 아빠를 가늠해봤다. 이 아이들의 성격에서 와이프의 성격을 빼고 남은 부분이, 아이들의 다른 그 절반이, 어쩌면 진짜 아빠의 성격일지도 모른다. 그렇게 생각하고 보면, 가끔씩 아이들의 말투와 행동 속에서, 내가 한 번도 본 적 없는 어떤 남자의 그림자가 스쳐 지나갔다.

와이프의 애인이라는 그 남자가 아이들의 친부일까. 맞다면, 아이들을 그 집으로 보내야겠다고 생각했다. 아이들은 친부와 살고, 나는 혼자 산다. 그게 효율적이면서도 자연의 섭리에도 맞다. 이번 기회에 형사들이 아이들의 친부를 찾아서 정리해주면 좋을 것이다. 국가 기관이 나서서 유전자에 맞춰 가족 관계를 재정립해주면, 나로서는 아주 편리한 일일 테니까.

마음은 절실한데, 형사들에게 그런 나의 바람을 어떻게 전해야 할지, 도통 방법이 떠오르지 않았다. "우리 집 쌍둥이들은 제 아이가 아닌 것 같은데요"라는 말을 먼저 꺼내는 순간, 나를 바라보는 모든 시선이 더 이상해질 게 뻔했다.

4.

분주한 일주일이었다. 형사들이 협조라는 명목 아래, 나를 계속 경찰서로 불렀다. 벌써 세 번째 참고인 조사였다. 유난히 형사들의 질문이 길어진 날이었다. 이젠 실종자 가족을 도와주는 건지, 나의 피의자 조서를 쓰는 건지도 서로 헷갈릴 정도였다.

쉬는 시간엔 어김없이 믹스커피가 나왔다. 경찰서에서 타주는 설탕과 프림이 적당히 섞인 커피. 나는 그게 싫지 않았다. 쓰지도 않고 달지도 않은 애매한 맛이, 사람들의 평균의 맛 같아서. 나는 한 모금씩 마시다가 종이컵 바닥까지 다 비웠다. 막내 형사는 내가 종이컵을 내려놓자마자, 슬쩍 집어 들며 말했다.

"선생님, 이거는 제가 버려드릴게요."

내 DNA가 필요한 건가? 번거롭게 굳이 그럴 필요 없는데. 그냥 나한테 말을 하지. 원한다면 헌혈하듯 피를 빼서 줄 수도 있는데. 다시 조사가 시작되자, 형사가 조심스럽게 입을 열었다.

"선생님, 이 상황에서 외람된 질문입니다만… 수사를 위해서, 혹시나 하고 여쭤보는 겁니다."

"네."

"혹시, 아내분이… 다른 사람을 만나거나 하진 않았을까요?"

나는 잠깐 '아…' 하고 입을 떼었다.

그 순간 형사가 허겁지겁 손사래를 쳤다.

"아아, 죄송합니다. 힘드시면 말 안 하셔도 됩니다."

드디어 내가 알고 있는 정보를 말할 수 있는 타이밍이 왔는데, 말하지 말라니. 그럼 해야 되나 말아야 되나. 일반 사람들은 이런 상황에서 어떻게 행동할까. 어려운 척하며 겨우겨우 말하겠지? 나도 그들처럼 천천히, 또박또박, 어려운 얘기를 꺼내는 듯 말하면 된다.

"사실… 예전에 와이프의 내연남에 대한… 정보를 수집한 적은 있습니다."

연기하기가 정말 어려웠다. 머릿속으로는 목소리 떨림과 숨 고르기 타이밍까지 계산했지만, 결론적으로 어색한 티가 너무 났다.

'바람 피운 것 같았어요'라는 말이 아니라, '정보를 수집한 적은 있습니다'라니. 너무 남 일처럼 얘기하는 느낌이지만 어쨌든 말은 뗐으니 다 전해야지. 나는 와이프의 '애인'으로 추정되는 남자에 대해 구체적인 정보를 가감 없이 다 쏟아냈다. 그런데 그 어떤 형사도 그걸 받아적지 않았다. 이미 형사들은 그 남자의 존재를 알고 있었고, 어느 정도 조사를 해둔 상태였던 거다. 그런데 왜 나에게도 물어봤을까. 그 순간 이해가 되었다.

'아, 그 애인이라는 작자가 나를 범인으로 지목한 거구나.'

실종 이후 처음으로, 가슴속에 불덩이가 타올랐다. 감정이 불타오른다기보다, 내 계획이 방해받았다는 의미에서의 분노에 가까웠다.

아니다. 지금은 화낼 때가 아니다. 일단은 진정하고, 좋은 생각만 하자. 만일 쌍둥이 아이들의 진짜 아버지를 찾는다면 어떨까. 아이들을 친부에게 인계하면, 우리 집은 텅 빌 것이다. 그러면 방이 남는다. 남는 방을 어떻게 꾸미면 좋을까. 방 하나에는 캔버스를 두고 그림을 그리면 좋겠다. 잘 그리지 못하더라도 괜찮다. 누구 눈치도 보지 않고, 색칠을 할 수 있다는 것만으로도 충분하다. 거실 한쪽에는 오래된 스피커와 턴테이블을 놓고, 벽면에는 LP를 꽂아두는 선반을 만들어 작은 LP 바처럼 꾸미면 좋겠다. 주방 선반에는 계절마다 다른 과일과 술을 담은 담금주 병들을 줄 세워두고, 유리병에 붙은 날짜와 메모를 보면서 시간의 흐름을 기록할 수 있으면 좋겠다. 베란다에는 바질, 로즈메리, 민트 같은 허브 화분들을 놓고, 물을 주면서 잎을 만져보고 향을 맡아보는 정도의 관계를 맺으면 충분하다.

그러려면 이 형사들을 시켜, 아이들의 친부를 확인해야만 한다. 어떻게 하면 자연스럽게 DNA 검사를 유도할 수 있을까.

내가 아이들이 내 자식이 아니라는 확신이 있다는 걸, 얼마나 솔직하게 말해야 할까. 너무 솔직하면, 이 사람들은 나를 더 이상한 눈으로 볼 것이다.

나는, 일반적인 사람들이 공감을 끌어내는 방식을 써보기로
했다. 마음속으로 문장을 가다듬은 다음 형사에게 말을 건넸다.

"혹시요. 그런 생각 해보신 적 있으세요? 내 자식이 어쩌면 내
자식이 아닐지 모른다는 생각."

형사의 미간이 일그러졌다.

"네?"

"형사님이 만일 그렇다면 어떨 것 같으세요? 딸이… 내 딸이
아니라면."

"선생님, 갑자기 무슨 얘길 하시는 겁니까?"

역시, 공감을 이끌어내는 데 실패했다. 결국 어디든 먹히는 건
정공법뿐인 건가.

"저는 내 자식이 내 자식이 아닌 것 같아서요. 혹시, DNA 검
사 한 번만 해주실 수 있을까요?"

황당한 표정을 짓던 형사는, 말문이 막혔는지 의논해보겠다며
잠시 자리를 비웠다. 아마도, DNA 검사를 해줄지 말지 의논하기
보다는, 갈수록 남편이라는 사람이 의심된다고 보고하러 간 것일
테다. 악수를 뒀다. 어떻게 다시 만회하지. DNA 검사를 꼭 해야
하는데.

5분쯤 지났을까. 형사가 팀장이라는 사람과 함께 돌아왔다.

"선생님, 아이들 머리카락을 뽑아서 여기에 담아 오시면 됩니

다. 모근이 상하지 않게, 잘 뽑으셔야 해요."

형사는 작은 지퍼백과 핀셋을 내민다. 오, 내 얘기를 왜 들어주는 거지? 일종의 테스트 같은 건가? 아니면 아버지의 진정성이나 가족애를 확인하려는 건가? 뭐든 상관없다. 어쨌든 나는, 덕분에 친자 여부를 확인할 수 있게 되었으니까.

그날 밤, 아이들이 자는 사이 나는 머리카락을 하나씩 뽑기 시작했다. 두 아이를 깨우지 않고 뽑으려고, 매우 천천히 신중하게 움직였다. 모근도 꼭 챙겨야 하니까. 근데 혹시 부족해서 검사에 실패할까 봐, 아이마다 30가닥씩 뽑았다. 그러느라 밤을 꼴딱 새웠다. 하지만 곧 찾아올 미래의 해방감 덕분인지 피로를 전혀 느끼지 못했다. 까만 머리카락으로 가득 찬 작은 지퍼백을 보고, 다음 날 형사들은 기겁했다.

"세 가닥만 있으면 되는데요. 굳이…."

그건 난 몰랐지. 얘길 안 했잖아. 형사들은 서류를 내밀며, DNA 검사에 동의한다는 서명을 해달라고 했다. 나는 빠르게 서명했고, 그들은 그걸 노란 봉투에 넣어 국과수로 보낸다고 했다.

"일주일 정도면 결과 나옵니다."

그렇게 말하면서, 팀장이라는 사람이 한마디를 덧붙였다.

"죄송합니다. 저희가 사모님을 빨리 찾아드려야 하는데… 최선을 다하고 있으니, 조금만 기다려주십시오. 어딘가 잘 계실 겁니다.”

나는 고개를 끄덕이며 대답했다.

“괜찮습니다. 천천히 해주셔도 됩니다.”

'천천히'라니! 내 말에 형사들의 표정이 싹 굳어버렸다. 어떤 실종자 가족이, 천천히 찾아달라는 말을 할까. 나도 그런 뜻은 아니었다. 그냥, DNA 검사 결과가 먼저 나왔으면 좋겠다고 생각하다 나온 말이었다.

일주일 뒤, 분석 결과가 나왔다는 연락을 받고 다시 수사본부로 향했다. 근데 형사들의 태도는 미묘하게 달라져 있었다. 수사본부 문 앞까지 팀장이 직접 나와 날 맞이했고, 자리에 앉자마자 커피를 쥐여주었다. 이번엔 믹스커피가 아니라, 밖에서 사 온 아메리카노였다. 무슨 일이지. 머뭇거리던 그들은 노란 봉투에서 DNA 검사 결과지를 꺼내 보여주었다.

5.

본 검사 대상자들은 친자관계가 성립하지 않습니다.

그래, 역시 내 아이들이 아니었어. 형사들은, DNA 검사 결과지에 대한 참고인 조사를 요청했다. 지난번과 비슷한 절차라며, 힘들겠지만 조사를 도와달라고 공손히 말했다. 나는 단칼에 조사를 거부하고 자리에서 박차고 나왔다. 형사들은 내가 충격을 받아서 도망치듯 나간 줄 알았는지, 아무도 나를 붙잡지 않았다. 뒤에서 안타까워하는 한숨 소리와 혀 차는 소리가 들렸다.

하지만 내가 뛰쳐나온 이유는, 자꾸 새어 나오는 웃음을 숨길 수 없었기 때문이다. 나의 감각만으로 맞췄다는 사실에 기분이 좋았다. 내 몸속 어딘가에 내장된 센서가, 역시 정확하게 작동하고 있다는 안도감이었다. 그걸 들키면 안 되니까, 나는 실종자 가족이니까, 웃어서는 안 되니까. 그래서 재빨리 나와야 했다.

나중에 알게 된 사실이지만, 그 진술서 말미에는 형사가 이렇게 적어두었다고 한다.

DNA 검사 결과지 제시 후, 충격을 받은 실종자 남편이 진술 불가능 의사를 밝혀 참고인 조사를 시행하지 못함

형사들은 그날 이후, 나를 더 이상 참고인으로 부르지 않았다. 연쇄 납치 사건의 범인 체포에 몰두할 뿐이었다. 내겐 그게 더 큰 문제였다. 범인은 잡아야 할 거다. 거대한 수사본부를 차렸으니, 형사들 체면상 일은 끝마쳐야 할 테니까. 나의 관심사는 범인도 와이프도 아니다. 오로지 쌍둥이들 진짜 아빠의 정체다.

형사들은 그 남자를 찾으려 하지 않았다. 실종 사건과 무관한 부분이라, 더 이상 진행할 수 없다고 했다. 나는 무관하지 않다고 말했다. 친부가 살인을 했을 수도 있지 않은가. 아이들의 친부가, 와이프의 실종과 연관되어 있을 가능성도, 분명 이론적으로는 존재한다고. 형사는 무표정하게 고개를 저었다.

"누군지 특정이 안 됩니다."

"아니, 와이프 애인이 누군지 아시잖아요? 그 사람부터 검사하면 되죠."

형사는 차분하게 설명했다.

"그러려면 우선 그 사람을 용의자로 특정해야 합니다. 그리고 압수수색 영장 집행을 통해 머리카락이나 혈흔을 채취해야 하는데요. 영장이 나오려면 이 사건과 그 사람이 연관되었다는 물증이 필요합니다. 그런데… 그게 확인이 안 됩니다."

그 애인이라는 사람이 범인일 가능성이, 세상 어디에도 없다는 것이었다. 가슴속에 있던 불덩이가 입 밖으로 튀어나왔다.

"아니, 그게 무슨 개소리예요?"

나도 모르게 목소리가 높아졌다.

"형사들이 범인 잡는 사람 아니야? 그러면 뭐라도 해야 될 거 아냐! 애들 진짜 아빠가 범인일 수도 있잖아!"

그러나 그뿐이었다. 아무도 내 말에 토를 달지 않았다. 반응이 없자 더 화가 난 나는, 사무실의 휴지통을 걷어차고 앞에 놓인 보고서 더미를 집어던졌다. 하지만 그 어떤 형사도 나를 제지하지 않았다. 코앞까지 왔는데, 아무도 움직이지 않는다니. 이런 무능력자 새끼들. 그렇다면 결국 내가 직접 나설 수밖에.

그 길로 합법적 사설탐정이라고 주장하는 흥신소 사람들을 찾아갔다. 사건을 설명하며 애인이라는 남자를 찾아달라고 했다. 그 남자가 누군지는 형사들이 알고 있다고. 그들은 본인들이 합법적 업무만 하는 사설탐정이라 불법적인 건 불가능하다고 했다. 준비해 간 현금 봉투를 말없이 건넸다. 3일 뒤, 그들은 그 애인이라는 남자의 이름과 직업이 적힌 경찰 보고서 사본을 내게 보내주었다.

애인이라는 그 남자는 와이프가 알바하던 부동산 옆 입시학원의 원장이었다. S대를 졸업하고 한때 민주화 운동에 앞장선 사람이었는데, 동네에서도 평판이 아주 좋았다. 독재에 맞서던 놈이 불륜이나 저지르고. 그래도 똑똑한 건 마음에 들었다. 나는 그의 동선을 몇 주간 직접 살폈다. 아침에 어떤 차를 타고 오는지, 점심은 어디에서 먹는지, 퇴근 후엔 어디로 가는지 지켜보았다. 그러다 어느 날, 그 입시학원의 회식 날짜를 알아냈다. 장소는 학원 근처 곱창집이었다.

회식날 곱창집은 불판 연기와 기름 냄새, 술 냄새로 가득했다. 애인이라는 남자가 소맥 폭탄주를 말아 들고, 학원 강사들 앞에 서서 건배사를 하고 있었다.

"자, 우리 학원, 올해도 전원 합격 갑시다!"

사람들이 웃고 떠드는 사이, 나는 뒤쪽으로 살금살금 다가갔다. 손에는 아무 도구도 들지 않았다. 가위로 자르면 모근이 남지 않는다. 한 방에 모근까지 채취하려면 손으로 잡아 뜯어야 한다. 한 발, 또 한 발, 조심스럽게 그 테이블까지 접근한 나는, 남자의 뒷머리 쪽으로 양손을 뻗어, 머리카락을 한 움큼 움켜쥐었다. 단번에 끝내야 한다. 서두르지 말고 최선을 다해서! 충분히 손가락을 비틀어 감긴 머리카락이 팽팽해지는 게 느껴지자, 그대로 전력을 다해 뒤로 누우면서 머리카락을 잡아당겼다.

"으아악!"

머리채가 뽑히는 고통에 놀란 남자가 의자를 박차고 일어나려다가 몸이 기묘하게 뒤틀렸다. 그럼에도 나는 꽉 쥔 손을 놓지 않았다. 두두둑! 뽑혔다. 왕창! 내 몸이 뒤로 넘어가며 바닥에 넘어지자, 남자의 의자 다리가 함께 미끄러지며 남자의 상반신이 옆으로 쏠렸다. 그 앞에는, 원통형 곱창 불판이 있었다. 남자의 얼굴이 불판 윗부분을 그대로 들이받는 동시에, 불판이 옆으로 넘어갔다. 지글지글 익던 곱창과 파채, 마늘, 기름이 한꺼번에 쏟아져 내렸다.

누군가가 "불, 불!" 하고 외치는 사이, 뜨거운 기름이 남자의 얼굴과 목덜미, 손등에 튀었다. 불판 안쪽의 불꽃이 한 번 훅 치솟았다가, 옆 테이블까지 기름 자국을 남겼다. 술잔들은 연달아 넘어지며 바닥에 떨어졌고, 튀긴 기름과 술, 곱창 조각들이 뒤섞여 곱창집 바닥 전체가 형형색색으로 얼룩졌다.

남자는 뜨거워진 얼굴을 손으로 만지지도 못한 채, 바닥에 누워 비명을 질렀다. 그 와중에도 나는, 손에 감긴 머리카락을 놓지 않았다. 머리카락이 손가락에서 미끄러지지 않게, 주먹을 아주 세게 오므렸다. 세 가닥만, 딱 세 가닥만 모근이 안전하게 붙어 있으면 된다는 마음이었다. 학원 강사들 중 몇몇이 나를 도망가지 못하게 온몸으로 제압했다. 도망갈 생각은 애초에 없었다. 어차피 머리카락을 가져다주러 경찰서에 가야 하니까.

잠시 뒤, 출동한 경찰에 의해 동네 파출소로 잡혀갔다. 처음 실종 신고할 때 만난 선배라는 경찰이 내게 수갑을 채웠다. 수갑을 차고서도 나는 주먹을 풀지 않았다. 얼마 뒤 수사본부 형사들이 파출소에 나타났다. 너무 반가워서 벌떡 일어나 인사를 했다. 그리고 손에 쥐고 있던 머리카락을 그 형사들에게 내밀었다.

"이걸로 검사 좀 해주세요. 이 사람이, 우리 집 쌍둥이들 진짜 아빠가 맞는지 아닌지."

너무 오래 주먹을 쥐고 있어서일까. 손을 펼치자 어깨까지 몸이 달달 떨렸다. 그래도 나는 그들을 보며 웃고 있었다. 압수수색 영장 따위 없어도, 증거 채취에 성공할 수 있다는 걸 무능력자들에게 보여줬으니까. 형사들은 잠시 눈빛을 교환하더니, 라텍스 장갑을 끼고 그 머리카락을 지퍼백에 담았다. 그리고 네임펜으로 오늘 날짜와 시간, 그리고 내 이름을 기록했다.

수갑을 풀어주지 않고 그들은 나를 수사본부로 데려갔다. 그리고 상해죄로 나를 입건했다. 참고인 조서가 아닌 피의자 조서를 작성했다. 조사가 끝난 뒤, 인쇄된 조서에 지장을 찍으라고 했다. 부동산에서 계약할 때처럼 종이마다 하나씩 다 지장을 찍었다. 그리고 지퍼백 속 머리카락은 상해 사건의 증거물로 보존한다고 설명했다.

"그럼 DNA 검사는요? 애들 진짜 아빠인지 아닌지 검사는 언제쯤 할 수 있나요?"

"그건 안 해요. 이건 범죄 증거물로 보관하겠습니다."

DNA 검사는 없었다. 울분이 터진 나는 수갑을 찬 채로 책상 앞에 놓인 모니터를 집어 던졌다. 이번에는 형사들이 달려와서 나를 말렸다. 아니, 바닥에 제압했다.

결국 형사 재판에 피고인으로 섰다. 법정에 나온 판사는 상해죄에 공무집행방해죄를 추가한다고 했다. 내가 피해자의 머리카락을 강제로 뽑았을 뿐만 아니라, 얼굴에 화상을 입혀 피해자가 평생 흉터로 괴로워하게 만들었다는 점에서 죄질이 나쁘다고 말했다. 다만 초범이고, 와이프가 실종되어 심신미약 상태였던 점을 참작하여 집행유예를 선고했다.

심신미약이라니. 내가 제정신이 아니었던 적은 없었다. 형사들이 처음 DNA 검사를 거부했을 때는 조금 화가 났을 수 있다. 하지만 그건, 일반적인 기준에서 볼 때도 꽤 정상적인 반응이라고 생각한다. 와이프가 실종되고, 아이들마저 친자식이 아니라는 걸 알게 된 남편이자 아버지가 어떻게 차분하게 있을 수 있단 말인가. 물론, 내가 화낸 이유는 그게 아니긴 했지만 말이다.

재판이 끝나자, 방청석에 있던 형사들이 내게 다가왔다.

"선생님께서 머리채 뽑아오신 그 원장이요. 그 사람이 와이프분의 애인은 맞는데, 애들 진짜 아빠는 아닐 겁니다. 조사해봤는데, 바람 피운… 몰래 만난 시기가 맞지 않더라고요."

죄송하다는 표정을 지으며 서 있는 형사들. 아! 나는 애들 진짜 아빠도 아닌 사람 때문에 전과자가 된 건가. 그럼 이 애인 말고 다른 애인을 또 찾아야 한다는 건가.

집행유예 선고로 전과자가 된 나는, 다니던 직장에서 잘릴 위기에 처했다. 다행인지 불행인지, 사장이 징계위원회에서 내 편을 들었다고 한다.

“와이프가 실종된 마당에 제정신이 아니었겠지. 게다가 내연남이랑 불륜도 저질렀다면서? 앞으로 쌍둥이를 혼자 키워야 한다는데, 우리가 뜨거운 동료애로 이번은 넘어가주자고.”

그렇게 나는 다시 사무실에 출근할 수 있게 되었다. 호들갑을 떨던 동료들이 다가와서 내게 위로를 건넸다. 위로를 받을 땐 어떻게 반응해야 할지 연습해본 적이 없었다. 하는 수 없이 가만히 있었다. 그러자 사람들은 내가 슬퍼서 그러는 줄 알고, 더 열심히 등을 두드려주었다. 그래, 모르면 그냥 가만히 있자.

6.

와이프도, 쌍둥이들의 진짜 아빠도 못 찾은 채, 사건은 종결되었다. 그리고 6년 뒤, 쌍둥이들은 대학에 진학했다. 무려 의대생이 되었다. 어릴 때부터 똑똑했던 그 아이들은, 학원 한 번 보내지 않았는데도 알아서 공부를 열심히 했다. 둘 다 의대라니, 역시 내 예상대로 진짜 아빠는 똑똑한 사람인 게 틀림없다.

둘 다 대학을 가면서, 드디어 집은 나만의 우주가 되었다. 그토록 원하던 그 순간이 왔다. 방 세 개 중 하나만 아이들이 가끔 돌아올 때를 대비해, 애들이 쓰던 그대로 멈춘 박물관처럼 남겨두었다. 벽에 붙어 있는 오래된 아이돌 포스터, 책상 서랍에 대충 쑤셔 넣어둔 문제집들, 침대 옆에 굴러다니는 캐릭터 인형까지, 손대지 않고 그대로 두는 방이 됐다.

다른 한 방은 내 작업실로 꾸몄다. 캔버스를 세워두고, 물감이 마르다 만 팔레트와 붓들을 늘어놓았다. 그림을 잘 그린다고 할 수는 없지만, 최소한 그 방에서는 누구의 표정을 읽을 필요가 없으니 내겐 꼭 필요한 공간이다. 오로지 나의 감각에만 집중하면 된다.

거실에는 오래된 스피커와 턴테이블을 들여놓고, 벽면에는 LP를 층층이 쌓아 작은 LP 바처럼 만들어두었다. 손바닥만 한 바 테이블에 잔을 하나 올려놓고, 조용히 바늘을 떨어뜨리면, 그 순간만큼은 어느 누구도 침범할 수 없는 세상이 된다.

주방 한쪽 선반에는 사과주, 매실주, 자두주 같은 담금주 병들을 줄 세워두었다. 병마다 날짜와 짧은 메모를 붙여 두고, 걸어다니면서 그 라벨들을 읽는 게 저녁 루틴이 되었다. 베란다에는 바질, 로즈메리, 민트 같은 허브 화분들을 놓았다. 흙을 뒤적이는 건 여전히 어색했지만, 출근 전에 물을 한 번씩 주고 잎을 만져보는 정도는 할 수 있었다. 나에게 종속된 향기로운 생명체들.

남이 보기엔 쓸쓸한 홀아비 같을지라도, 내겐 정말 오랫동안 기다려온 순간이었다.

세상을 떠들썩하게 만든 '충남 연쇄 여성 납치 사건'의 범인은 그 당시에 잡혔다. 범인은 자신을 배신한 세상에 복수하기 위해, 연쇄 살인을 저지른 뒤 시신을 바다에 유기했다고 자백했다. 범인이 구체적으로 어떤 배신을 당했는지에 대해서는 수사기관에서 밝히지 않았다. 아마도 꽤 찌질한 이유이자, 어느 누구도 이해할 수 없는 개소리였겠지. 저런 게 진짜 사이코패스 범죄자다. 범인이 잡히자, 특별수사본부는 해산됐다. 나를 조사했던 경찰 팀장과 형사들이 모두 특진했다는 기사가 나왔다. 그 사이코패스 범인의 피해자는 총 11명이었고, 그중에 와이프는 없었다.

스무 살 성인이 된 쌍둥이들의 생일날이 되었다. 굳이, 둘 다 집으로 내려오겠다고 했다. 생일에 같이 놀 친구들이 없는 건가. 와이프가 사라진 후, 나는 쌍둥이들에게 기본적인 삶만 제공했다. 식사와 수면, 학교생활 등 미성년자에 대한 법적 보호자의 의무만 행한 것이다. 성인이 되면 알아서 정 떼고 떠나겠거니 했다. 하지만 그들은 나에게 집착하며 애정을 갈구했다. 아마도 엄마가 실종된 탓일 거다.

습관적으로 동네 마트로 향했다. 새로 나온 밀키트를 뒤적거렸다. 내가 좋아하는 곱창전골이 품절되었다. 마트 직원이 창고에서 가셔다준다고 했다. 기다리다, 문득 이런 생각이 들었다.

도대체 이 아이들의 진짜 아빠는 누구일까. 그 사람은, 내가 두 아이를 혼자 키워서, 고등학교까지 졸업시키고, 생일날에도 같이 있어야 한다는 걸 알기나 할까. 그 인간은 대체 어디서 뭘 하며 살고 있을까.

그걸 물어볼 사람은, 와이프뿐이다. 그런데 물어볼 수가 없다. 그 생각이 들자, 갑자기 가슴이 콘크리트 덩어리처럼 답답해졌다. 너무 물어보고 싶은데, 못하니까 불안해졌달까. 미친 듯이 심장이 쿵쾅거리고 호흡이 목까지 차올랐다. 두통이 와서 머리가 아득해지려고 하던 그 순간, "손님, 곱창전골이요" 하고 마트 직원이 나를 불렀다. 그 소리에 저주에서 깨어나듯, 패닉에서 벗어났다.

그러고 보니 처음이다. 와이프를 보고 싶다는 마음이 드는 게.

근데 어쩌겠어. 이제 와서 땅속에 묻어버린 그 여자를 꺼내 물어볼 수도 없고.

일요일의 소아과

☐ 직업	의사
☐ 나이	52세
☐ 성별	남자
☐ 특징	조용한 삶을 원함

1.

솔직히 말해서, 나는 사람을 살리고 싶어서 의사가 된 사람이
아니다. 그저 부모님께 욕먹는 게 싫어서, 부모님이 그토록 원하
는 의대에 삼수 끝에 겨우 입학했다. 졸업할 때쯤, 소아과 전공을
택하기로 마음먹었다. 수술도 없고, 아홉 시 출근에 여섯 시 퇴근
하며 큰 탈 없이 살 수 있을 것 같았다. 그렇게 나는 개업을 했고,
나름 평판이 나쁘지 않은 동네 병원 원장이 되었다.

내 기도는 항상 단순하다. 오늘도 아무 일 없이, 아무도 죽지
않고, 누구도 내 이름을 들먹이지 않게 해달라는 것. 그래서 나는
SNS도 하지 않는다. 인스타그램도 페이스북도 개인 계정도 없
고, 심지어 병원 홍보용 계정도 만들지 않았다. 병원을 홍보해준

다며 찾아온 회사마다 단칼에 거절했다. 그저 내 얼굴과 이름이 세상 어딘가에서 돌아다니는 게 싫었다. 그렇게 조용히, 평범한 동네 자영업자로 살고 싶었다.

그러던 어느 날, 사거리 건너편에 소아과가 새로 생겼다. 젊은 의사들이 모여서 차린 곳이었다. 키즈 카페처럼 꾸며놓은 진료실 사진을 SNS에 올려가며 공격적으로 홍보를 해댔다. 그 병원과 비교하면 우리 병원은 오래된 구닥다리였다. 대기실에 비치된 동화책은 찢어졌고, 장난감은 낡았고, 의자마저 세월만큼 삐걱거렸다.

곧바로 우리 병원 매출이 급속도로 떨어졌다. 위험할 수준이었다. 그래서 어쩔 수 없이 일요일에도 진료를 하기로 결정했다. 젊은 MZ 의사들은 다행히 일요일 진료를 안 했으니까.

"원장님, 저희도 가족이 있어요. 교회도 가야 하고요."

간호사들은 일요일 진료에 반대했다.

"쉬고 싶은 건 나도 마찬가지야…"라고 말할 뻔했다. 하지만 이건 생존의 문제였다. 게다가 고3 딸이 집에서 난리를 치고, 아내가 그 스트레스를 두 배로 증폭해서 내게 쏟아낼 때면, 집에 있는 것보다는 병원에 나와 있는 편이 훨씬 편했다. 병원에서는 적어도 내가 원장이니까. 집에서는 겨우 서열 3위에 불과한 중년 남성일 뿐이지만 말이다.

결국 일요일엔 알바 간호사들을 쓰기로 했다. 육아 때문에 풀타임 근무가 어려운 사람, 부모님을 돌봐야 하는 사람, 공무원 시험을 준비하다가 접고 다시 병원으로 돌아온 사람 등이 되는대로 모이다 보니, 손발이 잘 맞지는 않았다. 그래도 주말 외래는 대부분 감기, 예방접종, 가벼운 열 정도니까, 대충 해도 굴러갈 거라 생각했다.

2.

그날도 일요일이었다. 아침부터 그 엄마가 아이 둘을 데리고 남편과 함께 왔다. 문이 열리자마자 그녀의 목소리가 먼저 들어왔다.

"원장님, 안녕하세요. 여기 요즘 맘카페에서 완전 핫한 거 아시죠? 제가 소문 많이 냈어요."

미국에서 몇 년 살다 왔다고, 동네 엄마들 사이에서 유명하다는 소위 '스피커맘'. 명품 브랜드 로고가 크게 박힌 치마와 가방, 평범한 동네에서 유난히 눈에 띄는 차림새. 그녀는 대기실 문을 밀치고 들어오며 자연스럽게 병원 전체를 훑었다.

"일요일에 진료하는 데가 잘 없거든요. 여기 진짜 좋다고 다들 그러더라고요.”

웃어야 했다. 웃지 않으면, 그 순간부터 소문이 달라진다. ‘원장이 불친절하다’는 말은 한 번 돌기 시작하면 막을 수가 없다. 나는 입가를 올리고 익숙한 목소리로 말했다.

“아, 네. 감사합니다. 큰애부터 볼까요?”

다섯 살 큰애는 건강했다. 폐 소리 깨끗하고, 체온 정상. 진료실 장난감을 보자마자 뛰어가는 아이들 특유의 에너지가 있었다. 문제는 세 살짜리 둘째였다. 둘째는 엄마 뒤에 반쯤 숨은 채, 고개를 숙이고 있었다. 나이를 물었지만 대답을 하지 않았다. 대신 엄마 치마를 꼭 잡았다. 손등에는 오래된 멍이 옅게 퍼져 있었고, 팔뚝에는 긁힌 자국들이 몇 개 보였다. 피부는 잿빛에 가까운 누런색이었다.

“둘째가 요즘 좀 그래요. 밥도 잘 안 먹고, 자꾸 토하고, 밤에 깨서 울고… 뭐, 애들 다 그렇죠.”

엄마는 감정 없이 웃었다. 옆엔 애 아빠가 팔짱을 끼고 서 있었다. 얼굴빛이 아이와 비슷했다. 피곤과 무기력이 섞인, 해가 지기 전에 이미 저문 얼굴. 나는 청진기를 들이댔다. 폐 소리가 좋지 않았다. 숨을 들이쉴 때마다 희미하게 끓는 소리가 섞였다. 열도 있었다. 체온계를 뺀 간호사가 수치를 속삭였다. 정상 범위를 약간 넘긴 정도로, 소아과에서 흔히 볼 수 있는 숫자였다.

문제는 아이의 몸 전체였다. 팔과 다리, 배. 청진기를 대느라 윗옷을 올리자, 여기저기 색이 다른 자국들이 보였다. 오래된 멍과 새로운 멍, 긁힌 자리, 눌린 자국.

나도 모르게 놀라 고개를 들었다. 엄마와 눈이 마주쳤다. 엄마는 내 시선을 읽은 듯, 먼저 말했다.

"애가요, 좀 산만해요. 혼자 뛰어다니다가 자꾸 부딪히고 넘어지고 그래요. 저도 너무 힘들어요, 진짜."

그 말, 너무 많이 들어봤다. 산만해서 그렇다는 말. 애가 원래 그렇다는 말. 나는 그 말 뒤에 무엇이 숨었는지 대충 아는 경력이 되었다. 머릿속에서 두 개의 문장이 동시에 떠올랐다.

'아동학대 의심. 신고 대상이다.'

'하지만 괜히 신고했다가 더욱 큰일이 난다.'

3.

소아과 의사는 아동학대 신고 의무자다. 의심이 들면 신고해야 하고, 신고하지 않았을 때, 법적 책임을 져야 할 수도 있다. 교과서에 나온 문장들, 학회에서 교육 받을 때 수십 번 들은 말이 머릿속을 맴돌았다. 하지만 내 앞에 있는 사람은 보통 사람이 아니다. 맘카페에서 영향력이 크다고 들은 사람이며, 이미 우리 병원을 엄마들에게 추천한 사람이었다. 이런 사람을 잘못 건드렸다가, 무슨 일이 생길지 나는 본능적으로 알고 있었다.

"원장님…." 간호사가 입을 뗐다가, 곧 닫았다.

간호사가 조심스럽게 내 눈치를 봤다. 멍 자국을 본 사람은 나 혼자가 아니었다.

나는 결국, 원칙을 선택했다. 욕을 먹더라도, 그게 내 직업이라고 스스로를 설득했다. 소아과 전문의고, 아동학대 신고 의무자니까. 평소의 나답지 않게 사명감이 발동해버린 것이다. 진료를 마치고 처방전을 쓰는 척하며, 다른 손으로 전화를 들었다. 아동보호전문기관과 경찰서로 연결되는 번호를 눌렀다. 간단히 상황을 설명했다. 아이 몸에 다수의 멍, 보호자의 진술과 상반되는 양상, 다니는 어린이집과의 연락 필요. 전화를 끊고 나서 아이 엄마에게 솔직하게 말했다.

"아이 몸에 멍이 많아서요. 혹시나 해서, 관련 기관에 확인을 요청해두었습니다. 어머님이 잘못하셨다는 뜻은 아니고요. 요즘은 이런 절차가 의무거든요."

엄마의 표정이 바뀌었다.

"무슨 말씀이세요, 원장님? 제가 우리 애를 때리기라도 한다는 거예요?"

"그런 뜻은 아니고요. 그냥 의심이 들면 신고를….."

"저 캘리포니아에서 살다 왔어요. 거기서도 애 키우면서 한 번도 이런 말 들어본 적 없는데. 진짜 어이가 없네."

목소리가 점점 커졌다. 그 소리가 병원 전체에 울리는 것만 같았다. 나는 최대한 차분하게 시스템을 설명했다. 하지만 그게 통할 리 없었다. 누군가에게는 법과 제도고, 다른 누군가에게는 모욕이었다.

형사들이 찾아왔다. 아동보호전문기관에서도 사람이 왔다. 진료실이 아닌 별도의 공간에서 아이를 살펴보고, 엄마에게 몇 가지 질문을 했다. 나는 그 과정을 지켜볼 수 없었다. 대신 복도 끝에서 문이 열리기만 기다렸다. 한 시간이 조금 넘게 지나고, 그들이 나왔다.

"특이 사항은 없는 것 같습니다." 형사가 말했다. "아이도 별다른 진술은 안 하고요. 상처들도 대부분 넘어지면서 생길 수 있는 정도라고 해서… 일단 더 지켜보는 걸로 하겠습니다."

엄마는 눈이 벌겋게 충혈된 상태였다. 나를 향해 한 걸음 다가오더니, 낮게 말했다.

"원장님, 사람을 이렇게 죽일 수도 있는 거 아세요?"

그 말은 위협이자 선전포고였다. 그리고 그날 저녁부터, 그녀는 정말로 내 삶을 서서히 죽이기 시작했다.

맘카페에 글이 올라왔다. 병원 이름, 위치를 대놓고 노출하진 않았다. 하지만 우리 병원임을 눈치챈 사람들의 댓글이 순식간에 달렸다.

"저도 거기 다녔는데, 원장님이 좀 예민하신 편이세요."

"아동학대 신고 의무자인 건 알겠는데, 이건 너무 갔네요."

곧이어 댓글 양상이 바뀌었다.

"병원 어디죠? 건물 사진 있어요?"

"원장님 실명 뭔지 아시는 분…? 애가 고등학생이라던데, 어느 학교냐에 따라 애들도 좀 걸러야 할 듯."

누군가는 건강보험 심사평가원 사이트 캡처를 올렸고, 누군가는 병원 상호를 검색해 등장하는 옛날 기사 링크를 퍼왔다. 학회 발표 자료에서 잘려 나온 내 얼굴 사진이, 굳이 이름과 함께 다시 붙었다. SNS도 안 하는 내가, 맘카페 게시글 속에서는 온갖 정보가 정리된 사람처럼 보였다. 누군가 '이런 사람은 제대로 신상 털어야 해요'라고 남긴 댓글 아래에는, 좋아요가 수십 개 달렸다. 다른 글에서는 우리 가족 사진까지 퍼와 모자이크 처리한 뒤, '애 학교는 이쪽 아닐까'라며 추측을 이어갔다. 딸의 SNS가 털린 모양이었다.

병원에는 예약을 취소하는 전화가 연달아 이어졌다. 심지어 자주 오던 한 엄마는, 길에서 나를 마주치자 울먹이는 목소리로 이렇게 말했다.

"원장님, 죄송해요. 저희는 원장님 믿는데, 주변에서 자꾸 가지 말라고 해서…."

이 사실을 알게 된 아내는 내게 소리를 질렀다.

"당신이 왜 그런 짓을 해? 그냥 조금 이상하면 지켜보면 되지, 왜 신고를 해? 신혜 수능도 얼마 안 남았는데, 이제 어떻게 할 거야?"

고3 딸이 학교를 가기 싫다고 울었다. 딸의 인스타그램에도 악플이 달렸고, 반 애들도 병원 이름을 다 알게 되었다고. 나는 할 말이 없었다. 며칠 뒤, 병원으로 등기 한 통이 도착했다.

4.

내용증명이었다. 발신인은 그 엄마였다. 아동학대 혐의로 신고를 당해 정신적 피해를 입었다며, 나를 상대로 민사소송을 제기하겠다는 예고장이었다. 요즘 잘나간다는 대형 로펌 이름도 함께 적혀 있었다.

두 장짜리 종이를 보고 손이 달달 떨렸다. 호흡이 가빠지고 머리가 어지러워졌다. 지금껏 소송은커녕, 법정에 가본 적도 없는 나였다. 인생 최대의 위기가 닥친 것이다. 하지만 아무것도 하지 못한 채, 가만히 앉아 호흡이 돌아오기만 기다릴 뿐이었다. 그때 조카가 떠올랐다.

어릴 때부터 야망이 큰 여자아이였다. 대학 졸업 후 평범한 회사에 취직했지만, 얼마 버티지 못하고 때려치우고 나왔다. 그때만 해도 평생 백수가 될까 봐 조마조마했었다. 하지만 뚝심 있게 공부한 끝에, 서른이 훌쩍 넘어서 뒤늦게 로스쿨에 합격했다. 졸업 후 바로 변호사가 되었지만, 성적이 좋지 못해 큰 로펌에는 이력서도 내지 못했다.

그러다 얼마 전, 동네 오피스텔에 작은 사무실을 얻은 참이었다. 심지어 그 오피스텔은 법원과 상관없는 지역에 있었는데, 말 그대로 진짜 동네 한복판에 있었다. 축하한다며 화분을 보내준 게 불과 며칠 전이었다. 나는 그의 첫 고객이 되어주기로 했다. 조카는 내 애길 듣자마자 눈을 반짝였다.

"삼촌, 이거 완전 케이스 좋아요. 의사의 아동학대 신고 의무랑 엄마의 명예훼손 주장, 요즘 이슈랑 딱 맞아요. 언론 대응도 제가 알아서 할게요."

언론 대응. 나는 그 단어가 마음에 들지 않았다. 하지만 망설

일 시간이 없었다. 이미 맘카페 여론은 나쁘게 돌아가고 있었고, 이대로면 병원이 문을 닫게 된다. 병원만 문 닫는 게 아니라, 온 가족이 이 동네를 떠나야 할지도 모른다.

조카는 방송국 PD를 데리고 병원으로 오겠다고 했다. 늘 마냥 어린 조카라고 생각했는데, 그런 말을 해주는 것만으로도 기특했다. 그런데 말뿐이 아니었다. 조카는 실제로 방송국 PD를 데리고 병원에 나타났다. 심지어 카메라 감독에 작가까지 함께 왔다. 우리 병원 진료실이 하루아침에 시사프로 세트장이 되었다.

"삼촌, 요즘은요, 재판보다 여론이 먼저예요. 일단 방송으로 이미지를 잘 발라두면 그걸로 재판도 끝나는 거예요."

조카는 진료실 의자에 앉아 PD에게 말을 건넸다.

"이 사건, 엄마 측 입장만 나가면 안 됩니다. 우리 원장님 입장까지 공정하게 양쪽 다 다뤄주셔야 해요. 안 그러면 언론중재위에 제소하겠습니다."

나는 옆에서 그 장면을 보며, 뭔가 순서가 이상하다고 느꼈다. 원래는 그들이 요청하고, 우리가 그에 맞춰서 조율하는 거 아닌가. 그런데 조카가 먼저 판을 짜고 있었다. 외려 난 이게 참 단순한 문제라고 생각했다. 그날 내가 본 멍, 내가 들은 폐 소리, 내가 남긴 진료 차트. 그걸 있는 그대로 보여주면 모두 수긍하지 않을까. 게다가 CCTV도 있었다. 나중에 보니 대기실에서 둘째 아이가 엄마에게 심하게 끌려다녔다. 그 장면이 방송에 나간다면, 적어도 악플은 잠잠해지지 않을까.

"안 돼요, 삼촌. 그건 의료법 위반이에요. 환자 개인정보 문제도 있고, 동의도 안 받았잖아요. 큰일 나요. 삼촌은 가만히 계셔야 돼요. 그리고 제가 삼촌을 지켜드릴게요. 이름, 얼굴, 목소리, 다 가려달라고 할게요. 대신 제 얼굴은 노출하라고 할게요. 저는 변호사니까 괜찮아요."

그제야 알 것 같았다. 조카는 다른 욕을 감수하면 자신이 얻는 게 있다는 계산을 하고 있었다. 이를테면 자기 홍보라든지. 변호사라면 다들 그런 건가.

"근데 여기 진료실에서 찍자고? 병원 로고도 다 나오고….."
"그래야 리얼하죠, 삼촌. 시청자가 보기에."

리얼이라니. 넌 내 변호사니, 방송국 변호사니. 그때 조카가 얼굴을 찡그리며 종아리를 움켜쥐었다. 발을 들어 올리더니, 하이힐 앞코 부분을 땅바닥에 대고 이리저리 눌러댔다. 이 녀석, 센 척은 혼자 다 하더니 쥐가 난 모양이었다. 하긴 사실상 사회생활 처음 시작이니 그럴 만도 하다. 아… 그런데 내가 애를 믿고 방송에 출연해도 되는 것일까.

그러는 사이, 카메라에 붉은 불이 켜졌다. 촬영이 시작되자, 조카가 귓속말로 말했다.

"삼촌, 괜히 다른 말 하지 마시고요. 그냥, '아이 상태를 보고 의사로서 할 수 있는 최선의 조치를 했다', 이 말만 반복하시면 됩니다."

PD가 질문을 던졌다.

"당시 아이의 상태를 보고 왜 아동학대를 의심하셨습니까?"

조카가 먼저 막았다.

"그 부분은 현재 민사소송도 진행 중이라 구체적인 답변은 어렵습니다. 다만 제 의뢰인은 의사로서 법적 의무를 성실히 수행했을 뿐입니다."

조카가 눈으로 신호를 줬다. 나는 준비된 말을 했다.

"당시 아이의 몸 상태를 보고, 의사로서 할 수 있는 최선의 조치를 했다고 생각합니다."

몇 번이고 그 말만 반복했다. 질문하는 PD가 답답해했다. 이런 식이면 우리 측 입장을 충분히 다룰 수 없다고 경고했다. 나 역시 답답했다. 마음속에선 다른 문장들이 올라왔다. '나는 신고를 미루고 싶었다', '솔직히 무서웠다' 같은 말들. 하지만 그런 말들은 편집 과정에서 바로 잘려 나갈 것 같았다. 아니면, 그대로 송출돼 욕을 더 먹거나.

촬영이 끝나고, 조카는 만족스러운 표정으로 말했다.

"삼촌, 잘하셨어요. 방송 나가면 여론이 확 바뀔 거예요."

며칠 뒤 방송이 나갔을 때, 화면에 나온 건 조카가 아니라 나였다. 편집은 교묘했다. 첫 번째 화면에 우리 병원 간판이 흐릿하게 잡혔다. 그리고 진료실에서 인터뷰하는 내 얼굴이 나왔다. 모자이크가 씌워졌지만, 동네 사람이라면 누구나 알아볼 수 있는 정도였다. 내 목소리는 음성변조를 뚫고 또렷하게 들렸다.

"당시 아이의 몸 상태를 보고, 의사로서 할 수 있는 최선의 조치를 했다고 생각합니다."

5.

화면 아래에는 자막이 깔렸다.

동네 소아과 원장의 아동학대 신고…
과도한 의심인가, 정당한 의무 이행인가

맘카페 반응은 둘로 갈라졌다. '그래도 신고는 잘한 거다'는 쪽과 '의사가 너무 쉽게 의심했다'는 쪽. 그런데 실제로 병원에 오는 이들은, 후자의 의견을 따르는 쪽이 훨씬 많았다. 사람들은 법보다 분위기를 따른다. 분위기는, 나를 더욱 문제 많은 사람으로 만

들고 있었다.

결국 일주일 동안, 병원에는 환자가 한 명도 오지 않았다. 간호사들 월급날이 다가오자 아내는 다시 소리를 질렀다. 딸은 더이상 나와 눈도 마주치지 않았다.

매일 홀로 원장실에 앉아, 우울한 마음으로 유튜브만 보게 되었다. 내가 나온 영상에 하나라도, 나를 응원하는 댓글이 달리길 바라는 마음으로.

그렇게 아무 일도 없이 3주가 더 지났다. 나는 여전히 나를 응원해주는 댓글을 찾아, 유튜브 세계를 정처 없이 떠돌고 있었다. 그때 같은 방송국 뉴스 클립에서 익숙한 얼굴이 또다시 모자이크 처리되어 나온 걸 발견했다. 이번 섬네일은 제목이 달라져 있었다.

아동학대 신고 이후 한 달 만에… 세 살 아이 결국 숨져

화면 속 아파트 단지 입구, 취재진을 피해 얼굴을 가리는 애엄마의 실루엣. 양쪽에서 팔짱을 끼고 그녀를 차에 태우는 형사들의 어두운 표정.

"앞서 아동학대 신고가 접수되었지만, 추가 조치가 이뤄지지 않은 상태에서 벌어진 비극입니다. 경찰은 아이의 친모에 대해 구속영장을 신청했습니다.”

화면 구석에 잡힌 엄마의 치마가 눈에 들어왔다. 커다란 명품 브랜드 로고는 아무리 모자이크를 해도 가려지지 않았다. 그 엄마가 맞았다.

아이는 결국 죽었다. 내가 아동학대를 의심하고 처음 신고했던 세 살짜리 아이. 병원으로 지난번과 같은 형사들이 찾아왔다. 이번엔 전화도 예고도 없이 나타나, 영장을 들이밀었다.

“당시 진료 기록이랑, 혹시 남아 있는 CCTV 영상 있으면 전부 협조해주시기 바랍니다.”

나는 간호사들에게 복사본을 모두 넘겨드리라고 했다. 형사들은 별 이야기를 하지 않았다.

내 전화를 받은 조카는 잠깐 말을 잇지 못했다.

“…그렇다고요?”

“그래. 애가 죽었대. 엄마는 구속됐고.”

“그럼… 삼촌이 그때 신고한 건, 결국 맞는 판단이었네요.”

맞는 판단. 그 말을 들으니 속이 더 쓰렸다. 내가 맞았다는 사실을 이렇게 증명받고 싶지는 않았는데.

전화를 끊고 곧장 병원으로 찾아온 조카는 다시 눈을 반짝이며 말했다.

“제가 민사 쪽은 다시 정리해볼게요. 상황이 완전히 달라졌으니까 언론에서도 다시 다루겠죠. 잘하면 삼촌이 영웅처럼 나올 수도 있어요. 초기 신고자, 뭐 그런 타이틀로."

영웅. 웃음이 나왔다. 내가 원한 건 영웅이 되는 게 아니었다. 그저, 조용히 넘어가고 싶었을 뿐이다. 처음 신고한 일요일도, 그리고 오늘도.

며칠 동안 뉴스가 쏟아졌다. 기사마다 아이의 죽음을 다루며, 초기에 신고가 있었지만 적절한 보호가 이루어지지 않았다는 점을 강조했다. 내 이름은 나오지 않았다. 다만 자막에 이런 내용이 짧게 지나갔다.

'첫 신고를 했던 동네 소아과 의사 A씨는, "당시 아이의 몸 상태를 보고 의사로서 할 수 있는 최선의 조치를 했다고 생각한다"고 말했습니다.'

예전에는 과도한 신고처럼 보이던 말이, 이제는 늦게라도 경고를 보낸 사람의 말처럼 들렸다. 그다음부터 일이 이상하게 돌아갔다. 뉴스 클립이 온라인에 올라가자, 누군가가 내 과거 방송 인터뷰 화면을 끌어와 붙였다. 없는 SNS 계정까지 만들어가며 내 실명과 얼굴을 태그했다. 인스타그램과 페이스북, 육아 카페 게시판에는 같은 영상 링크가 몇 번이고 공유됐다.

욕을 먹더라도 해야 할 일은 했다.

이런 문장이 섬네일 위에 얹혀 있었다. 나를 '학대에 맞서 싸우는 정의의 사도'라고 부르는 글들이 돌기 시작했다. 내 이름 검색 결과는 순식간에 늘어났고, 내 얼굴 캡처 사진이 돌아다녔다. 병원 전화가 다시 울리기 시작했다. 조심스럽게 외래 예약을 다시 잡는 부모들이 생겨났다.

"원장님, 뉴스 봤어요. 원장님 같은 분이 있어서 다행이에요. 정말 존경합니다."

예전보다 더 멀리서 찾아오는 사람들도 생겼다. '정의로운 소아과'라는 이름으로, 누군가는 우리 병원을 추천하고 있었다. 다행히, 병원엔 다시 매출이 쌓이고 있었다.

그로부터 한 달 뒤, 이번엔 시민단체에서 연락이 왔다. 아이들 인권을 위해 애써준 의료인이라며, 나를 '올해의 의인상' 후보로 올리고 싶다고 했다. 시상식에 꼭 참석해달란다. 의사협회에서도 전화가 왔다. 내부 게시판에 내 사례를 공유해도 되겠냐며, 감사패를 보내고 싶다고 했다. 국회에서 열리는 각종 간담회에 꼭 참석해달라며 사람이 병원으로 찾아오기도 했다. 나는 한사코 거절했다.

"저는 그저, 당시 아이 상태를 보고 의사로서 할 수 있는 최선의 조치를 했을 뿐이라서요."

또다시 같은 말만 반복하고 있었다. 하지만 이미 내 실명과 얼굴은, '아동학대 신고 의무를 지킨 의사'라는 타이틀과 함께 기사 제목에 박혀 있었다. 상을 받지 않아도, 나는 이미 어딘가에서 정의의 사도로 추대되고 있었다.

그 사이, 조카가 다시 찾아왔다. 그녀는 수줍게 내게 서류 봉투를 내밀었다. 청구서였다. 깔끔한 서식 위에 숫자들이 적혀 있었다. 자문료, 언론 대응료, 인터뷰 동행료, 문서 검토 비용. 마지막 칸에는 이렇게 쓰여 있었다.

민사가 취하되어 실제 소송 없이 잘 정리된 점을 고려하여, 이에 상응하는 최소한의 비용을 청구드립니다.

잘 정리되었다는 말이 눈에 걸렸다. 아이는 죽었다. 엄마는 구속됐다. 나와 우리 소아과는 가까스로 살아남았다. 그리고 변호사는 사건이 잘 마무리되었다며, 돈을 청구했다. 다시 호흡이 가빠지고 두통이 올 것만 같았다. 애써 청구서를 옆으로 밀어두려는 그때, 조카가 말했다.

"삼촌, 이제 진짜 시작이에요."

그녀는 또다시 그 눈을 반짝였다.

"시민단체에서 상 준다고 연락 왔죠? TV 출연도 몇 군데 섭외 들어왔고, 출판사 쪽에서도 관심 있대요. 아동학대 신고와 의료

윤리 이런 걸 주제로 책 한 권 내는 거예요. 삼촌이 쓰시면, 저는 법률 자문을 같이 해드릴게요. 앞으로도 제가 항상 옆에서 삼촌을 최고의 브랜드로 만들어드릴게요."

나는 한동안 아무 말도 하지 않았다. 청구서 옆으로 흩어진 주사기, 형광등 아래 반짝이는 바늘 끝이 동시에 눈에 들어왔다. 바늘의 반짝임이 꼭 나를 부르는 듯했다.

"삼촌? 듣고 계세요? 제가 이번에 제대로….."

"야, 이 새끼야! 이제 그만 좀 해! 확 그 입 찢어버리기 전에!"

당황한 조카는 아무 말도 하지 못했다. 내가 한 번 더 큰소리로 욕을 퍼붓자, 놀라서 그대로 달아나버렸다.

이놈의 빌어먹을 세상. 제발 조용히 살자.

나는 그저, 욕먹기 싫은 사람일 뿐이라고.

당신 사주에
금이 없다면

☐ 직업	경찰
☐ 나이	47세
☐ 성별	남자
☐ 특징	만년 경위

1.

"쯧쯧. 사주에 금이 없어, 금이."

만년 경위인 나는 매번 진급에서 미끄러지곤 했다. 실적도 나쁘지 않았고, 사고를 친 적도 없었다. 그런데도, 해마다 승진에서 떨어졌다.

나는 나름대로 최선을 다했다. 매년 서울에서 새로 오시는 서장님들을 늘 극진히 모셨다. 이 지역의 자랑, 속리산 최고 펜션으로 모셨다. 핀란드식 사우나에 안마 의자까지 있는 곳이다. 바비큐장에서 한우를 굽고 속리산에서 채취한 자연산 송이버섯을 대접했다. 불멍까지 완벽한 코스를 준비했다. 좋은 인상을 가지실 수 있도록, 정말로 최선을 다했다.

형사과장님들은 또 어떠한가. 충청 지역 전체를 1년에 한 번씩 옮겨 다니며 형사과장을 맡으시는 선배님들 말이다. 명절이면 그분들 선산에 같이 가서 벌초를 하고, 함께 사우나도 했다.

형사 선후배들은? 우리 지역 경찰 테니스 팀 총무로서 나는 먹는 것부터 유니폼까지 하나하나 챙겼다. 전국 경찰청 테니스 대회가 열릴 때면 최고급 고속버스를 저렴한 가격에 대절했다. 버스 자리마다 음료수와 간식도 부족함 없이 깔아줬다.

이렇게 최선을 다하는 나를, 서장님들, 형사과장님들, 그리고 선후배들까지 모두가 참 좋아했다. 그런데 왜, 진급을 안 시켜주냐고!

하다 하다 안 돼서, 속리산 아랫자락에 갓 신내림을 받은 무당 집까지 찾아가기에 이르렀다.

무당은 잘해봐야 열다섯 살 정도 되는 여자아이였다. 그런데 그 무당이 대뜸 내 사주에 금이 없다고 했다. 사람 사주에 금이야 없을 수도 있다. 그런데 그게 뭐가 어쨌다는 건가, 금이라도 사다가 바치라는 건가. 게다가 보자마자 대뜸 반말이다.

이 무당, 혹시 사기꾼 아냐? 각이 딱 보이스피싱 아니면 다단계 느낌이다. 내가 오늘 수갑만 챙겨왔으면 확 그냥….

"계급 하나 올라가면 경감 아냐."

"네. 근데요?"

"경감에 '감' 자를 한자로 어떻게 써?"

모른다. 경감이 되어봤어야 알지. 경찰 시험 칠 때 한자 공부도 했지만, 계급을 한자로 배우지는 않는다. 무당은 나를 보며 혀를 찼다. 우리 집 딸내미도 중딩인데, 딱 우리 딸만 한 애가 반말하며 혀를 찬다. 저걸 쥐어박을 수도 없고.

무당이 화선지를 꺼내더니 붓을 들고 한자를 썼다.

鑑

"바라보다, 살피다라는 뜻의 감 자야. 경감. 경계하고 바라보며 살피는 사람. 그걸 모르니 지금까지 진급이 안 되지."

그리고 종이를 내 코앞에 들이밀었다.

"자 봐봐. 여기 부수로 '쇠 금(金)' 보이지? 금이잖아, 금!"

왼쪽에 금자가 붙어 있었다. 진짜 금이다. 아. 내가 금이 없어서, 지금껏 승진을 못했구나. 나도 모르게 입을 벌리고 무당을 쳐다봤다. 무당은 어깨를 펴고 턱을 들며 씨익 웃었다. 앞으로 온몸에 금을 지니고 다니란다. 금박지를 사서 지갑에 넣고, 금목걸이, 금팔찌를 차고 다니란다. 가능하면 휴대폰 케이스도 금색으로 하면 연말에 좋은 일이 있을 거랬다. 감사하다며 복채를 내려고 하자, 받지를 않는단다.

"온 동네 칼 맞아 죽은 원귀들 달래주러 다니는 사람한테는 돈 받지 말래. 우리 아기 동자님이."

조언도 해주고, 복채도 안 받고. 이 사람은 찐 무당이다.

그 길로 나와 친구가 하는 동네 금은방에 갔다.

"갑자기 무슨 바람이 불어서 금목걸이랑 금팔찌를 산다고 찾아오셨대. 혹시… 애인 생겼어?"

"쓸데없는 소리 하지 말고. 순금. 무조건 순금으로 줘."

"줄 수야 있는데… 형사가 그런 거 하고 다녀도 돼?"

"형사는 액세서리 하면 안 되는 법이라도 있어?"

"아니 그게 아니라, 동네 양아치 같잖아. 특히 니 비주얼은 딱 그 느낌이지."

어릴 때부터 줄곧 깍두기 머리였던 나는 눈도 부리부리하고 눈썹도 엄청 짙다. 유도를 해서 덩치도 크고 하니 정말 그렇게 보일 수도 있다. 하지만 지금 그런 건 중요하지 않다. 내 사주에 금이 없다는데!

와이프와 애들은 온몸에 금이 주렁주렁 달린 나를 걱정스러운 눈빛으로 봤다. 진급이 하도 누락되니까 조금 이상해진 게 아닐까, 그런 표정이었다. 상관없었다.

강력계 사무실에 출근하자 후배 형사들이 "이야, 우리 형님 스타네 스타. 너무 눈부셔서 쳐다볼 수가 없네"라며 장난을 쳤다.

그래도 개의치 않았다. 복도에서 과장님께 인사를 드리니, 나를 위아래로 훑더니 바로 과장실로 따라오라고 했다.

"최형사, 너 무슨 로또라도 맞았어? 형사가 꼬라지가 그게 뭐야? 동네 조폭 새끼도 아니고."

"그게 아니라 과장님, 제가 사정이 있어서요."

"무슨 사정? 뭐 금팔찌 하고 다니면 누가 특진이라도 시켜준대? 너 그러다 쇠팔찌 차는 수가 있어."

정곡을 찔렸다. 숨을 쉴 수도 움직일 수도 없었다. 과장이 '진짜 로또야?'라는 표정으로 나를 뚫어져라 보았다. 나는 사정을 실토할 수밖에 없었다. 형사과장은 한동안 말이 없었다.

"거기 나도 소개 좀 시켜줄 수 있을까?"

"네? 과장님도 가시게요?"

"나도 아버지 살아계실 때 총경 진급해서 고향에서 서장 한번 해봐야 할 거 아냐. 어디야, 거기가. 예약해야 하나?"

무당은 내가 또 다른 고객을 물어올 줄 알고, 복채를 안 받았는지도 모른다. 나는 친절하게 예약을 잡아드리고 주소도 알려드렸다.

"최형사, 내가 거기 가는 건 비밀이야. 그리고 팔찌랑 목걸이. 그거 너무 튀어."

"좀 그런가요? 그래도…."

"서장님 교회 다니시는 거 몰라? 이거 보시면 불호령 떨어질 거야. 안 보이게 옷 안으로 잘 밀어 넣고 다녀."

그날 이후 나는 소매가 길게 나온 목폴라를 입고 다녔다. 셔츠를 입어야 하는 날에도 일부러 맨 위 단추까지 꾹 잠갔다.

한번은 형사과장이 나를 다시 불렀다.

"그 무당 참 용하더만. 나는 화가 없어서 그런 거래. 그래서 책상에 이걸 붙였어."

과장님 책상 아래, 발이 들어가는 안쪽으로 벌겋게 프린트된 종이가 줄줄이 붙어 있었다. 태양이었다. 과장님은 최신형 망원경으로 촬영된 태양 사진을, 출력 업체에 직접 가서 최고급 화질로 뽑아왔다고 했다. 불의 기운을 받기 위해서.

그 무당이 진짜 맞는 걸 떠나서, 처방이 저렴해서 좋긴 하다. 굿 하라고도 안 하고 돈 바치라고도 안 했다. MZ 무당이라 그런 건가. 아니, MZ보다도 더 어릴 것이다. 역시 어린 애들이 합리적이다. 과장님이 말했다.

"그리고 최형사한테도 기회가 왔어, 진급할 기회. 이번에 미제 사건 해결해서 한 건 올리자."

"갑자기 미제 사건이요?"

"그래! 10년 전에 속리산에서 여중생 사체 나온 사건 알지? 미제 된 거. 혼자 알고만 있어. 그거 유력 용의자가 떴어. 지금 아는 사람은 너하고 나뿐이야.”

미제 사건이라니… 과장님 눈빛이 빛났다. 이건 100퍼센트 특진이다. 과장님도, 나도, 우리 모두 내년엔 계급장이 바뀐다.

2.

10년 전 미제 사건은 이런 내용이었다. 읍내 학원 수업이 끝나고 귀가하던 여중생이 실종됐다. 농사를 짓는 부모는 딸이 밤 늦도록 오지 않자 동네 파출소에 신고했다. ‘어떤 남자의 차를 타고 가더라’는 인근 편의점 사장의 목격담만 확인됐다. 그리고 보름 뒤, 산에서 여중생이 시신으로 발견됐다. 강간살인 사건이었다. CCTV도 목격자도 없는 산속이었다.

사건은 그대로 미제가 됐다. 아무 증거도, 용의자도 한 명 없는 드문 사건이었다. 기자들부터 미제 사건을 파헤치는 탐사보도 프로그램들까지 해마다 돌아가며 목격자 제보를 받겠다며 방송을 내보냈다. 하지만 그 흔한 제보 하나 들어오지 않아, 말 그대로 오리무중에 빠졌다. 그런데 범인을 잡아낸다고? 어떻게?

과장님이 말했다.

“얼마 전에 경찰대 후배가 부친상을 당해서 초상집에 갔어. 거기 선후배들끼리 모였는데 그런 얘길 하더라고. 오래전 미제 사건 증거를 국과수로 다시 보내면 뭐가 나온다는 거야. 그동안 신기술도 나오고, 박사들 노하우도 늘어서.”

“그럼 여중생 사건도 국과수에 보내신 거예요?”

“그다음 날 바로 내가 직접, 여중생 피해자 물건들 들고 원주 국과수 본원에 갔지. 긴급이라고 맡겨놓고 기다렸어. 그랬더니 다음 날 아침에 다시 부르더라고. 뭘 찾았다면서.”

“범인 DNA라도 나온 건가요?”

“아니. 쪽지문.”

쪽지문은 지문의 한쪽을 뜻한다. 온전한 지문이 아닌, 지문의 일부분이다. 여중생 가방 지퍼에 캐릭터 스티커 같은 게 붙어 있었단다. 거기서 예전에 찾지 못했던 범인의 지문이 나왔다고 한다. 10년 전 미제 사건의 증거 1호였다. 지문에는 융선이 있다. 융선은 나이테 같은 것인데, 사람마다 융선이 다르다고 과학수사 교육 과정에서 배웠다. 하지만 쪽지문이면 융선의 일부분만 보인다. 그걸로 과연 범인을 잡을 수 있을까.

이번에 찾은 쪽지문은 33퍼센트짜리다. 과장님은 이미 국과수에서 지문자동검색 프로그램에 이 쪽지문을 돌려봤다고 했다. 그리고 놀랍게도 그 지문과 일치하는 사람을 찾았다고 했다. 물론 33퍼센트만 일치하는 사람이다. 정확한 지문의 주인이 아니라, 유력한 사람이라고 해야 맞다. 하지만 과장님은 그를 범인이라고 단정 지어 말했다.

가방에서 지문이 나왔다고 꼭 살인자인가. 이웃이라서, 동네 삼촌이라서, 단골 문구점 사장이라서 가방에 스티커를 붙여줬다거나, 가방을 들어준 적이 있을 수도 있다. 33퍼센트가 일치하는 그 사람은 살인자가 아닐 수도 있다. 설령 그가 살인자라 하더라도, 이와 같은 논리로 빠져나갈 수도 있다. 쪽지문으로 무엇을 어떻게 해야 한다는 걸까.

"그러니까 내가 우리 강력계의 에이스, 최형사를 부른 거 아니야. 우리 이번에 한번 화끈하게 말아보자! 이놈만 잡아서 오면, 전국 모든 언론사에서 카메라 들고 바로 이 방으로 다 튀어올 거라고!"

나는 에이스가 아니다. 에이스였으면 진작 진급했지, 어린 무당한테 한자나 배우고 있겠냐고. 과장이 나를 에이스라고 부르는 이유는, 내가 필요해서다. 이런 애매한 수사에서 성과를 내려면, 진급에서 번번이 미끄러지는 나 같은 사람이 필요했을 거다. 절실함에 계급장 걸고, 무리한 도박에 덤벼들 사람 말이다.

아무리 그렇다고 한들, 쪽지문만 가지고 확신한다면 위험하다. 이렇게 수사를 모르니, 그간 진급도 못 하고 후배들한테 밀렸겠지. 물론 그렇게 따지면 능력이 없는 건 나도 마찬가지다.

3.

쪽지문의 주인은 57세, 전과 7범 김사춘 씨였다. 성범죄도 여러 번 저지른 전력이 있는 그는, 현재 동네 뒷산 과수원에서 인부로 일하고 있었다.

사건 당시 김 씨는 네 번째 수감 생활을 마치고, 막 출소한 때였다. 그리고 불과 한 달 뒤 그는 다시 구속되었다. 죄명은 강간이 아니라 기물파손이었다. 술을 마시고 식당 기물을 파손한 죄로 체포됐다. 기물을 파손한 곳은 여기 충청도가 아닌 강원도 삼척이었다. 김 씨는 다른 지역 경찰서에 잡혀가 재판을 받았다. 당시 판결문을 보니, 물건값을 물어주면 충분히 구속을 피할 수 있었다. 징역을 여러 번 살았던 그가, 그 사실을 몰랐을 리가 없다. 어쩌면 더 큰 범죄를 저지르고, 용의선상에서 벗어나기 위해 다른 범죄로 도피성 수감을 시도했을 가능성이 있다. 이를테면 강간살인죄 같은.

산으로 여중생을 태워 이동했을 테니, 차량이 있었는지도 파악했다. 당시 그가 대포차를 이용해 음주 운전을 했다는 기록이 있었다. 출소와 재수감 사이의 짧은 기간 동안 그는 대포차를 타고 다녔다. 그렇다면 강간살인 사건을 조사하던 당시 우리 지역 경찰의 수사망을 벗어났을 가능성이 높다. 대포차도 추적이 안 되었을 것이고, 금방 또 잡혀갔으니 용의선상에서 아예 없었을 테다. 게다가 출소 후 주소지마저 다른 지역으로 신고했다면, 진짜 유령 같은 존재였을 것이다.

그런데 왜 지금은 굳이 이곳에 사는 걸까. 다른 사건을 조사하는 척, 과수원 인근을 탐문하자 금방 답이 나왔다.

"김 씨 아버지가 군인이라 어릴 때부터 여기저기 돌아다니며 살았다 하더라고. 근데 원래부터 이 동네 사람이래. 어릴 때 돌아가신 어머니 산소도 여기 뒷산에 있대."

뒷산은 여중생의 시신이 발견된 곳이었다. 사건 현장의 지리 감까지 가지고 있는 사람이다. 쪽지문을 제외하더라도 정황은 점점 쌓여갔다. 하지만 정황은 말 그대로, 정황이다. 결정적인 무언가가 더 필요하다.

단서는 더 나오지 않고, 시간만 흘러갔다. 게다가 나도 원래 맡은 사건을 수사하면서, 몰래 미제 사건의 수사까지 이어가는 것은 더 이상 물리적으로 불가능했다. 결국 과장님께 도움을 청했다.

"과장님, 이거 강력반 전체가 붙어서 해야 할 것 같은데요. 아직 증거도 부족하고요."

"자백만 받아내면 되는 거 아냐? 쪽지문이랑 자백이면 충분히 콩밥 먹일 수 있을 것 같은데."

“그거야 당연한데요. 자백을 받으려면 잡아 와야….”

“그래? 그럼 바로 긴급체포해서 자백부터 받자.”

세상 어느 범죄자가 잡혀 온다고 무조건 자백을 한다는 말인가. 심지어 10년 된 미제 사건이다. 만일 그가 범인이라면, 방송에 여러 번 언급된 사건이라 이 사건에 결정적인 물증이 없다는 사실을 우리보다 더 잘 알 것이다. 그럼에도 과장님은 물러서지 않았다.

“그럼 잡아 와서 결정적인 물증이 있다고 하면서 진술받으면 어때? 긴급체포할 때 언론에도 알려서 미제 사건이 해결된다고 변죽을 울리면 되잖아. 그럼 뭐가 있나 싶어서, 바로 쫄아서 자백할 거 아냐.”

과장님 같은 사람을 우리는 ‘수방사’라고 부른다. 수사를 방해하는 사람. 게다가 잡아 왔다가 그가 범인이 아니라면 뒷감당은 누가 할 것인가. 하지만 걱정을 입 밖으로 내지 못했다. 이걸 성공만 해낸다면, 무조건 특진할 수 있는 기회인 게 사실이었다. 이런 기회는 경찰 생활하면서 한 번 찾아올까 말까 하는 로또 같은 것이다. 어떤 바보가 이런 기회를 눈앞에서 놓친단 말인가.

결국 나는 과장님 말에 따를 수밖에 없었다.

“김사춘 씨 되시죠? 당신을 2015년 여중생 강간살인 사건의 피의자로 체포합니다. 불리한 진술은 하지 않을 권리가 있고….”

과수원에서 김 씨를 체포했다. 그는 사다리에 올라 배를 따고 있었다. 형사라고 신분을 밝혀도, 놀란 기색 없이 땀을 닦으며 천천히 사다리를 내려왔다. 그리고 아무 말 없이 수갑을 받았다. 살인 사건 피의자라고 했는데도, 화도 내지 않고, 대꾸도 하지 않고, 그냥 순순히 차에 올랐다. 형사에게 잡혀본 경험이 많아서, 어차피 반항해도 소용없다는 걸 알아서 그런 건가.

긴급체포에서 주어지는 시간은 48시간이다. 그 안에 자백을 받지 못하면 풀어줘야 한다. 나에겐 시간이 없다.

바쁜 마음으로 그를 진술녹화실에 앉히고, 곧바로 조사를 시작했다. 기본적인 인적 사항을 확인한 뒤, 본 게임이 시작됐다.

"혹시 2015년 9월 23일경, 어디서 무엇을 하셨습니까?"

"그 여자애, 제가 죽였어요."

첫 조사, 첫 질문에 그가 자백했다. 진술실 옆방에서 화면을 지켜보던 형사과장이 "됐다!!"라고 외치는 소리가 메아리처럼 들렸다. 시골 경찰서는 방음장치부터 고쳐야 해. 나는 물었다.

"진짜 맞아요?"

"그럼요. 제가 왜 거짓말을 하겠어요."

"왜 자백하는 거예요?"

"찜찜해서요. 그리고… 자백하면 좀 편해질 것 같거든요. 악몽도 안 꾸고."

그는 내가 묻지도 않은 그날의 상황을 설명하기 시작했다. 어떻게 피해자에게 접근했는지. 차에 태운 뒤 어떻게 위협했는지. 산에 가서 어떤 끔찍한 범죄를 저질렀는지. 증거는 어떤 방식으로 인멸했는지. 담담하고 세세하게, 모든 것을 막힘없이 술술 불었다. 범인이 아니라면 알 수 없는 구체적인 내용이었다.

나는 키보드로 그의 말을 옮겨 적느라 바빴다. 손가락이 움직일수록 심장은 더 빠르게 쿵쾅거렸다. 미제 사건을 해결하다니. 세상에 이런 로또가 나에게 오다니. 빠른 손놀림에 손목 안쪽 깊숙이 넣어둔 금팔찌가 내려왔다. 목 안쪽 금목걸이는 땀이 차서 찐득거리며 살에 붙는 게 느껴졌다. 하지만 개의치 않았다. 중요한 건 이 진술서다.

물론 이 모든 게 녹화되고 있지만, 법적 절차에서 가장 중요한 건 내가 직접 작성하는 이 진술서다. 1회 진술서에는 내 이름과 계급, 그리고 서명이 들어간다. 경위로서 작성하는, 어쩌면 마지막이 될 진술서다. 그때 김 씨가 말했다.

"형사님, 비싼 팔찌 하셨네요? 제 덕분에 특진도 하실 건데, 점심 맛있는 거 시켜주세요."

전복 두 마리까지 추가해서 삼계탕을 시켰다. 순전히 내 사비로 샀다. 후배들이 나쁜 놈한테 너무 잘해주는 거 아니냐고 핀잔을 줬다. 함부로 사람한테 나쁜 놈이라니. 내 복덩이인데. 게다가

성도 김 씨 아닌가. 쇠 금(金)을 한자로 쓰는 김 씨!

다음 날 아침 곧바로 법원에 구속영장을 청구했다. 쪽지문과 김 씨의 자백 진술서, 전과기록을 확인한 판사는 곧바로 영장을 발부해주었다. 추가로 조사를 2회를 더 한 뒤, 1, 2, 3회 진술서를 모두 완성했다. 그날 김 씨의 점심은 장어덮밥, 저녁은 한우육회 비빔밥이었다. 그것도 모두 내 사비로 사 왔다. 밥을 잘 먹는 김 씨에게 말했다.

"검찰에 가서도 성실하게 조사 잘 받으시면, 형량 잘 받을 수 있게 제가 검사님께 말씀 잘 드릴게요."

4.

이틀 뒤, 김 씨를 검찰로 송치하는 날. 과장님이 전국 언론사 기자들을 다 불러 모은 듯했다. 그들은 경찰서 건물 앞에 거대한 포토 라인을 만들었다. 나는 모자와 마스크로 김 씨 얼굴을 가려주었다. 그리고 거울을 보며 내 머리를 매만졌다. 선크림도 곱게 발랐다. 옷은 백화점에서 사둔 고급 셔츠였다. 어차피 경찰 조끼로 가려질 옷이지만, 그래도 예쁘게 보여야 한다. 이 장면을 전 국민이 볼 것이다. 누가 미제 사건을 해결했는지, 전 국민의 알

권리를 위해 제대로 알려드려야지.

　김 씨와 팔짱을 끼고 경찰서 문 앞을 나섰다. 플래시 세례가 쏟아졌다. 잠시 포토 라인에 멈춰 서서 기자들의 질문을 받았다. 김 씨가 답을 했는지 안 했는지 기억이 나지 않는다. 그저 나는 카메라를 보며, 늠름하고 당당한 대한민국 경찰의 모습을 보여주고자 했다.

　멀리서 과장님이 빨리 움직이라고 손짓했다. 그제야 나는 김 씨를 끌고 기자들 사이로 걸어갔다. 내 결혼식장에 입장할 때만큼이나 떨렸다. 하지만 그 길은, 나에겐 레드 카펫 그 이상이리라. 30초도 안 되는 그 짧은 길을 당당히 걸어 김 씨를 승합차에 태우고 검찰청으로 출발했다. 검찰에 도착해서 검사님께 김 씨와 관련 서류를 모두 인계했다. 그제야 흥분을 가라앉히고, 검찰청 주차장에서 담배 한 대를 무는데 과장님에게 전화가 왔다.

　"우리 에이스, 오늘 고생했다고 서장님이 저녁 사주신대."

　우리 동네에서 가장 비싼 참치횟집으로 갔다. 서장님이 손수 참치 대뱃살을 김에 싸서 입에 넣어주셨다. 집에서 가져온 위스키도 가득 따라주셨다. 웃음소리가 끊이질 않았다. 아무리 술을 마셔도 취하지 않았다.

　그날 전국 뉴스에 내 사진이 실렸다. 와이프도 아이들도 내 늠름한 모습을 자랑스러워했다.

다만 아쉬운 점이 있다면 대부분의 기사에서 김 씨 얼굴을 모자이크 처리하며 내 얼굴도 함께 가렸다는 것이다. 범죄자도 아닌데 왜 굳이 나를 보호해주려고 했을까. 과도하게 친절한 기자님들이 서운했다. 그럼에도 모자이크 속 나를 알아본 친척들과 친구들에게서 축하 문자와 전화가 쏟아졌다. 기사마다 "10년 된 미제 사건을 해결한 형사가 훌륭하다"는 칭찬 댓글이 수백 개씩 달렸다. 밤새 문자 메시지와 댓글을 읽고 또 읽느라 잠들 수 없었다.

서장님은 1심 재판만 끝나면, 곧바로 나를 경감으로 특진 시켜줄 거라고 했다. 후배들도 벌써부터 나를 '최경감님'이라고 불렀다. 이미 내 사주엔 '금'이 붙은 거나 다름 없었다.

한 달 뒤, 첫 재판 날이 다가왔다. 나는 재판정 방청석에 앉았다. 피고인석의 김 씨는 얼굴이 좋아 보였다. 나를 알아보고 살짝 웃으며 목례까지 했다. 나 역시 고개를 숙여 인사했다. 이런 사건이면 재판은 두세 번 안에 끝난다. 그리고 곧바로 선고하면 마무리된다. 대략 2개월 정도 걸릴 것이다.

드디어 재판이 시작됐다. 판사가 김 씨의 인적 사항을 간략하게 확인했다. 이어서 검사가 공소장을 읽었다. 강간살인 사건과 김 씨의 자백에 대한 내용이었다. 이제 곧 변호사의 차례다. 그런데 검사가 공소장을 내려놓더니, 말을 덧붙이기 시작했다.

"재판장님, 피고인 김 씨가 저지른 강간살인은 매우 극악무도 한 범죄입니다. 지난 10년간 피해자의 가족들은 매우 고통스러운 시간을 견뎌야 했습니다. 사회적으로도 많은 사람들이 이 사건을 주목하며, 피고인에게 엄벌을 처해줄 것을 요구하고 있습니다. 재판장님께서는 이러한 목소리를 꼭 기억하시고, 강력한 법의 처벌을 통해 사회 정의를 바로 세워주시길 간곡히 부탁드립니다."

한국 법정에서 검사는 저렇게 말하지 않는다. 할 말이 있으면 보통 서면으로 제출하고, 변호사가 다시 서면으로 반박하고, 판사가 그걸 보고 판단한다. 그러다 마지막 재판 때, 최후 변론을 하며 사건의 중요성을 강조하는 경우는 종종 있다.

하지만 오늘 저 검사처럼, 첫 재판부터 판사 앞에서 웅변하듯 의견을 말하는 경우는 현실에선 찾아보기 어렵다. 드라마에나 나오는, 매우 이례적인 검사의 태도였다. 판사도 변호인도 약간 당황한 눈치였다.

이유는 금세 알게 됐다. 검사가 말을 마치자, 방청석 곳곳에서 키보드를 두드리는 소리가 법정 전체에 울렸기 때문이다. 기자들이 있으니, 검사도 이를 의식해서 첫 공판에 대한 기사가 나갈 때 검찰의 입장이 명확하게 전달되길 바란 것이다.

다만, 내게는 울려 퍼지는 그 키보드 소리가 너무 불길하게 느껴졌다. 불안한 마음에 나도 모르게 금팔찌를 찾아 더듬었다. 옷깃 안에 있어야 할 팔찌가 느껴지지 않았다. 목 안쪽에도 목걸이가 없었다. 깜박하고 집에 두고 왔다. '금'이 없다니… 더 불길하다. 첫 재판이 끝날 무렵, 판사가 김 씨에게 물었다.

"피고인, 검사가 주장하는 범죄 사실에 대해서 모두 인정하십니까?"

김 씨는 말없이 잠시 방청석을 둘러보았다. 그도 기자들을 의식하는 듯했다. 김 씨는 조사 내내 보지 못했던 무표정한 얼굴로 천천히 고개를 숙여 마이크에 입을 댔다.

"아니요. 저는 사람을 죽이지 않았습니다."

방청석 전체에서 탄식이 쏟아졌다. 기자들의 키보드 소리가 더 빨라졌다. 김 씨는 말을 이어 갔다.

"경찰 단계에서부터 강압적인 수사가 있었습니다. 제가 어디 맞거나 고문당한 건 아니지만… 아무튼 자백을 안 하면 안 될 것 같은 분위기였고… 무서워서 거짓으로 자백한 겁니다. 저는 범인이 아닙니다."

"그럼 검찰 조사 단계에서도 거짓 자백을 한 것인가요?"

"네, 검사가 욕도 하고 그러는데 위축되더라고요. 제가 당뇨도 있고 공황장애도 있거든요. 그래서 너무 불안했어요. 재판에 와야 솔직히 말할 수 있을 것 같아서 지금까지 참고 있었습니다."

검사는 어이없는 표정으로 피고인을 보며 헛웃음을 지었다. 김 씨의 말은 사실이 아니다. 그는 분명, 범인이 아니라면 알 수 없는 범죄 현장을 구체적으로 묘사했었다. 진술 내용은 시신 흔적과도 일치했다. 공개되지 않은 수사 정보도 모두 꿰뚫어 정확히 알고 있었다. 범인이 아니면, 절대 그렇게 말할 수 없다.

그런데 왜 갑자기 변심한 걸까. 아마도 아까 검사가 했던 말 때문일 것이다.

'사회 정의'와 '엄벌'. 자백하면 형량이 줄어들 거라 기대했던 김 씨에게는, 그 말이 자신을 죽이겠다는 말로 들렸을 것이다. 그렇다 한들, 이렇게 한순간에 말을 바꿀 줄은 몰랐다. 2차, 3차 공판에서도 김 씨는 '거짓 자백' 주장을 뒤집지 않았다.

검사는 증인으로 나를 불렀다. 첫 조사 때 강압 수사가 있었는지 물었다. 방청석에 기자가 많아서 떨렸지만, 그런 적은 절대 없다고 있는 그대로 답변했다. 이번엔 김 씨 측 변호사가 질문할 차례다.

"증인은 형사로서 피고인에게 삼계탕을 사 준 적이 있죠?"

"네, 있습니다."

"그때 전복도 추가하셨죠? 몇 마리였나요?"

방청석에서 웃음이 터졌다. 살인 사건 재판에서 전복이 웬 말인가.

"두 마리였습니다."

"식사 비용 경비 처리하셨나요?"

"아니요. 제 사비로 했습니다."

"왜 그러셨지요?"

"김 씨가 조사에 성실하게 협조해줘, 고마워서 그렇게 해줬습니다."

"피고인을 회유하여 범인으로 조작하기 위해서 그런 거 아닙니까? 그게 드러날까 봐 경비 처리도 안 한 거고요. 맞죠?"

삼계탕이 한 그릇에 17,000원이고, 전복 두 마리를 추가하면 23,000원, 거기에 배달 수수료까지 총 25,000원이다. 그 가격이면, 경찰서에서 식대로 경비 처리를 안 해준다. 식대로 경비 처리하는 건 고작해야 1만 원 미만이니까. 그런데 그게 회유책이라니. 심지어 나는 먹지도 않았다.

변호사는 장어덮밥과 한우육회 비빔밥 얘기까지 꺼냈다. 졸지에, 고급 식단으로 가짜 범인을 만들어낸 비리 형사가 된 기분이었다. 다행히 식사 이야기는 기사로 나가지 않았다. 하지만 재판의 판세는 분명히 기울고 있었다.

마지막 공판일, 검사는 강간살인죄로 김 씨에게 사형을 구형했다. 무기징역도 아니고 사형이라면, 초강수를 둔 것이다. 밀린 판세를 기세로 뒤집으려는 검사의 발악이 느껴졌다.

김 씨는 검사와 달리, 최후 변론을 하며 차분하게 무죄를 주장했다. 피해자 가방에서 자신의 쪽지문이 나온 경위는 모르겠다고 말했다. 다만 김 씨는 본인이 학생들만 보면 잘해주고 싶은 마음이 드는 사람이라고 했다. 어린 시절 자기 같아서. 그래서 길가다 학생들 가방이 열려 있으면, 친절하게 다가가서 지퍼도 닫아주고, 멀리 간다고 하면 태워다주는 그런 사람이라고 말했다. 김 씨가 내게 설명했던 피해자를 유인, 약취하는 자신만의 범행 수법이었다. 그런데 그는 그걸 친절한 시민의 행동으로 둔갑시켜 거짓말을 하고 있었다. 표정의 변화도 없이 말하는 모습을 보며 소름이 끼쳤다. 그는 마지막으로 이런 말을 덧붙였다.

"제 거짓 자백으로 판사님, 검사님, 형사님, 그리고 기자님들께 심려를 끼쳐드린 점 죄송합니다. 하루빨리 진짜 범인을 찾아 피해자의 원혼이 달래지길 진심으로 바랍니다."

재판은 그렇게 끝이 났다.

5.

2주 뒤 열린 선고일에 판사는 김 씨에게 무죄를 선고했다. 판사는 김 씨가 강간살인죄를 저질렀다는 걸 확신할 수 없다고 말했다. 일단 그는 수사를 받으며 자백했지만, 재판정에서 뒤집었으므로 진술서의 신빙성을 인정하지 않는다고 했다.

나의 훌륭한 1차, 2차, 3차 진술서는 그렇게 휴지 조각이 되었다. 쪽지문이 김 씨와 일치한다는 사실은 판사도 인정했다. 하지만 33퍼센트만 일치한다는 점을 지적했다. 그의 것이 아닐 확률이, 67퍼센트는 남아 있지 않냐는 것이다. 게다가 100퍼센트 그의 지문이라고 한들, 김 씨의 말대로 살인 사건이 아닌 다른 상황에서 피해자의 가방에 지문을 남겼을 가능성도 있다고 보았다. 다른 정황증거들은 역시 마찬가지였다.

물론 그는 전과가 많은 사람이다. 성범죄 전력도 있다. 하지만 그의 과거가, 이 사건의 범인이라는 증거가 되지는 못한다. 백 명의 범죄자를 풀어주는 한이 있더라도, 단 한 명의 억울한 사람은 만들지 않는다는 게 법의 원칙이다. 그건 전과자에게도 똑같이 적용된다. 그러니 100퍼센트 확실한 증거도 없고, 자백마저 뒤집어버린 이 상황에서, 그는 무죄일 수밖에 없다.

그날 김 씨는 석방되었다. 구치소를 나온 김 씨는 곧바로 구속 기간에 대한 배상금을 청구했다. 무죄로 선고가 났으니, 당연히 지급될 것이다. 무죄가 선고된 그날, 모든 언론 뉴스에서 다시 이 사건을 다뤘다. 그런데 이후로 찍힌 김 씨의 사진이나 영상이 없어서인지, 모든 뉴스는 하나같이 김 씨와 팔짱을 끼고 이동하는 내 영상이 나왔다. 이번엔 김 씨만 모자이크 처리가 되어 있었다. 경찰인 나의 얼굴은 있는 그대로 세상에 공개되었다.

그날 밤엔 아무도 나에게 전화나 문자를 하지 않았다. 기사마다 댓글이 수백 개씩 달려 있었지만, 차마 읽을 용기는 없었다. 그럼에도 나는 잠들지 못했다.

일주일 정도 휴가를 쓴 뒤 사무실에 복귀했다. 하지만 업무에 집중할 수 없었다. 결국 대낮부터 과장님과 둘이 소주를 마셨다. 그냥 마신 게 아니라 작정하고 퍼마셨다. 하지만 밤이 되어서도 취하지 않았다. 취기가 오른 과장님이 둘 다 경찰 옷 벗으면, 금팔찌랑 금목걸이 팔아서 장사 밑천이라도 마련하자는 농담을 던졌다. 농담인데 나는 순간 분노가 치밀었다.

"에이씨, 그놈의 경감에 금 자만 없었으면 다 되는 건데."

"그건 또 무슨 소리야. 경감에 금 자가 왜 들어가."

"경감 할 때 감 자. 거기에 부수에 금이 들어가잖아요. 근데 제 사주에 금이 없다고요."

"뭐라는 거야. 그 한자엔 원래 금이 없어."

"과장님도 그걸 모르세요? 자, 보세요."

나는 티슈를 꺼내 볼펜으로 鑑이라고 썼다. 그러자 과장님이 뒤로 넘어갈 듯 크게 웃었다.

"어우, 모지리 최형사야. 이러니까 경감 진급을 못하지. 봐봐, 경감의 감은 이거야."

과장님이 쓴 경감의 감은 監이다. 내가 쓴 것과 달리 앞에 쇠

금 부수가 없었다.

"경감 할 때 감은 볼 감 자라고. 경계하고 자세히 보면서 살핀다, 그게 경찰의 경감이 하는 일이지. 니가 쓴 건 거울 감 자야. 경찰이 무슨 얼어 죽을 민중의 거울이냐. 민중의 지팡이면 몰라도. 됐고 술이나 처먹어."

진짜였다. 경감에는 원래 '금'이 없었다. 열다섯 살 무당이 잘못 가르쳐준 것이다. 그래, 우리 딸이랑 비슷한 나이잖아. 걔네 세대가 무슨 한자를 알겠어. 게다가 무당하며 돈 버느라 학교도 제대로 안 다녔을 텐데. 그럼 더더욱 이런 어려운 한자를 알 리가 없지. 사주에 금이 없어서 경감이 못 된다는 건 어불성설이었던 것인가…. 한순간에 허무함이 밀려왔다.

자리에서 벌떡 일어나 식당 밖으로 나갔다. 바로 앞 하천 위 다리에 올랐다. 그러곤 금팔찌와 금목걸이를 벗어서 아래로 집어던졌다. 순금의 금붙이들이 수면에 부딪치며 반짝하더니, 이내 검은 물속으로 빠르게 사라졌다.

썩을 놈의 세상. 경위가 어때서! 그깟 진급, 안 하고 말지!

무대라면
어디든 달려갑니다

☐ 직업	인디 뮤지션
☐ 나이	45세
☐ 성별	남자
☐ 특징	유튜브 구독자 157명

1.

"야, 오후에 녹음실 와서 기타 세션 좀 해줘."

예고 없이 걸려 온 선배의 전화. 반지하 단칸방으로 4만 원짜리 알바가 뚝 떨어졌다. 기름값이 만 원쯤 나올 거리였다. 그래도 3만 원을 버는데, 이게 어디냐 싶었다. 곧바로 모자만 쓰고, 기타를 메고 방을 나섰다. 누군가가 나를 찾으면 어디든 달려간다! 이것이 인디 음악계 20년 차 뮤지션인, 나의 유일한 개똥철학이었다. 자존심 상하지만, 당장 이번 달 월세부터 해결해야 한다는 현실적인 이유도 있다.

골목 끝에 주차해둔 나의 '옵티머스'에 올랐다. 이름과 달리, 주행거리 40만 킬로미터를 넘어선 2000년식 코란도다. 오늘 당장 폐차해도 이상하지 않을 고물차지만, 나에겐 더없이 소중한 존재다. 변신 로봇처럼 멋있어서가 아니라, 유일하게 나의 생계를 도와줄 친구니까. 일주일 만에 시동을 걸자 옵티머스가 한 번 크게 떨었다. 엔진이 기침하는 소리를 들으며, 나는 속으로 말했다. 오늘은 제발 중간에 멈추지 말고, 끝까지 잘 달려가보자.

경운기처럼 덜덜거리는 옵티머스와 함께 뻥 뚫린 도로를 달려 녹음실에 도착했다. 잘나가는 어느 작곡가의 개인 작업실 겸 녹음실이라는 4층짜리 빌딩이었다. 문을 열고 들어서는데, 선배가 내 눈을 제대로 쳐다보지 못했다.

"미안한데, 기타가 없어졌대."

나는 기타 케이스를 내려놓으며 말했다.

"괜찮아. 집에서 기타 가져왔어."

선배가 한숨을 쉬었다.

"그게 아니라, 노래에서 기타 세션이 없어졌다고. 어쿠스틱한 느낌 대신 클래식하게 바이올린으로 가기로 했대. 그래서 급하게 바꾸느라 다들 싸우고 난리야."

그때 어딘가에서 사람들의 웃음소리가 들렸다. 복도 끝에서 다른 누군가는 "방금 딱 좋았어! 우리 한 번만 더 가자!"라고 소리쳤다. 녹음실은 생기와 긍정의 에너지가 가득했다. 그때 한 스태프가 다가와, 죄지은 얼굴로 말했다.

"죄송해서 어쩌죠. 작곡가님이 워낙 즉흥적이셔서요."

나는 괜찮다며 입꼬리를 귀까지 올리며 웃었다. 울면 더 못난 사람처럼 보이니까.

"식사도 못 하고 오셨죠? 근처 맛집에서 사 온 건데, 좀 드셔 보세요."

떡볶이, 순대, 튀김. 맛집에서 온 것치고는 매우 평범한 음식이다. 에너지 넘치는 녹음실 분위기와 달리, 테이블 위 음식들은 차갑게 식어 생기가 없었다. 하지만 나는 웃으며 그 앞에 앉아 젓가락을 집어 들었다. 혹시라도 변덕쟁이 작곡가가 마음을 바꿔, 기타 세션이 필요하다고 할 수도 있으니까. 그때까진 어떻게든 버텨보자는 마음으로 떡볶이를 집었는데, 이게 웬걸? 너무너무 맛있다. 진짜 맛집에서 사 온 건가. 아니면 허겁지겁 달려오느라 배가 고파서 그런 건가.

떡볶이를 반씩 베어 물어 천천히 먹었다. 여기서 오래 버티려면 아껴 먹어야 한다. 하지만 누군가 내 뒤로 지나가며, 말없이 물건들을 정리하기 시작했다. 그 손동작이 내겐 녹음실을 떠나라는 손짓으로 느껴졌다. 역시, 여긴 내가 있을 곳이 아니구나.

괜히 욱한 마음이 들었다. 사람을 갑자기 불러놓고 이게 무슨 경우란 말인가! 하지만 소심한 나는, 마음속 소리와 다른 소리를 내뱉고 말았다.

"남은 거… 싸 가도 돼요?"

세상 찌질한 한 마디가 튀어나왔다. 옆에 있던 사람들이 모두 "그럼요"라며, 친절하게 남은 음식을 비닐봉지에 싸줬다. 친절하니 더 서럽고 분했다.

기타 케이스와 비닐봉지를 들고, 옵티머스로 돌아와 시동을 걸었다. 옵티머스가 또 한 번 크게 떨었다. 시동이 꺼질까 봐 불안했다. 제발, 여기서 퍼지면 안 돼. 퍼지더라도 이 동네는 벗어나야 해! 여기서 더 이상 쪽팔릴 순 없어. 그 순간, 룸미러 속 나와 눈이 마주쳤다. 거지꼴. 그래도 나는 입꼬리를 귀까지 끌어올리며, 나를 향해 웃어주었다. 우리, 힘내자.

집으로 돌아가는 길, 맥없이 달리다 어느 신호에서 멈췄을 때였다. 앞 유리에 작은 그림자가 스쳤다. 보닛 위에 초록색 물체가 있다. 처음엔 낙엽이 붙은 줄 알았다. 그런데 낙엽이 날 쳐다보는 게 아닌가.

사마귀였다. 눈도 크고 몸집도 큰 사마귀. 삐쭉한 앞다리를 한껏 들고 있었다. 신호가 바뀌었다. 덜덜거리는 옵티머스가 앞으로 나아갔다. 그런데 사마귀가 내리지 않았다. 오히려 낫 모양 앞다리를 접어 주먹을 쥐어 보였다. 날 쳐다보며 주먹을 쥐는 녀석을 보는 순간, 나는 화가 치밀었다.

"야 임마! 너마저 무임승차냐! 내가 호구로 보이냐고!"

녹음실에서 그 누구에게도 내뱉지 못했던 분노가, 사마귀를 향해 목소리로 터져 나왔다.

그러든지 말든지 사마귀는 여전히 주먹을 쥐고 내 쪽을 빤히 쳐다보고 있다. 나는 그 녀석을 째려보며, 액셀을 힘껏 밟았다.

20… 30… 40… 속도가 올라가도 사마귀는 곧잘 버텼다. 초록빛 두 주먹을 꽉 쥐고 뒷다리를 보닛과 와이퍼 틈에 박은 채, 바람을 타는 듯 서 있었다. 그 모습에 화가 더 솟구쳤고 나는 옵티머스를 더욱 채찍질했다.

50… 60… 70… 그리고 80! 속도를 빠르게 올리자, 옵티머스가 심하게 덜덜거렸다. 그 떨림에 사마귀도 넘어질 듯 흔들거렸다. 그걸 보는데, 이상하게도 헛웃음이 터져 나왔다. 어쭈 이것 봐라. 이래도 버틴다 이거지? 그래 누가 이기나 해보자.

"옵티머스! 힘내라고! 우리가 아무리 바닥이라도, 곤충은 이겨야지!"

90… 옵티머스의 엔진은 금방이라도 터질 듯 굉음을 쏟아냈다. 그래도 난 주저하지 않았다. 모든 것에 패배한 오늘, 이번 만은 꼭 이기리라. 속도계가 100에 다다르자, 속도와 떨림을 못 이긴 사마귀가 자세를 낮췄다. 드디어 내 앞에서 무릎을 꿇는구먼. 나의 승리가 확정되는 그 순간, 갑자기 사마귀 등에서 날개가 솟아 나왔다. 사마귀에게는… 날개가 있었구나….

날개는 생각보다 컸다. 양 날개를 넓게 펴곤, 바람의 흐름을 타는 듯했다. 다시 사마귀와 눈이 마주쳤다. 녀석은 편안해 보였다. 마치 날 보고 웃는 것처럼. 그러더니 이내 패러글라이딩을 타는 것처럼 뒤로 휙 하고 날아가버렸다.

슬로비디오처럼 천천히 멀어지는 사마귀를 보며, 나는 한참 동안 벌린 입을 다물지 못했다. 사마귀는 굽실대며 사는 나와는 다른 존재였어. 마치 목숨을 건 시련과 고난을 이겨낸 뒤, 하느님의 부름을 받아 천사가 되어 승천하는 것처럼, 사마귀는 자유롭게 멀리멀리 날아갔다. 나는, 현실의 반지하 단칸방으로 다시 내려가야 했다.

문을 열자, 눅눅한 공기와 탁하고 어두운 조명 그리고 익숙한 곰팡내가 나를 반갑게 맞이했다. 차디찬 바닥에 앉아, 먹다 만 떡볶이와 순대와 튀김을 비닐봉지에서 꺼냈다. 떡볶이를 한 입 먹자, 녹음실의 생기가 떠올랐다. 그러면서 혈압이 높아졌고, 피가 빠르게 돌더니 체온이 올라갔다. 빠른 혈액순환과 함께 속에 천불이 치밀었고, 사마귀의 눈이 떠오르더니, 갑자기… 영감이 솟구쳤다.

이 흐름은 대체 뭐지? 일단 까먹기 전에 빨리 남겨놓기나 하자. 현관 앞에 버려둔 헬스클럽 전단을 집어 와서는, 머릿속에서 쏟아지는 가사를 써 내려갔다.

사마귀처럼

처량한 길 위에서 만난 초록 사마귀 한 마리

코란도 보닛 위에 올라탄 용감한 친구

비바람이 몰아치고, 온몸은 멍투성이가 되어도

에라 모르겠단 마음으로 두 주먹 쥐고 버텼지

하지만 심술 난 운전자의 못된 과속에

모든 걸 포기하고 무릎을 꿇으려 했었어

근데 그 순간 기적처럼

사마귀의 등에서 쫙하고 날개가 솟아올랐어

그제서야 난 알게 되었지

바로 내 친구 사마귀가 천사였다는 걸

불합리한 세상에 매일같이 쥐어 터져도

하루하루 어금니 꽉 깨물고 버티다 보면

언젠간 내 등에서도 예쁜 날개가 솟아날 거야

사마귀처럼 저 높은 곳으로 날아가고 말 거야

다 쓰는 데 딱 1분이 걸렸다. 천재들이 히트곡을 만들 때 꼭 이런 일이 생긴다던데. 기타를 꺼내어 가사에 멜로디를 붙이기 시작했다. 문제가 있다면, 내가 밝은 노래를 만들 줄 모른다는 거였다. 애써 텐션을 높여봤지만, 코드는 우울했고 노래는 지구가 멸망한 듯 슬펐다. 에이, 이 노래도 망한 것 같다. 내 주제에 히트곡은 무슨.

혹시 모르니 기록을 남겨두고 싶어, 휴대폰을 꺼내 녹화 버튼을 눌렀다. 대충 모자만 쓰고 침침한 골방에 앉아, 홀로 신곡을 불렀다. 있는 힘껏, 입꼬리를 올리며 밝고 경쾌하게 불렀다. 하지만 여전히 노래는 암울했다. 모기 같은 목소리 탓인가. 그래도 한때는 멋진 미성이라고 다들 좋아했었다. 이제 나이를 먹고 나니, 성량도 부족하고 음색도 초라해져버렸다.

그래도 모처럼 만든 곡이니, 굴하지 않고 곧바로 유튜브에 올렸다. 나의 소중한 유튜브 채널은, 무려 구독자 157명의 〈반지하 인디스타〉다. 업로드를 끝내고 나니 다시 허기가 몰려왔다. 차갑게 눌어붙은 떡볶이와 순대, 튀김을 남김없이 먹어 치웠다. 어딘진 몰라도 맛집은 분명했다. 배부른 상태로 벌러덩 누워 유튜브 조회수를 확인했다. 그새 조회수가 100회를 넘었다. 무려 100회라니! 신곡을 발표하는 쇼케이스에 100명이 온 셈 아닌가. 혹시 나에게도 로또 같은 히트곡이 찾아온 걸까?

2.

기쁨도 잠시, 다음 날도 그다음 날도 여전히 조회수는 100회 초반을 유지했다. 반지하 단칸방에 누워 해가 뜨고 다시 지는 걸 지켜본 나는 암울해졌다. 이런 영감이 와도 히트곡을 못 만드는구나. 음악이고 뭐고 다 접어야 하나. 근데 40대 중반에 무얼 해서 먹고살 수 있을까. 사마귀도 못 이기는 팔자인데.

띵동! 알람이 울렸다. 이게 무슨 소리더라… 카톡은 아니고. 아, 이메일이다! 휴대폰을 열어보니 세상에나, 행사 섭외 이메일이 도착해 있다. 제목엔 '유튜브에서 「사마귀처럼」을 듣고 섭외를 요청드립니다'라고 적혀 있었다. 무대는 무려 광화문 특설 야외무대다. 사람이 수만 명씩 모이는 자리일 텐데, 왜 나 같은 무명 가수를 섭외하지.

"사마귀 앞다리가 낫같이 생겼잖아요. 그게 꼭 낫을 들고 투쟁하는, 불쌍한 우리 농민들 같았어요. 나쁜 운전자의 괴롭힘에 맞서는 모습은, 신자유주의에 저항하는 힘없는 동지들을 닮았고요. 그 노래 들으면서 제가 얼마나 울었는지 몰라요."

'전국농민총궐기투쟁본부'의 문화부장님이 보낸 섭외 메일 내용이다. 온 힘을 쥐어짜서 신나고 밝게 부른 노래를, 투쟁가로 듣고 섭외 요청을 보낸 것이다. 게다가 낫을 든 농민과 신자유주의라니…. 이 노래의 메시지가 전봉준의 동학농민운동을 연상시켰던 것인가. 난 그저 사마귀처럼 날고 싶었을 뿐이었다. 나도 슈퍼스타가 되고 싶다는 얘기다.

하지만 중요한 건 내 노래를 듣고 울었다는 점이다. 생각해보니, 거친 음악 인생 20년 만에 처음 있는 일 같았다. 게다가 더 중요한 건 섭외가 왔다는 점이다. 농민들의 투쟁이 어떤 건지는 몰라도 된다. 무대가 열린음악회 특설 무대처럼 크고 웅장하진 않더라도 상관없다. 이미 내 마음은 광화문광장만큼 부풀어 올랐다. '나를 찾는 곳이면 어디든 간다', 그게 내 철학이다.

벌떡 일어나 신나게 선곡 리스트를 짰다. 내 자작곡을 몇 곡이나 넣지. 아무도 모르는 노래를 하면 싫어하지 않을까. 보아하니 단체 규모도 커 보이는데, 잘 보여서 또 갈 수 있음 좋겠다. 그럼 모두가 아는 가요를 몇 곡 넣자. 농민 집회니까 민요라도 한 자락 해야 하나. 아무튼 중요한 건 엔딩은 문화부장님을 울린 「사마귀처럼」이다. 여러 곡을 펼쳐놓고 밤새 반지하에서 연습하고 또 연습했다. 손끝이 쓰라린데도 기타를 멈출 수 없었다.

공연 당일, 옵티머스를 재촉해 광화문으로 향했다. 약속 시간보다 세 시간 빨리 도착했다. 혹시 여건이 되면 리허설이라도 하고 싶었기 때문이다. 설레는 마음에 전날 잠도 설쳤다. 하지만 그곳엔 특설 무대도, 농민들도 없었다. 사진 찍는 외국인 관광객뿐이다. 내가 날짜를 착각한 건가?

"미리 연락드린다는 걸 깜박했네요. 저희가 지금 사정이 있어서 장소가 변경되었는데, 이쪽으로 오실 수 있나요?"

문화부장님이 메시지로 보내준 장소는 사당IC 인근 큰 도로변이었다. 거기는 무슨 무대가 있을 만한 곳이 아닌데 왜 거기로 오라는 걸까. 그래도 일찌감치 집을 나온 게 다행이었다.

사당에 도착해보니, 진격하는 수십 대의 트랙터와 이를 막는 경찰 버스들이 대치한 상황이다. 그 옆으로 붉은 띠를 머리에 두른 수백 명의 농민들과 헬멧을 쓴 경찰들이 서로를 노려보고 있었다. 알고 보니, 내 소중한 관객인 농민들은 전국에서 트랙터를 타고 여기까지 왔다. 그러자 서울 시내 교통이 마비될 것을 우려한 경찰이 이곳에서 교통을 차단해버렸다. 그렇다면 내 무대는 사라진 건가?

"가수님, 와주셔서 감사드리고요. 제가 진짜 노래 듣고 감동했거든요. 그래서 말인데, 여기서 노래해주시면 안 될까요?"

이곳은 그야말로 전쟁터다. 트랙터와 경찰 버스. 그 앞에 농민들과 경찰들이 일촉즉발의 상태로 대치 중이다. 거대한 전투 현장 수직 대치선 끝에 커다란 흰 트럭이 한 대 서 있었다. 문화부장님의 지시로 트럭 지붕이 열리자, 그 안에 설치된 스피커와 마이크가 보였다. 그랬다. 이들에겐 이런 이동식 무대가 일상이었다.

광화문까지 못 갈 거라고 진즉 예상했는지도 모른다.

제대로 낚였다는 생각이 들었지만, 나는 거기서 노래를 부르기로 했다.

"그 메뚜기 노래 먼저 부르실 거죠? 하시는 동안 옆에 가사를 띄워놓을 겁니다. 동지들이 보고 따라 부를지도 모르니까요."

메뚜기가 아니라 사마귀인데요. 문화부장님은 노래 제목도 제대로 기억하지 못했다. 정말 듣고 울기는 했을까. 그사이 다른 트럭 한 대가 옆으로 이동해 지붕을 열었다. 그 안에는 거대한 LED 전광판이 설치되어 있었다. 역시 그들은 광화문까지 못 갈 줄을 알고 있었던 것이다. 목을 가다듬고 트럭 위 무대에 섰다. 농민도 경찰도, 아무도 내게 관심이 없었다. 소개라도 하고 시작할까 하다가 의미가 없다 싶어서 바로 노래를 시작했다.

"처량한 길 위에서~ 만난 초록 사마귀~ 한 마리~ 코란도 보닛 위에~ 올라탄 용감한 친구~"

여기보다 처량한 길바닥이 또 있을까. 그래도 맨 앞줄에 있는 농민들이 조금씩 귀를 기울이는 듯했다. 그래, 노래의 힘이란 이런 것이다. 진짜 전쟁터에서도 노래는 평화를 가져다준다고 하지 않는가.

"시민 여러분, 여러분은 지금 도로를 불법 점거하고 있습니다. 당장 해산하지 않을 경우, 현행범으로 간주되어 체포당할 수 있으며…."

후렴으로 넘어가려는데, 경찰의 경고 방송이 시작됐다. 근데 그쪽 스피커가 이쪽보다 훨씬 성능도 음질도 좋았다. 결국 내 노래는 파묻혀버렸다. 무드 없는 사람들 같으니라고. 아무리 공무 집행 중이라도 노래 한 곡 정도는 들어줄 수 있잖아.

"동지 여러분, 저런 위협에 굴복해서는 안 됩니다. 모두 힘을 합쳐 신자유주의에 물든 정권을 무너뜨립시다! 투쟁!"

이번엔 농민들의 함성이 경찰의 경고 방송을 잡아먹었다. 이미 눈앞은 아수라장이었다. 농민들이 달려들고, 경찰들이 방패로 막아섰다. 밀고 당기는 소용돌이에 욕설이 비집고 메아리쳤다. 내 신곡 첫 무대는 그렇게 망했다. 그래도 LED 전광판에 나오는 내 가사만큼은 누군가 봐주었을 것이다.

노래를 끝내고 무대에서 내려오자, 문화부장이 말했다.

"역시 노래는 라이브가 제맛이네요. 정말 감사해요. 다음에도 또 부탁드릴게요."

과연 내 노래를 듣기나 했을까. 그래도 그의 태도는 공손했고, 두 손으로 봉투를 내게 건넸다. 그날 행사비는 현금 10만 원이었다. 그리고 선물로 20킬로그램 쌀 한 포대와 자연산 송이버섯 한 봉지도 주었다.

그날 밤 나는 갓 지은 쌀밥에 송이버섯을 구워 먹었다. 버섯에서는 신기하게 고기 맛이 났다. 오늘 아무도 내 노래는 안 들었지만, 아니 못 들었지만, 아무튼 나는 무대에 올랐고, 돈을 벌었고, 고기 맛을 느끼고 있다. 이 정도면 성공한 인생이다.

다음 날 아침, 두 번째 섭외 메일이 도착했다.

"심술쟁이 운전자가 사마귀를 괴롭히는 가사가, 꼭 좌파 정치인들이 우리 애국보수 세력을 탄압하는 것만 같이 느껴지더라고요. 꼭 우리와 함께해주시길 부탁드립니다."

메일을 보낸 분은 어느 교회 전도사님이었다. 그는 대한민국 수호를 위한 애국보수 용사들의 총궐기 집회를 준비한다고 했다. 장소는 무려 서울역 앞 광장이었다. 이번에는 진짜 무대가 있을까.

3.

당연히 가겠다고 답했다. 보수든 진보든, 내 노래를 찾는 곳이 있다면 어디든 가는 게 뮤지션의 사명이다. 지난번에 만든 레퍼토리 그대로, 또 밤을 새워 연습했다.

다행히 이번엔 진짜 무대가 있었다. 무대 앞 첫 줄에는 군복을 입은 할아버지들이 성조기를 들고 앉아서 졸고 계셨다. 그 옆으로는 교회별로 신도들이 모여 앉아 간식을 먹고 있다. 정식 집회가 시작되자, 유튜브 짤로 유명한 목사님이 좌파 정치인들을 지옥에 보내자며 설교를 퍼부었다. 모두 할렐루야를 외쳤다.

집회 옆 한편에는 그 목사님의 교회에서 만든 알뜰폰을 팔고 있었다. 앉아 있는 사람들 사이로 헌금 바구니를 들고 다니는 사람, 성조기와 태극기를 나눠주는 사람, 그리고 건강식품을 파는 사람들도 돌아다녔다. 집회인지 시장인지 구분이 안 가는 상황이었다. 그때 사회자가 이렇게 나를 소개했다.

"요즘 유튜브에서 화제가 되는 곡이죠. 「사마귀처럼 나아가자」를 함께 들어보겠습니다."

왜 아무도 노래 제목을 기억하지 못할까. 나도 모르게 시무룩해졌지만, 일단 차분한 척 기타를 들고 무대에 올랐다. 예의 바른 관객들이 크게 박수로 환영해주었다. 나는 목을 가다듬고 노래를 시작했다. 가뜩이나 성량이 작은 내 목소리는 주눅이 든 탓인지 더 작아졌다. 알뜰폰을 사라는 목소리보다, 헌금을 내라는 목소리보다, 마이크를 타고 나오는 내 목소리가 더 작았다. 주최 측에서는 스피커가 고장 난 줄 알고, 계속 음량을 올리다 위잉 하는 노이즈가 터졌다. 모두가 귀를 막았다. 그럼에도 나는 노래를 멈추지 않았다. 노래가 끝나자 군복 입은 사람들이 이렇게 소리쳤다.

"할렐루야!"

두 번째 무대도 흐지부지했다. 끝나고 내려오자, 전도사님이 말했다.

"심술쟁이 운전자라는 게 기독교 신자들을 탄압하는 이단 종교의 교주처럼 느껴져 듣는 내내 가슴이 참 아팠습니다."

나는 이단 종교의 교주가 아니다. 심술쟁이도 아니다. 하지만 차마, 그게 나 자신이라고 전도사님께 고백할 수 없었다. 그의 손에 봉투가 쥐어져 있으니까. 오늘도 행사비는 10만 원이었다. 이번에는 거기서 파는 건강기능식품 한 세트를 선물로 주셨다. 행사비보다 선물이 더 비싼 것 같았다.

그날 이후로 나는 보수와 진보를 넘나들며, 행사를 뛰는 박쥐 같은 가수가 되었다. 아니, 사회통합을 몸소 실천하는 가수라고 해야 할까. 아무튼 정당도, 성향도, 지역도 가리지 않고 닥치는 대로 무대에 섰다. 산업재해를 당한 노동자를 돕는 기금 마련 집회에서도, 재개발 이권 다툼을 하는 목사님 교회 앞에서도 노래를 불렀다. 미군기지 철수를 외치는 대학생들에게도, 동성애를 금지해야 한다며 갓을 쓰고 몰려나온 할아버지들에게도, 사마귀의 날개 이야기를 목청껏 불러주었다.

어디든 내가 서는 곳이 무대다. 그 철학이 나를 먹여 살리고 있었다. 행사비는 신기하게도 모두 10만 원을 주었다. 하지만 이대로 계속 섭외만 들어오면 되겠다 싶었다. 큰돈은 아니지만, 이제 월세 걱정도 끼니 걱정도 하지 않아도 되니까.

놀랍게도 얼마 뒤, 지방의 대기업 노조 사무처장으로부터 세 번째 메일이 왔다. 대규모 노조 집회에서 노래를 불러달라는 요청이었다. 대한민국에 손꼽히는 대기업 노동자들이 참여하는 집회였다.

하지만 예산이 부족하다는 내용이 구구절절 아주 세세하게 적혀 있을 뿐, 정확한 행사비는 적혀 있지 않았다. 금액이 궁금했지만 나는 되묻지 않았다. 대기업이라고 하니, 다른 데보다 봉투가 훨씬 두툼할 것만 같았다. 그리고 나는 누구든 찾으면 달려가는 사람이니까.

해가 뜨기 전 새벽, 옵티머스를 몰고 지방으로 출발했다. 톨게이트를 몇 차례 지나고, 기름을 한 번 더 넣고, 허리를 두 번쯤 펴고 나서야 집회 장소에 도착했다.

집회 무대는 서울과 달랐다. 폴리스라인을 설치한 경찰도, 집회에 참석한 노동자들도 모두 얼굴이 밝았다. 심지어 서서 함께 담배를 피우기도 했다. 역시 지방 인심은 서울과 다르다. 기타 가방을 메고 아늑한 그 광경을 둘러보는데, 뒤에서 누군가가 나를 툭툭 쳤다.

"안녕하세요, 가수님. 제가 메일 드린 사무처장입니다. 유튜브서 「사마귀 주먹 불끈 쥐고!」 그 노래, 듣는데 제가 바로 뿅 가버렸거든요. 그래서 동지들한테 꼭 모셔야 된다고 엄청 추천했으예.”

모두가 제목을 틀리게 말한다면, 이건 그들의 잘못이 아니라 내 잘못이다. 이번 공연이 끝나면 제목을 바꿔야겠다.

그는 나를 대기실로 안내했다. 작은 천막 부스에 내 이름이 적혀 있었다. 야외라 천막 아래로 찬바람이 횡횡 불어 들어오긴 했지만, 어쨌든 나만을 위한 대기실은 처음이었다. 게다가 과자와 사탕, 그리고 오렌지주스, 녹차, 물이 준비되어 있었다. 이걸 어떻게 안 쪽팔리게 다 가져갈 수 있을까, 이런 어쭙잖은 고민을 하는데, 노조 집행부라는 또 다른 여성분이 대기실을 찾아왔다.

“서울분이 오신다캐서, 여기서 제일 유명한 걸로 사다드릴라 캤는데 제가 깜박해가꼬예. 여서 제일 가까운 게 스타벅스밖에 없다카네예. 서울서 맨날 드시는 걸 텐데 죄송합니더.”

별다방. 나의 친구. 정말 오랜만이야. 잘 지냈지? 따뜻한 아메리카노와 마카롱 하나. 역시 지방 인심은 다르다. 미제 커피의 그 향기가 너무 반가워서 뜨거운 걸 한숨에 다 들이켤 뻔했다. 목구멍 데면 노래도 못 부를 텐데.

커피도 마시고 간식도 먹고 기분도 좋아질 무렵, 드디어 내 차례가 되었다. 무대 앞 조합원들은 차분하고 질서정연하게 의자에 앉아 있었다. 심지어 경찰들도 폴리스라인에 기대, 나의 등장에 박수를 쳐주었다. 진짜 특설 야외무대 같은 공간에서, 처음으로 관객다운 관객 앞에서 나의 「사마귀처럼」을 부르는 기회였다.

"불합리한 세상에 매일같이 쥐어 터져도

하루하루 어금니 꽉 깨물고 버티다 보면

언젠간 내 등에서도 예쁜 날개가 솟아날 거야

사마귀처럼 저 높은 곳으로 날아가고 말 거야"

노래가 끝나자 사람들이 박수를 쳤다. 누군가 예의 있게 "앵콜!"도 외쳐주었다. 그 흔한 "투쟁!"도 "할렐루야!"도 들리지 않았다. 따스한 무대가 어색하게 느껴졌지만, 진짜 인기 스타가 된 것만 같았다.

무대에 내려오자, 노조 집행부들이 모두 서서 박수를 쳐주었다. 그리고 다시 그들을 따라 대기실로 향했다.

"정말 노래가 좋네예. 역시 서울 가수는 다르다카이. 근데 가수님, 우리가 예산이 너무 한정적이라 조금밖에 못 넣었습니다. 대신 다음에 꼭 크게 다시 모실께예."

10만 원. 새벽부터 달려왔는데, 고작 10만 원이었다. 기름값 생각하면 오히려 손해다. 하지만 전혀 기분이 나쁘지 않았다. 무대도 훌륭했고, 관객도 훌륭했고, 모든 게 완벽한 무대였으니까.

4.

"그래도 여까지 오셨는데, 저녁에 식사는 같이 드시고 가시지 예."

그들의 제안을 나는 덥석 물었다. 배가 고프기도 했지만, 무엇보다 잘 보이면 다음 집회 때 올 수 있을 것 같아서였다. 이제 나도 적극적으로 비즈니스를 해야 한다. 경찰과의 충돌 없이 평화롭게 집회가 끝난 뒤, 나는 노조 위원장과 간부들을 따라 식당으로 향했다.

허름해 보이는 횟집이었다. 가장자리에 앉겠다고 한사코 사양하는 나를, 그들은 귀빈이라며 가운데 테이블에 앉혔다. 문어 숙회, 미더덕 무침 등 밑반찬부터 예사롭지 않았다. 오늘의 메인 메뉴는 무려 일곱 가지 소스와 함께 나온 고래 고기였다.

그들은 내게 먼저 음식을 권했다. 소스에 찍어 한 입을 먹었다. 특이한 비린내와 처음 맛보는 식감이 함께 느껴졌다. 그들은 동그란 눈빛으로 내게 자연스러운 리액션을 바랐다.

"우와! 처음 맛보는 맛이네요. 진짜 맛있네요."

그제야 그들은 다행이라는 듯, 웃으며 건배를 하고 술을 마시기 시작했다. 고개를 들어 벽에 붙은 메뉴판을 보니, 내 앞에 놓인 고래 고기 모둠 특대 사이즈는 한 접시에 무려 25만 원 하는 비싼 요리였다. 숫자를 보자 자연스럽게 옆 테이블로 고개가 돌아갔다. 노조 집행부들이 나눠 앉은 테이블은 총 네 개였고, 테이블마다 특대 사이즈 접시가 놓여 있었다.

"이거는 자연산 비단 멍게. 함 드셔보이소."

출연 가수를 위한 노조위원장의 특별 대우라고 했다.

"이야~ 위원장님! 우리도 비단 멍게 좋아하는데 이쪽도 좀 시켜주이소."

"그래 오늘 다들 고생했는데, 다 하나씩 시키 묵자!"

비단 멍게도 총 네 접시가 나왔다. 거기에 술잔이 돌고, 빈 병까지 쌓이기 시작했다. 안주가 부족하다며 고래 고기 육회까지 주문했을 때, 나는 무의식중에 머릿속으로 계산을 하기 시작했다. 25만 원짜리 고래 고기 모둠 네 접시, 7만 원짜리 비단 멍게 네 접시, 5만 원짜리 고래 고기 육회 네 접시, 거기에 각종 주류를 수십 병 이미 해치웠다. 아마도 곧 매운탕도 시키고 라면 사리도 주문하겠지.

예상되는 회식비는 약 200만 원으로, 내 몸값의 20배다. 공연 전에는 예산이 부족해서 죄송하다고 사정사정하더니, 자기들 밥상은 호화로움 그 자체였다. 이 술상은 내 몸값보다 비싸다. 아니, 고래 고기 한 접시가 나보다 비싸다. 이 식당 안에서 가장 저렴한 인간이 된 기분이었다. 낮에 그들이 외치던 구호가 떠올랐다.

"노동자의 정당한 가치를 인정하라!"

상을 뒤엎고 싶은 분노가 목구멍까지 차올랐다. 하지만 나는 아무것도 하지 못했다. 그들의 '다음에'가 떠올라서였다.

"다음에 임금 협상 진행할 때, 1년 중 제일 큰 집회가 있습니다. 그때는 꼭 제대로 모실게에."

다음이 있으니, 상을 엎는 대신 늘 그렇듯 입꼬리를 올렸다. 그래도 억울한 건 마찬가지였다. 나도 나의 정당한 가치를 인정받고 싶다. 결국 내가 택한 방법은 먹어 치우는 것이었다.

소맥을 한 잔 말아서 원샷을 때렸다.

"엇? 우리 가수님 운전한다고 술 안 드신다더니, 오늘 주무시고 갈낀가 보네?"

나는 대꾸도 하지 않고, 고래 고기 세 점을 한꺼번에 집어삼켰다. 특유의 비린내가 세 배는 더 강하게 느껴졌다. 하지만 꾹 참고 열심히 씹어 삼켰다. 남은 비단 멍게도 마시듯 해치웠다. 비싼 음식이 입안으로 들어갈수록 내 몸값도 함께 올라가는 것 같았다. 나는 10만 원짜리 인간이 아니다. 고래 고기 먹은 나는 35만 원짜리고, 비단 멍게까지 집어삼킨 나는 42만 원짜리다. 주먹을 꾹 쥐고 계속 음식을 집어삼켰다. 술도 닥치는 대로 마셨다.

50… 60… 70… 이렇게 뱃속을 채우다 보면, 언젠가 나도 100만 원짜리 인간이 되겠지. 100이 되면, 어쩌면 내 등 뒤에서

도 날개가 솟아날지도 몰라.

식사 자리가 끝나자 노조위원장은 2차로 노래방에 가자고 했다. 맨 뒤에 묵묵히 따라나섰다. 노래방은 시간당 3만 원, 맥주는 한 캔에 1만 원, 새우깡은 무료다. 아무래도 눈치 없이 따라간 모양새였지만, 얼큰하게 취한 그들은 서울 가수와 노래방에 간 게 가문의 영광이라면서 오히려 나를 챙겨주었다.

나의 몸값과 그들의 영광을 위해, 세상 밝은 댄스곡만 골라 정말 노래를 목청껏 불렀다. 간간이 맥주도 충전하고, 공짜 새우깡도 한 줌씩 집어먹었다. 내가 미친 듯 노래할수록 그들은 좋아하며 내 옆에서 춤을 추었다. 노래방이 10분에 5천 원인 셈이니까, 노래를 계속 부르다 보면 내 몸값도 더 오를 거란 생각으로.

노래방 두 시간에 서비스까지 포함해 두 시간 반을 노래했다. 벌써 시간은 밤 열두 시를 넘겼다. 취한 사람들이 하나둘씩 택시를 타고 흩어졌다. 하지만 이대로 끝내고 싶지 않았다.

"위원장님, 한 잔만 더 사주십쇼!"

호기롭게 술을 사달라는 나를 노조위원장은 패기 있다며 좋아했다. 거기에 사무처장까지 껴서 셋이서 바로 옆 해장국집에 앉았다. 위원장은 먹고 싶은 걸 시키라고 했다. 5만 5천 원짜리 뼈다귀 전골 대짜와 1만 2천 원짜리 모둠 순대를 주문했다. 이미 잔뜩 취한 그들은 내가 안주를 과하게 많이 시켜도 인지하지 못했다. 노조위원장은 내게 소주를 권하며 삶의 괴로움을 토로했다.

"우리 가수님은 좋겠다. 자유롭게 하고 싶은 거 하며 살면서. 나도 행복하고 싶다!"

나는 말없이 입꼬리만 올리며, 뼈다귀에서 살을 발라 먹는 데 집중했다. 그러거나 말거나 노조위원장은 자기 하소연을 늘어놓기 시작했다. 지방에서 노동자로 살면서 가족을 건사하는 가장의 힘듦, 재벌 위주로 돌아가는 우리나라 경제의 불합리함, 노동자의 가치를 제대로 인정하지 않는 사회 제도를 아주 강하게 비판했다. 노조위원장은 이마에 땀이 송골송골 맺힐 정도로 열변을 토했다. 주머니에서 손수건을 꺼내 땀을 닦는 그의 왼손에서 명품 시계가 번쩍였다. 손수건에 박힌 로고도 백화점에서 본 듯한 명품이었다.

그는 노조위원장이기 이전에, 억대 연봉을 받는 우리나라 최고의 대기업의 차장급 정규직 노동자였다. 그 지역에 소유한 자가 아파트의 대출을 갚으며, 아들, 딸 각각 학원을 네 군데씩 보내느라 삶이 팍팍하다고 했다. 지난여름에 처갓집 식구들을 모시고 다낭 리조트에 다녀오느라 올해는 더 여유가 없다고. 위원장의 억울한 호소는 취중 진담일지 모른다. 하지만 프리랜서이자 예술 노동자로 하루 벌어 하루 먹고살며, 반지하 월세를 걱정하는 내 입장에서는 그가 토로하는 어려움에 공감하기 어려웠다.

나는 고개만 끄덕이며, 여전히 내 몸값을 올리는 데만 집중했다. 오랜만에 과식해서인지 정말 배가 터질 것만 같았다. 하지만 뼈다귀에서 살을 발라내는 걸 멈추지 않았다. 순대도 하나도 남김없이 입속으로 구겨 넣었다.

술자리가 끝나고, 위원장과 사무처장은 택시를 타고 사라졌다. 그리고 나는 근처 공터에 세워둔 옵티머스로 돌아왔다. 운전석에 누워 잠을 청하는데 속이 부글거렸다. 너무 많이 먹어서 탈이 난 게 분명했다.

새벽이 되며 점점 기온이 떨어지자 숙취가 올라오며 꽹과리 채가 전두엽을 두드리는 것 같았다. 하지만 음식을 게우고 싶지 않았다. 이대로 나의 값어치를 유지하고 싶었다.

홀로 몸부림치다 지쳐 잠이 들어, 다음 날 해가 중천에 떠서야 깨어났다. 입안은 텁텁했고, 여전히 두개골은 쿵쿵 울렸다. 몸을 움직이지 못하고 눈만 끔벅거렸다. 보닛 위로 얇게 내려앉은 먼지가 보였다. 사마귀가 날아가던 모습이 떠올랐다. 사마귀가 나였더라도, 지금 옵티머스에 앉아 숙취에 붙들려 떨고 있을까.

간밤에 내가 잡아먹힌 건, 대기업 노조의 위선 때문일까. 아니면 누가 어디서 부르든, 아무 생각 없이 똥개처럼 달려가는 나의 개똥철학 때문인 걸까. 나는 대체 무얼 위해 살아가는 건가. 난 그저 사마귀처럼 자유롭게 날아가고 싶을 뿐인데. 이 정도면, 가수로서 재능이 없는 거다. 이제 그만하자. 포기도 용기다.

좌절감과 우울함에 빠져, 은퇴하기로 결심한 그때.

"띵동!"

또다시 이메일 알림 소리다. 힘겹게 몸을 일으켜 휴대폰을 찾았다. 뒷좌석에 던져둔 휴대폰에는 또 다른 섭외 요청 메일이 와 있었다.

"안녕하세요. UFO를 믿는 사람들의 모임에서 섭외 요청을 드립니다."

좌파와 우파를 넘나들다, 이번엔 지구 너머 우주다. 우주와 사마귀는 무슨 인연이 있을까.

"사마귀가 버티다 날개를 펴고 날아가는 모습이, 어딘가 숨어서 살고 있을 지구상의 외계인들의 모습을 떠오르게 하는….."

나의 사마귀는 전봉준이었다가, 베드로였다가, 노조위원장이었다가, ET가 되었다.

변화무쌍한 초록색 친구! 하지만 재능 없는 나는 은퇴를 결정했으니, 메일을 삭제하고 휴대폰을 내려놓았다. 5초쯤 지났을까, 얼핏 무슨 숫자를 본 것 같은 기분이 들었다. 재빨리 메일을 휴지통에서 꺼내 다시 읽었다. 여느 메일과 다를 것 없이 예산이 부족하다며 구구절절한 설명을 늘어놓은 외계인의 친구들은 마지막 문장을 이렇게 써두었다.

“예산상의 이유로 출연료를 100만 원밖에 제안드리지 못하는 것을 죄송하게 생각합니다.”

100만 원. 하룻밤 사이에 나는 100만 원짜리 인간이 되었다. 지난밤 뱃속으로 쑤셔 넣은 고래 고기와 비단 멍게, 뼈다귀 덕분일지 모른다.

이유야 상관없다. 그리고 은퇴는 무슨 은퇴! 그런 한가로운 소리를 할 때가 아니다. 누구든 어디든 나를 부르면 달려가는 게 나의 20년 개똥철학이다.

시동을 걸자, 옵티머스가 한 번 또 크게 몸을 떨었다. 핸들을 부여잡고 외쳤다.

“옵티머스야, 가자! 지구든 아니면 다른 은하계든! 우리를 찾는 그곳으로!”

나의 프로파일링
비밀 노트

☐ 직업	프로파일러
☐ 나이	36세
☐ 성별	여자
☐ 특징	임기응변에 능함

1.

　나는 프로파일링 자판기다. 내가 스스로 붙인 별명은 아니다. 사람들이 그냥 그렇게 부른다. 범죄 자료만 넣으면 뭐든 나오는 기계. 버튼만 누르면 음료가 나오듯, 프로파일링을 툭툭 뽑아내는 여자 사람 경찰. 그래서 여기저기 불려 다닌다. 강원도든, 전라도든, 경상도든 지역을 가리지 않는다. 한 달에 스무 날은 지방 어딘가에 파견된 상태다.

　프로파일러는 사건에 관한 증거와 수사자료를 분석해, 범인의 특징을 찾아내는 일을 하는 경찰이다. 전문 학위가 필요하고, 정해진 교육도 별도로 이수해야 한다. 아무나 될 수 없는 일이다. 경찰 내부에서 지원자를 받거나, 외부 전문가 중에 특채로 선발

하는 게 일반적이다. 근데 그것도 2~3년에 한 명을 모집할 정도로 매우 드문 일이다. 그러다 보니 전국 모든 경찰청에 프로파일러가 있는 게 아니다. 하지만 사건이라는 게 프로파일러가 있는 곳에서만 발생하는 건 아니지 않는가. 프로파일러들은 전국 어디든 도움을 요청하면 찾아가는, 역마살 가득한 공무원이 되게 마련이다.

다른 경찰서에 출장을 가면 제일 먼저 가는 곳이 있다. 수사팀 사무실이 아니다. 강력계 형사들이 밤샘을 위해 쌓아놓은 라면 상자와 캔 커피가 가득한 탕비실도, 좁아터진 숙직실도 아니다. 내가 먼저 가야 하는 곳은 늘 경찰서의 가장 높은 분이 계시는 서장실이다. 이번 파견을 위해 간 의진경찰서도 서장실부터 찾아갔다. 문 앞에 서 있는 서무과 직원이 나를 한 번 훑어보고는, 안을 향해 노크를 한다.

"들어와요."

서장실로 들어가면, 내 앞에 홍차가 놓인다. 잔은 꼭 사기 찻잔이다. 다른 형사들이 들이켜는 자판기 커피나 종이컵 믹스커피와는 급이 다르다. 서장은 직접 잔을 내밀지는 않는다. 대신 서무과 직원이 조심스럽게 찻잔을 건네줄 뿐이다.

어느 서장이나 늘 비슷한 이야기를 한다. 지방마다 사투리 정도 다를 뿐, 내용은 한결같다.

"박 경위, 우리 경찰대 동기 중에 나만 총경이야. 나만. 무슨 뜻인지 알지? 이번이 경무관 승진 마지막 해라서, 안 되면 옷 벗어야 해. 근데 우리 큰애가 유학 가서 공부하느라 아직 결혼을 안 했어. 작은애는 이제야 군대를 갔고. 그래서 올해는 어떻게든 미제 없이 넘겼으면 하는데… 되겠지?"

범인을 잡아달라는 얘기가 아니다. 잡을 수 있으면 잡도록 도와주고, 안 잡히면, 굉장히 어려운 사건이라고 언론에 어필이라도 해달라는 뜻이다. 서장들은 꼭 직접 말하지 않고 돌려 말한다.

수사팀이 죽어라 뛰었는데도 못 잡는 사건, 누구도 탓할 수 없는 난이도의 범죄. 그런 프레임을 만들어달라는 부탁이다. 그래야 여론이 잠잠해지고, 승진 심사 자료를 뽑을 때 '관리 능력' 항목에 흠집이 덜 난다.

"최선을 다하겠습니다."

그때마다 나의 대답은 항상 똑같다. 짧게, 교과서 문장처럼 답한다.

서장실을 나오면, 이번에는 형사과장실로 향한다. 강력계가 있는 층의 끝 쪽, 회의용 테이블과 의자들이 있고, 그 뒤에 형사과장이 전날 숙취로 고생할 때 누워 있을 법한 푹 꺼진 소파가 있는 방으로, 과장님만의 공간이다.

형사과장은 나를 앉혀놓고, 꼭 강력계 사무실에 있는 강력팀장을 전화로 불러 믹스커피를 타게 한다. 강력팀장이 종이컵에 뜨거운 물을 붓고, 커피와 프림과 설탕이 층을 이루다 젓는 막대 하나에 섞이는 걸 뚫어져라 보고 있는 나는, 이미 무슨 말을 들을지 안다.

"박 프로."

형사과장들은, 어딜 가나 나를 이렇게 부른다. 범인을 잡는 형사가 아니라, 분석만 하는 프로파일러라는 걸 알려주는 듯한 말투다. 친한 척하면서도, 선은 딱 긋는다. 그리고 조금 더 진솔한 부탁이 이어진다.

"연말에 나는 명퇴하고, 작은 로펌에 가려고. 사건 물어다 주는 변호사가 하나 있는데, 나 같은 전문가가 꼭 필요하다네. 그래서 족쇄는 다 풀고 가고 싶은데… 여기저기 괜히 미제 있는 형사과장으로 인터뷰하다가, 유튜브에 영상 같은 거 돌아다니면 찜찜하잖아."

강력팀장이 내게 종이컵을 내밀자, 형사과장이 잠시 말을 멈춘다. 커피는 달고, 표정은 쓰다.

"그래서 말인데, 자기가 언론 브리핑을 직접 해줄 수 있을까?"

"제가요? 저는 여기 소속도 아니고, 방금 도착해서 기록도 아직…."

"왜 그래. 우리 경찰청의 전국구 스타 아니야."

형사과장이 웃는다. 옆에서 지켜보던 강력팀장은 멍 때리고 있다가, 과장과 눈이 마주치자 이내 표정을 바꾼다.

"그럼요. 사건 해결할 수 있게 꼭 도와주십쇼!"

그의 목소리는 쓸데없이 우렁차다. 데시벨만 보면 절실한 부탁 같지만, 절대 아니다. 이건 그냥 멕이는 소리다.

2.

현장을 뛰는 형사들은 대부분 나를 싫어한다. 싫어하는 이유도 알고 있다. 그들은 밤을 새우고, 잠복하고, 피해자에게 멱살 잡혀가면서 수사를 한다. 어렵게 끌고 온 사건이, 결국 브리핑 때가 되면 내 이름으로 정리된다. 나는 카메라 앞에 나와서 이러쿵저러쿵 말한다. 마치 프로파일러인 내가 다 해결한 것처럼. 그럴 때마다 형사들은 사건을 뺏긴 기분이 들 것이다.

그 마음, 너무 잘 이해한다. 왜냐고? 나 역시 현장 수사 경력이 7년은 넘기 때문이다. 초창기 형사였던 시절, 텔레비전 속 전문가들이 사건을 분석해 설명하는 걸 보며, 나 역시 욕을 했다.

"현장을 안 뛰어본 것들이 무슨 전문가야. 작가가 쓴 대본대로 읽는 거 아냐?"

그때는 나도 현장을 아는 사람만 사건을 말할 자격이 있다고 믿었다. 그래서 나를 무시하는 형사들을 붙잡고, 한때 내가 뛰어다녔던 옥상과 계단, 새벽 공중목욕탕과 싸구려 모텔 복도를 구구절절 말하지 않았다. 말 섞어봤자 퇴근만 늦어질 뿐이다.

솔직히, 인터뷰, 안 하고 싶다. 브리핑은 특히나. 하지만 해야만 한다. 지금 정부의 방침이 과학수사 강화다. 거기에는 늘 이런 문장이 붙는다.

"빅데이터와 전문 인력을 활용한 첨단 수사."

첨단 수사의 얼굴로 누군가 필요하다. 과학수사를 강화한다는 걸 보여주려면, 누군가는 여기저기 나와 인터뷰를 해야 한다. 언론사 로고가 찍힌 마이크를 향해, "프로파일링 결과에 따르면…" 같은 말을 꼭 붙여줘야 한다. 그래야 예산 확보와 수사권 조정에 도움이 된다나 어쩐다나.

결국 나는 여기저기 불려 다닐 수밖에 없는 운명이다. 한 달에 다루는 사건만 최소 여덟 건이 넘는다. 사람들은 그걸 다 해결 할 수 있냐고 묻는다.

"아니요. 절. 대. 불가능해요."

진심이다. 내가 아무리 머리가 커도, 두개골 안의 뇌 용량으로는 일단 수사 데이터가 다 들어갈 수 없다. 범죄는 생각보다 훨씬 더 복잡하다. 반복되는 패턴이 있는가 하면, 한 가지 예외가 모든 패턴을 망가뜨린다. 그 예외 하나 때문에 몇 달을 공들여 진행해 온 수사 전체가 휘둘린다.

게다가 나도 사생활이 있다. 그러니까, 프로파일러이기 전에 사람이고, 사람으로서 연애도 한다. 시청 공무원이 천직이라 믿는, 아주아주 평범한 남자친구가 있다. 남자친구는 늘 월급날이 되면 하늘을 올려다보며 말한다.

"나는 시청을 떠날 생각이 1도 없어. 정년까지 다니고, 그 뒤엔 텃밭 하나 가꾸면서, 동네 복지관에서 탁구나 치면서 살 거야. 그게 내 플랜이야."

그 말을 들을 때마다 마음이 이상해진다. 나는 무슨 부귀영화를 누리겠다고 이렇게 사는 걸까. 밤샘 뒤 첫 비행기로 날아와, 졸린 눈으로 브리핑을 하고, 다시 KTX를 타고 이동하며 편의점 삼각김밥을 뜯는 삶. 내가 원하는 게 아니다. 그냥 남들처럼 알콩달콩 영화관, 카페, 맛집만 반복하는 데이트를 하고 싶다. 일요일에 브런치 카페에 줄 서서 같이 메뉴를 고민하는 삶 말이다. 그런데 주말이 되면, 나는 늘 어딘가 경찰청, 지방청, 경찰서 브리핑룸에 서 있다. 그게 나와 남친의 간극이다.

어쨌거나 지금 난 형사과장실을 나온 뒤, 강력팀장을 따라 드디어 형사들이 드글드글한 강력계 사부실 앞에 섰다. 문을 열자마자 싸늘한 공기가 나를 맞았다. 에어컨 바람이 아니라, 눈빛의 온도였다.

누구도 내게 인사하지 않았다. 나는 인사를 했다.

"안녕하세요."

몇몇이 고개만 까딱했다. 누군가는 일부러 크게 한숨을 쉬었다. 누군가는 키보드를 더 세게 두드렸다. 나를 향해 뭐라 뭐라 들으라는 듯 중얼거리는 말들이 있었지만, 잘 안 들렸다. 아니, 이제 잘 안 들리는 척하는 법을 배웠다. 그런 말이 귓바퀴를 스쳐 지나간 지 오래다. 나는 구석 빈자리에 앉았다.

"기록 좀 볼 수 있을까요?"

강력팀장이 어깨를 으쓱했다.

"거기 있어요. 그게 전부입니다."

책상 위에 서류가 놓여 있었다. 대낮에 길에서 발생한 60대 남성 피살사건이었다. 근데 놓여 있는 종이의 두께가 너무 얇았다. 몇 장 안 되는 보고서, 사건 개요, 피해자 인적 사항 한 장, 112 신고 접수 일지 출력본. 증거 목록도 비어 있었다. 현장 사진도 몇 장뿐이었다. 사건이 발생한 지 이미 3일이 지난 상태였다. 별별 사건 자료를 다 받아봤지만, 이처럼 허술한 적은 없었다. 이걸 읽고 범인을 잡아보라는 건가. 차라리 AI한테 물어보지.

"프로파일러님, 범인이 남자 같아요, 여자 같아요?"

옆에 선 나이 든 형사가 사람 좋은 얼굴로 내게 물었다.

"네? 이것만 보고 제가 어떻게….”

"그래요? 나는 프로파일러들은 TV에 나오는 것처럼, 척하면 척 나오는 줄 알았지.”

그 말에 다른 형사들이 소리 내어 웃었다. 자주 겪는 일이지만, 그들의 비아냥거림은 여전히 적응되지 않는다.

"그럼 혹시 이거 말고 정보가 더 있나요?”

"아니요. 그게 전부예요.”

이게 전부라니. 근데 저렇게 태연한가. 이 자료만으로 알 수 있는 건 아무것도 없다. 범인 잡을 생각이 없는 건가. 하지만 어쩌면, 그들만의 정보가 따로 있고, 나를 떠보는 걸지도 모른다. 범인 잡기도 바쁜 세상에, 굳이 프로파일러 하나 더 끼워 넣어놓고, 그 프로파일러가 맞히나 틀리나 테스트까지 하느라 바쁜 형사들. 그 와중에 나는 또 그 형사들을 프로파일링하고 있다.

진짜, 속 터지네.

수사팀이 정보를 감추든, 진짜로 모르든, 지금 이 자리에서 내가 가진 건 똑같다. 데이터가 턱없이 부족하다. 프로파일링은 데이터를 기반으로 한다. 데이터가 없으면, 말 그대로 '소설'이 된다. 나는 소설가가 아니다. 적어도, 공식적으로는.

빠르게 사건 속으로 집중해보기로 한다. 사건 발생 지역이 재개발 구역이라고 했다. 이미 철거를 시작한 지 오래라, 거주하는 사람이 많지 않았다. 목격자도 없다. 통상적으로 목격자는 창문과 베란다에서 나온다. 그런데 그 창문들이 이미 허물어지고, 베란다는 철거되었다. 당연히 돌아다니는 행인도 없었다.

그 흔한 CCTV나 블랙박스 같은 것도 없다. 보안 카메라들이 하나둘 철거되는 시기, 그 사이에 끼어든 범죄. 도시가 한 번 벗겨질 때, 가장 취약한 순간을 택한 범죄였다. 그저 길바닥에서 잔혹하게 살해당한 피해자만 있을 뿐이다.

피해자는 내일모레 이주를 앞둔 60대 중반 남성이라고 했다. 이사 갈 날을 받아둔 재개발 조합원이었다. 그 말은, 이 동네에서만 오래오래 살았을 가능성이 높다는 뜻이기도 했다. 언젠가 새 아파트에 입주할 꿈을 꾸며, 잠시 임대로 살 곳으로 떠날 준비 중이었을 거다.

동네가 동네인 만큼, 못해도 집값이 18억은 할 텐데. 숫자를 머릿속으로 계산해보다가, 나는 멍하니 사진을 바라봤다.

"참… 인생 말년에 안타깝네."

현장 사진을 보니 피해자의 출혈이 상당했다. 피가 바닥에 검붉게 번져 있었다. 잔혹한 살인 사건이었다. 그런데 복부 자상이 두 군데밖에 없었다. 칼질을 서너 번만 더 했어도, 사진 속 현장은 훨씬 난장판이 됐을 것이다. '묻지마 범죄'였다면 더 많이 찔렀을지 모른다. 사회에 대한 삐뚤어진 분노와 폭력적 성향들로 인해, 피해자를 향해 무자비하게 공격하는 경우가 많기 때문이다.

하지만 이 사건은, 깔끔하게 단 두 번으로 끝냈다. 묘하게 절제된 폭력 같았다. 분노나 복수심을 끝까지 밀어붙였다기보다는, 피해자와의 관계 때문에 마지막 칼질을 멈추었다. 어딘가에 미안함 같은 게 남아 있었던 사람의 손끝처럼 보인달까.

현장에서 칼이 발견되었다고 했다. 15센티미터가량 되는 식칼로, 주방에서 흔히 볼 수 있는 형태였다.

"칼을 두고 갔다고요?"

"예. 피가 많이 묻어서요. 현장 한가운데 떡 하니 있었습니다."

칼을 두고 가다니. 우발적인 살인이라 실수를 한 건가? 아님 애초에 숨기고 싶은 생각이 없었던 걸까?

"묻지마 살인 사건 아닐까요? 요즘 많잖아요. 정신적으로 문제 있는 사람들이 길에서 아무나 찌르고…."

나는 다시 사진을 봤다. 칼에 찔린 상처, 칼이 놓인 위치, 피해자 몸의 각도. 마구잡이로 공격하는 이상동기 범죄, 즉 묻지마 범죄와 맞지 않는다. 뭔가 마음에 걸렸다. 특히 칼을 두고 간 게 너무 이상했다. 버리려면 얼마든지 버릴 수 있는 상황이었다. 재개발 지역이라 폐가가 많았다. 골목 어디든 던져 넣으면 되는데도 보란 듯이 남겨두고 갔다. 그런데 또 지문은 전혀 나오지 않았다.

"발견되라는 듯이…."

나는 계속 중얼거렸다.

묻지마 살인처럼 보이길 바라는 누군가와 자상 두 개. 부검 기록을 보지 않아도, 상처의 깊이가 상당하다는 걸 알 수 있다. 옆구리 쪽으로 깊게 찔린 자상의 각도와 위치를 보면 심장을 노리지는 않았지만, 주요 장기에 충분히 손상을 줄 수 있을 정도다. 칼에 힘을 줄 수 있는 사람이다.

일반 식칼로 사람을 이렇게 찌르면 칼끝이 뼈나 다른 장기에 부딪치면서 부러진 후, 피해자의 몸 안에 남는 게 일반적이다. 하지만 현장에서 발견된 흉기의 칼끝이 멀쩡했다. 그 말은, 한 번에 정확히 들어갔다가 나온 거란 뜻이다. 대충 찌른 게 아니었다.

숙련된 자가 분명하다. 평소 칼을 많이 쓰는 사람. 정육점에서 발골을 하거나 수산 시장에서 일해본 사람. 아니면 다른 이유로 칼을 손에 붙이고 살아온 사람.

나는 무당이 아니다. 미래를 점치지 않는다. 다만 과거에서 패턴을 찾을 뿐이다. 하지만 브리핑은 두 시간 뒤라고 했다. 이 서류에서 뭐라도 읽어내고, 어떻게든 뭔가를 말해야 한다. 하지만… 역시, 아무것도 모르겠다. 이럴 때 나는, 스스로에게 농담처럼 말한다.

"때려 맞추기라도 해보자고."

사실 나에겐 한 가지 치명적인 장점이자 단점이 있다. 그럴싸하게 말을 잘한다는 거다. 사건 브리핑을 하러 나가면, 기자들이 노트북을 열고 내 입만 본다. 내가 문장을 하나 내놓을 때마다, 키보드 위로 손가락들이 바쁘게 움직인다. 형사들 중 몇몇은 팔짱을 끼고 나를 노려보다가도, 어느 순간부터 고개를 끄덕인다. 어쩔 수 없다. 사람들은 구조화된 이야기에 약하다. 그래서 프로파일러가 언론 브리핑을 하면, 모두들 어느 순간 믿게 된다.

그러다 두어 번, 진짜로 범인이 잡혔다. 내가 브리핑에서 던진 말과 꽤 비슷한 특징을 가진 사람이 검거되었다. 운이 좋았다. 그 덕분에 나는 범인 잘 잡는 프로파일러로 알려졌고, 동시에 선무당의 힘에 종종 의지하게 되었다.

물론 내가 틀리면 과학수사 부서 전체에 악영향이 간다. 공들여 쌓아온 나에 대한 신뢰가 한 번에 무너질 수도 있다. 하지만 문제가 된 적이 단 한 번도 없다. 왜냐하면 범인이 늦게 잡히면, 내가 틀린 걸 아무도 기억하지 못하기 때문이다. 그냥 지나간다.

여론은 항상 새로운 자극을 찾는다. 경험적으로 안다. 이 사건역시 범인이 빨리 잡힐 확률은 낮았다. 재개발 지역, 증거 부족, 목격자 전무. 다만 수사팀이 보지 못하는 걸 내가 보고 있을 확률이, 조금은 있었다.

전국을 다니며 여러 사건을 보다 보면, 이것저것 머릿속에 정보들이 섞여서 툭 튀어나올 때가 있다. 뉴스에서 본 장면, 다른 지역에서 봤던 유사한 사건, 선배 형사가 툭 던졌던 한 마디, 새벽까지 뒤적였던 오래된 수사 기록 한 줄. 그것들이 엉켜 있다가, 어느 순간 연결된다.

"제발 뭐라도 나와라. 큰바위 머리야, 뭐라도 해봐라."

나는 손가락으로 관자놀이를 두드렸다. 그런다고 답이 나오진 않지만.

3.

어느덧 정신을 차려보니, 브리핑룸에 내가 서 있었다. 젠장. 한 줄도 못 써왔는데. 브리핑룸 앞줄에는 방송국 카메라가 몇 대 서 있었다. 삼각대 위 카메라의 붉은색 녹화 표시 불빛이 허공에 점처럼 떠 있었다. 기자들이 노트북을 펼쳐놓고 손가락을 풀고 있었다. 벽 한쪽에는 경찰청 깃발이 세워져 있었다. 사회자가 짧게 멘트를 했다.

"지금부터 정식 브리핑을 시작하겠습니다. 사건 브리핑은 본청 소속 프로파일러가 직접 하겠습니다."

카메라의 빨간 불이 더 선명해졌다. 불편한 신호다. 하지만 어찌 되었건 쇼 타임이다. 다들 원하시는 대로, 칼춤 한번 춰드릴 수밖에 없다.

"언론 브리핑 시작하겠습니다. 범인에 대한 프로파일링입니다."

입에서 나온 문장은, 내가 수십 번 반복해온 문장들과 크게 다르지 않았다.

"범행이 발생한 장소와 시간대를 감안할 때, 범인은 이 일대를 매우 잘 아는 사람일 확률이 높습니다. 재개발 구역은 외부인이 들어오면 눈에 띄기 쉬운 구조입니다. 그렇다면 이곳에서 오래 살아왔거나, 최소한 이 주변 환경에 익숙한 사람일 가능성이 큽니다."

기자들이 받아적는다. 나는 계속 이어갔다.

"흉기를 깊게 찌른 것으로 보아, 힘이 좋고, 평소 칼을 쓰는 것에 익숙한 직업일 확률이 높습니다. 정육점, 수산 시장, 혹은 요식업 주방처럼 날것을 자주 다루는 환경에 있었을 가능성을 배제할 수 없습니다."

기자들이 고개를 끄덕이기 시작한다. 내가 말을 멈추지 않는 이유다.

"대낮에 범행을 저지른 점, 그리고 범행 현장에서 칼을 남겨두고 갔던 점을 볼 때, 상당히 대담하고 배짱이 있는 성격으로 보입니다. 이런 유형의 경우, 전과가 있거나, 폭력 성향으로 주변에 알려진 인물일 수 있습니다. 성장 과정에서 불안정한 가정 환경에 노출되었을 가능성이 높습니다. 또한 현재도 주거지가 불안정하거나, 가족 범위 안에서 갈등을 겪고 있을 수 있습니다.”

나는 말을 잠시 끊고, 마지막을 덧붙였다.

“그리고 피해자의 사망이 누군가에게 금전적, 혹은 기타 현실적인 이득으로 이어질 가능성도 고려해야 합니다. 재개발 보상, 재산 상속, 채무 관계 등, 피해자가 사라짐으로써 더 편해지는 사람이 있을 수 있습니다.”

사실 이건, 대한민국 범죄 90퍼센트 이상의 살인 사건에 해당하는 일반론적인 이야기다. 그래도 기자들은 신이 나서 받아 적었다.

형사들의 표정이 바뀌었다. 나를 의심의 눈초리로 보던 강력팀도, 조금씩 고개를 끄덕였다. 왜 저러지? 다 아는 내용인데. 형사과장의 눈은 초롱초롱해졌고, 서장은 한숨을 돌린 듯 얼굴에 핏기까지 돌기 시작했다. 그들의 안색을 보니, 나도 모르게 더 신이 났다. 흥이 오르자, 작정하고 떠들게 되었다. 말하자면, 칼춤을 추는 무당처럼 작두를 제대로 탔다.

그때, 한 기자가 손을 들었다.

“왜 그렇게 보십니까? 구체적인 근거가 있습니까?”

“지문도 남기지 않았으면서, 칼을 현장 한가운데 두고 갔습니다.”

잠시 호흡을 줘서 기자들의 시선을 다시 집중시켰다. 그리고 다시 빠르게 말을 이어갔다.

“재개발 지역이라 주변에 칼을 버릴 폐가들은 얼마든지 있었을 겁니다. 그런데도 그 칼을 보란 듯이 남겨두고 갔습니다. 범인은 우발적 살인이나 ‘묻지마 범죄’ 즉, 이상동기 범죄처럼 착각하도록 유도했을 가능성이 높습니다. 하지만 철저하게 지문을 지운 것으로 보아, 이는 사전에 계획된 살인일 확률이 높습니다.”

묻지마 살인 사건으로 착각하길 바라는 범인의 마음. 분명, 그 마음이 버려진 칼 위에 남아 있다. 기자들이 다시 키보드를 두드렸다.

사실 이렇게 된 마당에, 아니면 그만이라는 마음도 들었다. 그럼에도, 90퍼센트 이상은, 얼추 맞을 것이다. 안 맞으면 나중에 뭔가 찾아내어 맞춰보면 된다. 대부분의 사람들이 비슷한 방식으로 살고, 비슷한 방식으로 미끄러지니까.

“아마도 이 남성은….”

“엇, 잠깐만요.”

한 기자가 손을 번쩍 들었다.

“범인이 남자로 특정된 겁니까? 어떤 근거로 그런 겁니까?”

썩을. 지뢰를 밟았다. 성별을 굳이 지정할 필요가 없었는데, 실수로 '이 남성'이라고 뱉어버렸다.

"아, 그건….."

나는 최대한 침착한 목소리를 냈다.

"아직 공개하기 어려운 정보들이 있습니다. 수사 과정 중에 필요한 부분이기 때문에, 양해 부탁드립니다."

형사들의 표정이 또 바뀌었다. 방금 전까지 고개를 끄덕이던 눈들이 순식간에 싸늘해졌다.

'근거도 없이 남자라고 찍었네.'

눈빛이 그렇게 말하는 것 같았다. 방금까지 쌓아 올린 신뢰가 내 입에서 튀어나온 한 단어 때문에 허물어진 기분이었다. 프로파일러가 실수할 수도 있다는 걸, 티 나게 보여줄 수는 없다. 범죄심리를 다루는 사람에게 허점이 있다는 건 꽤나 치명적으로 보이니까. 나는 표정을 바꾸지 않으려 애쓰며, 머릿속으로는 어떻게든 방금의 말실수를 만회할 방법을 찾고 있었다.

그때였다. 내 옆으로 누군가 다가왔다. 브리핑룸 구석에서 나를 지켜보던 강력팀 형사였다. 그는 잠시 나를 카메라 밖으로 불러낸 뒤, 몸을 숙인 채 내 귀에 입을 가져다 댔다.

"저희가 용의자로 의심해서 조사 중인 사람이 한 명 있습니다. 피해자 아들입니다. 근처에서 정육점을 하다가 망해서, 요즘은 여기저기 우시장 돌아다니면서 발골만 전문으로 한다고 하더라고요. 며칠 전 이 동네를 기웃거렸다는 정보가 있어서, 지금 다른 팀이 만나서 조사 중인데요. 곧 자백을 할 것 같습니다.”

정육점. 발골. 재개발. 나는 아까 브리핑에서, 평소 칼을 많이 쓰는 사람, 이 일대를 잘 아는 사람, 피해자의 죽음으로 금전적 이득을 볼 수 있는 사람 이야기를 했다. 그 모든 조건에 딱 맞는 인물이 이미 수사선상에 올라와 있었다.

“그럼… 왜 이걸 이제야 말해요?”

“아, 아직 확실한 것도 아니고 해서요. 팀장님께서 프로파일러의 분석을 듣고, 어느 정도 맞아떨어지면 그 뒤에 따로 브리핑하자고….”

배신감보다는 허무함이 먼저 밀려왔다. 정보가 더 있었던 거다. 나는 반쯤 빈 상자만 들여다보면서, 상자 모양을 맞춰보려 애쓰고 있었다. 알고 보니 모서리 몇 개는 이미 다른 방에 있었다. 그러는 사이, 기자들이 다시 손을 들었다.

“혹시 수사에 진척이라도 있는 겁니까?”

나는 마이크 앞으로 돌아왔다.

“현재 상황이 매우 급박하게 진행되는 중입니다.”

나는 자동으로 나오는 문장을 말했다.

“더 이상의 정보 공개는 수사에 도움이 되지 않습니다만, 수사

팀은 용의자를 빠르게 확인 중이며….”

“용의자요? 그럼 유력 용의자가 있다는 말씀이십니까? 신원은 밝혀졌습니까? 피해자와의 관계는요?”

아차. 또 실수를 해버렸다. 사실 꼼꼼히 따져보자면, 용의자라고 다 범인은 아니다. 사건과의 연관성을 놓고 따져볼 만한 인물이 용의자다. 그래서 용의자가 여러 명인 사건도 많다. 하지만 브리핑룸 안의 사람들에겐, 그 차이가 중요하지 않다. 이곳에서 ‘용의자’는 무조건 ‘범인’이 되고 만다.

질문이 우박처럼 쏟아졌다. 할 수 없다. 이제는 그냥, 어떻게든 범인이 잡힐 거라고 나도 믿는 수밖에 없다.

“수사가 급박하게 진행되고 있습니다. 자세한 내용은 용의자에 대한 조사가 끝나면 추후 다시 말씀드리겠습니다.”

하지만 이미 늦었다. 기자들은 내 말은 듣지 않고, 그 자리에서 기사 업로드를 시작했다.

[속보] 경찰, 의진시 재개발 지역 살인 사건 유력 용의자 수사 중

뉴스 채널 라이브 화면 오른쪽 아래에는, 방금까지 내 얼굴이 떠 있었다. 자막에는 내 직함과 이름, ‘범인 프로파일링 발표’라는 문장이 함께 깜빡이고 있었다.

에라이, 모르겠다. 여기까지 온 이상, 작두 위에서 죽는 한이 있어도 원 없이 놀아봐야지.

"아마도 이 사람은, 피해자와 가까운 관계일 가능성이 있습니다."

기자들의 눈빛도, 형사들의 눈빛도 다시 나를 향했다. 나는 목을 한 번 가다듬고, 자세를 바로 잡은 뒤 이미 했던 말들을 좀 더 전문적인 언어로 정리하기 시작했다. 범인의 성장 환경, 직업 특성, 이 일대를 잘 아는 사람이라는 점, 재개발 보상과 상속 문제 등…. 내 말은 점점 더 구체적인 그림을 그려갔다.

"가족이나 오랜 지인, 피해자가 사라짐으로써 직접적인 이득을 보는 사람. 특히, 평소 칼을 다루는 직업을 가진 남성일 가능성이 높습니다."

또 남성이라는 단어를 썼다. 이번엔 일부러였다.

"성별을 이렇게까지 특정하시는 근거는 뭡니까?"

"그 부분은 현재 조사가 진행 중이기 때문에, 구체적인 언급은 어렵습니다."

나는 똑같은 문장을 되풀이했다.

"다만, 지금까지의 범죄 패턴과 현장 상황, 피해자와의 관계를 종합한 결과라고만 말씀드리겠습니다."

형사들의 휴대전화가 계속 울렸다. 강력팀 몇 명은 아예 브리핑 도중 자리를 떴다. 형사과장은 내 쪽을 보며, 슬며시 미소를 짓고 있었다. 브리핑이 끝나자마자, 한 형사가 다시 내 귀에 속삭였다.

"아들에게 자백 받았습니다. 보상 문제로 아버지랑 다투다가 살해했다고 합니다. 말씀하신 거랑 똑같아서, 저도 소름 돋았습니다."

4.

어이가 없었다. 내 실력이 뛰어난 건지, 통계가 날 도와준 건지, 아니면 어차피 이 나라의 살인은 대부분 비슷한 구조에서 일어나는 건지.

전국 모든 언론에서 속보를 알리고 있었다.

단독! 범인은 피해자 아들… 정육점 출신, 상속 갈등

범행 일체 자백… 긴급 체포 후 구속영장 청구 예정

프로파일링 적중? 경찰, 범행 동기·수법 대부분 일치 확인

그 모든 기사에, 내 얼굴이 같이 붙어 있었다.

브리핑 후, 나는 다시 서장실로 불려 갔다. 같은 찻잔의 홍차가 날 기다리고 있었다.

"역시, 우리 과학수사의 간판이야. 이러니까 전국에서 다 찾을 수밖에."

서장 옆에 앉은 형사과장도 얼굴이 무척 상기되어 있었다.

"퇴직하면, 박 프로랑 같이 일했다고 자랑하고 다녀야겠어요."

끝에 앉은 강력팀장도 민망한 표정으로 인사를 건넸다.

"죄송했습니다. 솔직히 반신반의했는데… 인정합니다. 진짜 맞추시네요."

언론에서는 나를 '과학수사의 표본', '첨단 수사 인력', '최고의 프로파일러'라고 불렀다. 대단한 직관, 과학적인 분석, 풍부한 현장 경험 같은 수식어가 기사에 달렸다. 인터뷰 요청이 전화로 계속 쏟아졌다.

밤이 되어서야 모든 것이 잠잠해졌고, 나는 집으로 돌아가는 KTX 막차에 몸을 실었다. 편의점에서 산 삼각김밥 두 개와 서장님이 지역 특산품이라며 건넨 오미자즙을 손에 든 채로.

자리에 앉아 휴대폰을 열었다. 포털 메인에는 내가 한 말들을 따온 기사 헤드라인이 줄줄이 떠 있었다. '용의자는 피해자 아들…', '프로파일링 적중' 같은 문장들이 화면을 뒤덮었다. 이곳저

곳에서 내 얼굴이 나왔다. 잠깐, 오늘 하루를 겨우 버텨낸 보람 같은 게 가슴속에서 부풀어 올랐다. 차가운 삼각김밥으로도 위장이 따뜻해지는 느낌. 이게 아마 행복이라는 거였지?

도파민의 기운이 정점으로 차오를 때, 남자친구에게도 문자 메시지가 왔다. 당연히 기사를 보았을 것이다.

오늘 브리핑하는 거 봤어. 축하해. 근데 아무리 생각해도, 나는 너랑 안 맞는 것 같아. 우리 헤어지자.

짜증 나게 진짜. 알아. 나도 너랑 안 맞는 거. 근데 꼭 이 타이밍에, 문자로 그런 말을 보내야겠니? 이렇게 헤어질 줄 알았으면, 화장이라도 제대로 하고 브리핑할걸. 개떡 같은 얼굴로 차였네. 썩을.

아직 특종은
끝나지 않았다

☐ **직업**	기자
☐ **나이**	31세.
☐ **성별**	남자
☐ **특징**	아직 인턴 기간

1.

경북인지 강원도인지 애매한 경계의 어느 시골에서, 나는 누나 셋 있는 농사꾼 집안의 유일한 아들이자 장손으로 태어났다. 돈도 백도 없는 촌놈이 수능을 잘 봐서 운 좋게 서울 끄트머리 대학까지 상경했을 때, 세상이 다 내 것인 것처럼 느껴졌다.

그때 결심했다. 이 서울 땅에서 누구보다 뻥뻥 큰소리치며 살겠다고.

그 방법을 고민하다 찾아낸 것이 기자라는 직업이었다. 누구보다 정의로운 탈을 쓰고 있으면서, '단독'이니 '특종'이니 세상을 흔들어놓는 언론사 기자들. 제일 먼저 진실이라는 걸 밝히고, 남들 모르는 얘기를 폭탄처럼 터트리고, 누군가의 잘못을 까발리며 세상을 바꾼다고 말하는 그들. 그 얼마나 멋지고 야심 찬 일이란 말인가! 나는 이 직업을 하기 위해 태어난 사람처럼 그 길만을 꿈꾸며 대학 시절을 보냈다.

하지만 현실에서 그 길이란, 취업 전선에 뛰어든다는 뜻이었다. 4년 동안 지원한 모든 언론사에서 무참히 떨어졌다. 지옥 같은 시간이었다. 일반 기업에 취직하고 싶었던 적도 있었지만 그럴 수 없었다. 아들이 서울에서 유명한 기자가 될 거라고 동네방네 소문내고 다닌 부모님의 자존심에 상처를 낼 수가 없었기 때문이다. 그렇다고 영원히 취업준비생으로 살 수 없는 터였다.

이러지도 저러지도 못하던 때에 서른이 넘어서야 가까스로 한 군데 붙었다. 메이저 언론사는 아니었다. 이름은 들어봄 직하지만 연봉도 영향력도 약한 언론사 C였다. 아마 시골에 계신 우리 부모님은 이름조차 모를 곳.

문제는 정규직이 아니라 인턴이라는 점이다. 게다가 인턴에서 정식 채용까지 경쟁률은 2:1이었다. 인턴 절반은 떨어져서 한 달 뒤, 다시 집으로 돌아간다는 소리다. 그 와중에 나는 인턴 중 가장 나이가 많았다. 누구보다 불리한 조건이다. 세상을 바꾸는 특종이고 뭐고, 지금 나는 어떻게든 정규직이 되어야만 하는 절실한 운명에 놓였다.

소집 첫날 반나절의 짧은 인턴 교육을 마치고 곧바로 현장에

투입되기 직전, 교육을 담당했던 선배 기자가 말했다.

"한 달 내내 죽 쒀도 괜찮아. 어차피 니들한테 큰 기대는 없거든. 그치만 한 방! 홈런까진 아니더라도 2루타 하나면 끝나. 딱 한 방이면 돼."

2루타 한 방. 특종까지는 아니라도 언론사 단독 하나, 그거면 나는 정년이 보장된 정규직이 된다. 평생 부모님께 할 효도는 그것으로 끝난다. 어쩌면 세상을 바꾸겠다던 꿈보다 훨씬 현실적이고, 야심 차면서, 어려운 미션이다. 단 하나의 2루타. 그날 이후 오로지 한 방만 노리는 인턴이 되었다.

2.

하지만 내게 그런 기회는 쉽사리 오지 않았다. 게다가 경쟁자인 인턴 동기들은 매우 유능했다. 안타는 기본이고, 도루에, 팀플레이를 위한 번트까지. 내가 사장이라도 헌신적이고 성실한 그들을 뽑을 것만 같았다.

내 수준을 직시한 그 순간부터 난 어떻게든 역전 2루타, 그것만 정조준하고 하이에나처럼 곳곳을 서성이고 있었다.

역전의 기회는 나의 고향에서 시작되었다. 함께 상경한 몇 안 되는 친구 중 하나인 그는, 내 처지를 안타까워하며 한 사건을 제보했다. 자신이 박사과정 중인 대학원의 한 교수가 성범죄를 저질렀다는 것이었다.

그 교수는 AI 전문가로 꽤 이름을 날리고 있는 사람이었다. 그런 그가 학교 회식 자리에서 제자인 한 대학원생을 노래방에 데려가 끔찍한 성범죄를 저질렀다.

사건 직후인 그날 새벽, 피해를 입은 대학원생은 그 길로 택시를 타고 경찰서에 가서 신고했다. 형사들은 피해자의 몸에서 DNA를 채취했고, 노래방에서 CCTV 영상까지 확보한 후, 다음 날 오전 학교 연구실에서 그 교수를 체포했다.

교수는 처음엔 성관계를 한 적이 없다고 주장했다. 오히려 그 여학생을 무고죄로 고소하겠다며 길길이 날뛰었다. 형사들은 그에게 DNA 분석 결과와 CCTV 영상을 들이밀었다. 그러자 교수는 서로 사랑하는 사이라며 합의된 관계라고 말을 바꾸었다. 형사들은 그 말을 믿지 않았다. 증거도 있고, 거짓말도 했으니 곧바로 구속영장을 신청했다.

교수라는 권력을 바탕으로 제자에게 저지른 성범죄 사건. 제보 내용을 듣는 동안, 평소와 달리 사건의 끔찍함과 불편함은 내게 전혀 느껴지지 않았다. 다만, 오직 그 생각뿐이었다. 이것이 내 인생의 첫 단독이구나, 오랜 취준생 생활에서 나를 구원해줄 멋진 2루타 한 방!

회사에 보고도 하지 않은 채 미리 기사를 다 써두고 교수의 구속 소식만 기다렸다. 그런데 교수가 풀려나버렸다. 구속영장 심사를 한 판사는 "대학교수라는 직업상 도주의 염려가 없고, 범죄 사실에 있어 법적으로 따져볼 여지가 있다"고 판단했다.

믿을 수 없었다. 어딜 어떻게 따져본단 말인가.

내막을 알아보니, 변호사를 잘 쓴 덕분이었다. 교수의 변호사는 대학 시절부터 교수의 절친이자, 갓 검사복을 벗은 전관이었다. 교수가 체포된 후, 달려간 그 변호사는 불과 48시간 만에 어마어마한 분량의 서류를 준비해서 구속을 가까스로 막아냈다고 했다. 변호사는 아마도 불구속의 성공보수로 천만 원은 족히 벌었을 것이다.

이틀 만에 천만 원이라니, 내 인턴 월급은 120만 원인데…. 화가 났다. 정의의 문제 때문이 아니라, 부러워서 화가 났다. 게다가 그의 뛰어난 능력 때문에 나의 첫 기사가 불발되었다. 누가 봐도 뻔한 2루타가 검사 출신 변호사의 호수비로 아웃이 된 셈이었다.

그 변호사에 대해 캐기 시작했다. 검사 출신이라는 변호사가 옷을 벗은 이유가 드러났다. 불과 두어 달 전에, 검찰청 회식 자리에서 술에 취한 그가 여성 수사관들에게 성추행을 한 것이 화근이었다. 그는 평소 주사이며 고의가 아니었다고 주장했으나 씨알도 안 먹히는 이야기였다. 결국 자의 반 타의 반으로 그는 검사직을 내려놓고 변호사가 되었다. 친구는 끼리끼리라더니.

머릿속 계산기를 다시 두드렸다. 교수 사건에, 검사 출신 전관 변호사의 성추행 건을 더해서 문제 삼으면 이건 2루타가 아니라 3루타, 잘하면 홈런도 될 만한 일일 듯했다. 하지만 쓰지 않았다. 아니, 한 글자도 쓰지 못했다. 검사 출신 변호사를 잘못 건드렸다가 안타는커녕 병살로 인생을 망칠 수도 있으니까. 나는 아직 미생에 불과하다.

그 사이 캠퍼스가 들썩였다. 교수가 불구속되자, 화가 난 학생들이 대자보를 붙였다. 학교 징계 위원회에서는 재빠르게 교수를 파면했다. 하지만 여전히 교수는 구속이 안 된 채 검찰 수사를 받는 중이라고 했다. 게다가 검찰은 아직 수사할 게 많이 남았다며, 그를 재판에 넘기지 않고 수사 기간을 지연시키고 있었다.

수사를 한다지만, 사실상 아무것도 진행되지 않는 상태였다. 성범죄자에게 피해자와 합의할 시간을 벌어주는 전형적인 행태였다. 합의하면 당연히 형량이 감경되어, 잘하면 집행유예를 받을 수도 있을 터였다. 이것 역시 검사 출신 전관 변호사니까 가능한 일이겠지.

사건은 한여름에 일어났고 벌써 단풍이 물들기 시작했는데,

재판은 잘해야 내년 2월에 열릴 판이었다. 피해자와 가족들의 속은 썩어 문드러지고 있었다. 성범죄 사건에서 '시간'은 늘 가해자의 페이스로 흐르는 건가. 그렇다면 검사가 가해자에게 유리하도록 합의할 시간을 벌어주는 것이 아닌가. '합의'라는 표현을 쓸 뿐, 피해자 입장에서는 가해자 측의 제안을 2차 가해로 느낄 수 있다. 이 얼마나 안타깝고 끔찍한 일인가… 라고 다들 생각할 테니까, 이것도 기삿거리가 되려나? 이런 생각을 하는 내가 너무 속물일까?

미안하고 염치없지만, 피해자의 고통스러운 상황도 지속되는 만큼 어찌저찌 잘하면 2루타감은 되지 않을까 싶었다. 혹은 검사의 행태를 까발리는 초대형 기사가 될 수도 있다.

생각이 거기까지 다다르자 온몸에 소름이 돋았다. 까딱하다간 검찰 조직 전체를 겨누는 기사가 될 터였다. 정신 차려라. 나는 1분 뒤에도 잘릴 수 있는 인턴에 불과하다. '인턴 기자'는 '기자'가 아니라 '인턴'이다.

상황이 여기까지 미칠 때쯤, 담당 부장 기자에게 보고했다. 고민이 되어서가 아니라, 안타 하나 없는 내가 노는 것처럼 보이면 안 되니 그랬다. 뭐라고 쥐고 있다는 허세라도 필요했다.

"이야, 이야기 되는데? 그냥 조져버려."

"교수를요? 근데 아직 재판 날짜도 안 나왔는데요. 무죄 추정의 원칙을 지켜야…."

"누가 무죄 추정을 신경 써. 기사 내도 괜찮으니 걱정하지 마. 개들도 어차피 우린 못 건드려."

언론사라서 못 건드린다고 했다. 대들고 싶어도, 자신이 성범죄를 저질렀다는 내용의 기사가 더 확산될까 봐 두려워서 안 그럴 거라고 했다. 만일 진짜 무죄라면, 학교에 복직 소송을 거느라 바빠서 언론사까지 신경 쓸 겨를도 없을 거라면서. 제법이라며 칭찬까지 받았다.

물론 교수의 추악한 강간 사건은 무죄가 될 확률이 너무나도 낮다. 하지만 검찰이 이렇게 조직적으로 시간을 벌어주고, 판사도 구속을 못 시킨 사건인데 내가 단정해서 쓰다가 고소라도 당하면 누가 날 지켜줄까. 나는 보름 뒤, 여기서 쫓겨날 확률이 높은 인턴에 불과하다.

결국 핵심은 그거였다. 나를 누가 지켜줄 수 있을까. 답을 얻지 못하는 내게 인턴 교육을 해준 선배가 말했다.

"그 기사 못 쓰면, 부장은 네가 배짱이 부족하다며 바로 탈락시킬 거야. 그리고 다른 인턴에게 써 오라고 주겠지."

다른 인턴이라니. 결국 내 처지가 처지인 만큼, 덤벼들 수밖에 없었다.

3.

나는 써야 한다. 안 쓰면 다시 무일푼의 취준생으로 돌아간다. 그런데 이대로 써도 죽는다. 안 써도 죽고, 써도 죽는다. 어떻게 죽느냐의 문제다.

긴 고민 끝에 내린 결론을 내렸다. 2루타, 3루타는 못할지언정, 그냥 룰을 지키며 명예로운 '번트' 정도로 끝내보자. 그리고 다음을 도모하자.

부장을 다시 찾아갔다. 가해자인 교수의 단독 인터뷰를 해오겠다고 말했다. 부장은 바로 미간을 찌푸렸다.

"왜 굳이 일을 키워. 이 정도 취재면 이야기는 다 나왔는데."

부장은 내가 괜히 '긁어 부스럼' 하다가 타이밍이 지나 단독을 놓칠 것을 우려했다. 동시에 내 마음을 간파한 것인지, 정 찜찜하면 교수의 검사 출신 변호사에게 문자 메시지 정도만 보내서 반론의 형식만 갖춰 면피하면 된다고도 덧붙였다. 그런 쉬운 방법도 있구나. 하지만 그 말을 곧이곧대로 믿기가 힘들었다. 난 이미 겁먹을 대로 먹은 상태였다.

"그래도 사건 당사자의 입장을 직접 듣는 게 저널리즘의 원칙에 맞다고 생각합니다."

저널리즘의 원칙. 이 말을 하면서 스스로 멋지다고 생각했다.

하지만 부장의 얼굴에는 '이런 개소리하는 꼴통은 처음 봤네'라고 적혀 있었다. 하지만 어쩌겠는가. 저널리즘을 들먹이는데. 정식 직원도 아니고, 곧 떠날 수도 있는 인턴에 불과하다. 원칙에 관한 이야기를 무시하면 추후 회사 이미지에 훼손된다는 걱정이 들었는지도 모른다.

내게 단 이틀이 주어졌다. 막상 시간을 받고 나니, 괜한 짓을 저질렀구나 싶었다. 하지만 타석에 들어선 순간 방망이는 휘둘러야 했다. 공을 어떻게든 맞춰는 봐야 한다.

'교수를 어디서 만날 수 있을까?'라는 본질적인 질문부터 부딪쳤다. 다행히 그 질문은 난이도가 낮았다. 그의 모든 대학원 제자들이 교수의 집 주소를 알고 있었기 때문이다. 얼마나 심부름을 시켜댔으면 다들 줄줄 외운단 말인가.

택시를 타고 곧바로 그곳으로 달려갔다. 강남에 있는 허름한 아파트였다. 단지 곳곳에 재건축 추진을 축하하는 플래카드가 걸려 있었다. 1층 현관에 바로 들어가려다 멈칫했다. 인턴 교육 때 선배가 해준 말이 떠올라서다.

'취재할 때 아파트 1층의 현관부터 주거침입죄가 성립되니까, 어떤 방식으로든 꼭 허락을 받고 들어가도록 해.'

인터폰으로 교수의 집에 호출을 눌렀다. 벨이 울리는 동안 온갖 생각이 다 들었다. 기자라고 할까. 인턴이니까 도와달라고 할까. 음식 배달 왔다고 거짓말할까. 아랫집인데 비번을 까먹었다고 문 좀 열어달라고 할까. 아 맞다! 주머니에 숨겨둔 녹음기는 켜뒀나. 이거부터 켜놔야 하는데, 가만 전원 버튼이 어디더라.

인터폰 카메라에서 눈은 떼지 못한 채, 손만 녹음기를 더듬는데 갑자기 벨소리가 멈췄다. 교수의 집으로 연결이 된 것이다. 안에 있는 사람이 내 얼굴을 보고 있을 터였다. 무슨 말이라도 해야 했다.

그때, 문이 자동으로 열렸다. 아무 말도 안 했는데. 택배든 뭐든 나를 누군가로 착각한 것 같았다.

엘리베이터를 타고 가는 동안 녹음기를 세팅했다. 설명서에 적힌 대로 잘 되겠지? 테스트라도 한번 해보고 올걸.

5층에 도착하자, 심장이 미친 듯이 뛰었다. 이제는 대면이다. 인터폰의 호출 버튼을 누르고 숨을 가다듬는데, 굉장히 빠르게 문이 열렸다. 30대 중반으로 보이는 한 여성이 얼굴을 내밀었다. 밝고, 맑고, 순수한 얼굴로. 아마 교수 사모님인 듯했다. 요즘 세상에 이렇게 쉽게 문을 열어주는 사람이 있다는 게 비현실적이었다. 생각보다 빠른 전개에 당황한 건 오히려 나였다.

"안녕하세요. 그… 박, 아니… 그… 조판철 교수님 댁이죠?"

"그런데요, 누구세요?"

"아… 그게… 저는 기자….”

"아 학교 학보사에서 오셨구나. 그게 오늘이었나? 들어와요."

교수가 없다거나 교수를 만나 욕을 먹거나. 둘 중 하나의 시나리오만 상상했었다. 근데 교수 사모님이 나타나 집으로 들어오란다. 이건 예상치 못한 긴급 상황이다.

나는 반사적으로 한 걸음 물러섰다. 여기서 돌아서면 안전할 것이다. 주거침입 우려도 오해도, 혹시 모를 고소까지도 다 피할 수 있을 테다. '아뇨, 괜찮습니다. 문밖에서 교수님만 잠깐 뵙고 가겠습니다'라는 말이 입 밖으로 나오려는 순간, 내 안의 또 다른 자아가 내 입을 막았다.

지금 이 현관 문턱을 넘으면, 단순 반론을 넘어서 어쩌면 단독 기삿거리를 잡을 수도 있다. 무난하면 2루타, 운 좋으면 홈런이다. 물론 실패할 경우, 바로 선수 제명이라는 리스크도 있지만 지금은 그런 걸 가릴 때가 아니다. 정규직 기자가 되려면, 호랑이굴이든 뭐든 감사하는 마음으로 절하며 들어가도 모자랄 판이다.

내게 남은 건 한 방뿐이라는 사실이 목을 조여왔다. 두려움만큼 성공하고 싶은 야망이 거세게 솟구쳤다. 어쩌면 이게 나의 마지막 동아줄일지도 몰랐다.

정신을 차려보니, 신발을 벗고 집으로 들어와 있었다. 한눈에 보기에도 잘사는 집 같았다. 현관 앞 중문을 열자 긴 복도가 나왔다. 복도 한쪽으로 다섯 개의 방문이 보였고, 반대편에는 햇살이

따스하게 비치는 거실이 있었다. 거실 옆으로 다시 중문으로 나
뉜 주방과 다이닝룸이 있는, 무려 70평대의 거대한 고급 아파트
였다. 밖에서 볼 땐 분명 이렇게 커 보이지 않았는데. 어리둥절하
는 내 반응에 교수 사모님은 익숙한 듯 보였다.

"집 구조가 좀 특이하죠? 오래된 아파트인데 평수가 작아서
불편하더라고요. 그렇다고 재건축 앞두고 팔긴 아까우니까. 그래
서 옆집 벽을 터서 두 집을 합친 거예요. 그래도 리모델링하니 꽤
살 만하더라고요."

사모님은 나를 소파에 앉혔다. 정면에 정갈한 사진 액자로 채
워진 진열장이 마주했다. 부부의 연애 시절부터 결혼, 출산, 양가
부모님과의 사진 등 화목한 이 가정의 모든 역사가 요약돼 있었
다. 외국 해변에서 찍은 부부와 세 딸의 커다란 사진이 눈에 들어
왔다. 외국이라 그런가, 햇살마저 액자를 뚫고 향기를 뿜어대는
느낌이 들었다. 아, 그러고 보니 어제 당직실에 밤을 새우느라 양
말을 안 갈아신었는데. 발 냄새가 나진 않으려나, 이런.

"캘리포니아 살 때 찍은 사진이에요. 오빠랑 결혼하고 바로 유
학을 갔거든요."

사모님은 나의 시선을 따라, 물어보지도 않은 사진에 대해 설
명해주었다.

"사모님께서도 교수이신가요?"

"아니요. 저는 공부 싫어해서. 그냥 오빠 따라서 미국 가서 살다 온 거예요. 애들도 거기서 태어났어요."

딸들이 피아노, 발레, 바이올린 콩쿠르 참여한 모습이나 에펠탑, 콜로세움 등을 배경으로 한 여행 사진들이 진열장 위에 즐비했다.

"어릴 때부터 세상 경험 많이 해봐야 된다면서, 오빠가 방학만 되면 어찌나 데리고 다니는지. 원래 아빠들이 딸을 엄청 아끼잖아요."

'그런 분이 남의 집 딸에겐 왜 그런 짓을 하셨나요. 그 집 아버지의 심정을 상상이나 해보셨나요? 만일 당신의 딸들이 아버지가 그런 짓을 한 사실을 알면 뭐라고 할까요?'라고 묻고 싶은 마음이 굴뚝 같았다.

그 순간 사모님이 휴대폰을 꺼내 전화를 걸었다. 분명 교수에게 하는 전화였지만, 말릴 새가 없었다.

너무 당황스러워 심장이 목구멍으로 튀어나올 것 같았다. 그가 전화를 받지 않길 바랐다. 아 근데 나의 목적은 교수를 만나는 것인데? 인턴 기자의 미천한 경험으론 이럴 때 어떻게 해야 할지 도무지 생각나지 않았다. 다행히 전화는 연결되지 않았다.

"남편이 전화를 안 받네요. 약속 시간 맞게 오신 거죠?"

"그게 제가…."

"금방 다시 연락 오겠죠, 뭐. 그 사이 집 구경이나 시켜드릴까요?"

순수하고 해맑은 사모님은 뭔가에 꽂혀 신이 났는지, 아예 집 투어를 시작했다. 복도에 걸린 미술품에 대한 해석, 국제학교로 진학한 세 딸들의 방, 거기에 우아하고 교양 있는 도자기와 서예 작품으로 가득한 사모님의 방까지…. 학보사 기자가 교수의 집을 테마로 기사를 쓰기로 약속이라도 했던 걸까.

마지막에 교수의 서재 문이 열렸다. 꼭 다른 세상으로 간 것만 같았다. 일렉트릭 기타 세 대가 입구 옆에 세워져 있고, 한쪽 벽은 CD와 LP로 가득했다. 정면 창가 옆에는 와인 냉장고와 양주 진열장이 따로 있었다. 이쯤 되면 AI 전문가가 아니라 LP 바 주인인 듯싶다.

"오빠 어릴 때 꿈이 기타리스트라 밴드 활동도 꽤 했어요. 그러다 보니 방을 이렇게 꾸미고 싶어 하더라고요."

앳된 얼굴의 교수가 기타를 치며 무대에 선 오래된 사진들이 놓여 있다. 자아가 비대한 사람인 것 같다. 이런 사람이라면 누구든 다 자길 좋아한다고 착각하고 살지 않을까. 그 사진들의 끝에 작은 감사패와 롤링페이퍼, 그리고 대학에서 찍은 단체 사진 액자가 있었다.

"오빠가 제자들을 엄청 챙겨요. 밤늦게까지 밥 사주고 술 사주고. 가족보다 더 끔찍이 아낀다니까요.”

밤늦게 밥과 술을 사주며, 누구를 물색이라도 한 걸까. 롤링페이퍼에서 나는 피해자가 쓴 글도 찾았다. ‘존경합니다’라는 문장으로 끝나는 메시지였다.

스승은 그 제자의 진심을 배신했다. 사진 속 교수는 피해자의 어깨에 대놓고 손을 올리고 있었다. 이 정도면 계획범죄다. 휴대폰으로 롤링페이퍼와 사진을 찍어두고 싶었다. 전부 기삿거리다. 타자가 안타를 치고 2루까지 걸어서 충분히 갈 만한 소스다.

하지만 나도 모르게, 어느 순간 다시 소파에 앉아 캘리포니아 사진을 보며, 비싼 커피잔을 들고 샤인머스캣을 씹고 있었다. 맑고 맑은 사모님의 친절함에 말려들었다. 이러려고 온 게 아니건만….

“커피 향이 좋죠? 여름에 오빠가 학회 갔다가 사 온 거예요.”

“진짜 향이 좋은데요. 어디서 사셨대요?”

“섬나라 어디라 그랬는데…. 갑자기 3~4일 정도 다녀왔거든요. 근데 마침 그 나라 화산이 터져서 전화가 불통이 됐었어요. 전 속으로 이 인간이 사고 쳐서 어디 잡혀갔나 걱정했지 뭐예요. 하하하.”

소리 내어 웃는 사모님께 이렇게 말하고 싶어졌다.

‘사모님, 잡혀간 곳이 학교 앞 경찰서인데요. 긴급체포 된 후

48시간 동안 조사받았고요. 다시 구속영장 실질심사 결과 나올 때까지 휴대전화를 못 쓴 거예요. 그리고 화산은 남편이 직접 터트린 거고 피해자 가족들은 지금도 속에 천불이 나서 잠을 못 주무세요.'

하지만 그 선을 넘겨 말할 수는 없었다. 내가 입을 여는 순간, 이 화목한 가정의 우주는 파괴된다. 그런 엄청난 일을 내가 무슨 자격으로 벌일 수 있겠는가. 기자라서? 인턴이라서? 아니면 단지 2루타가 필요해서? 물론 교수는 잘못했다. 하지만 이 가정에 그 사실을 알리는 것은 내게 주어진 임무가 아니다.

교수 사모님은 그러거나 말거나 여전히 집안 자랑을 이어갔다. 교수는 원래 기타리스트가 되겠다고 돌아다녀서 정말 성적이 형편없었단다. 그런 그를, 우리나라 공학계의 석학이었던 시아버지가 어떻게든 붙잡고 수능을 네 번이나 다시 보게 해서, 본인이 교수로 있는 대학에 입학시켰단다.

이후 시아버지의 제자들이 교수로 있는 미국 대학원에 다시 유학을 보냈고, 남들 6~7년이면 다 마치는 공부를 10년 만에 겨우 끝냈단다. 그리고 다시 시아버지가 아들을, 자신의 후임 교수로 꽂아서 정규직으로 만들었다고 한다.

자기는 그 과정에서 결혼만 했을 뿐이란다. 사모님의 아버지는 국내 굴지의 IT 기업 회장님인데, 그래서 지금 사는 집도, 교

수와 사모님이 각각 타는 외제차도 모두 자기 아버지 명의라고 했
다. 그 기업에 사외이사가 또 시아버지란다. 아무튼 그래서, 그렇
고 그런 사이라, 그렇게 만나서 결혼했다는 얘기였다.

혼자서 별 얘기를 아주 줄줄 늘어놓는다. 21세기 서울에 이렇
게 천진난만한 성인이 살고 있었다니. 학계와 경제계와 각종 유
착에 대한 설명을 들으면서 내가 기억한 건 딱 하나였다. 이 집은
법적 싸움이 길어져도 돈이 마르지 않겠구나.

그때 문득 사모님이 이렇게 물었다.

"근데 학보사면 학부생이에요? 보아하니, 대학원생 같기도 한
데. 혹시 남편 연구실 제자인가요?"

"저는 사실…."

이제야 사모님은 나의 정체를 궁금해한다. 이 질문을 받는 데
무려 20분이 걸렸다.

"뭐 학과가 중요한 건 아니니까. 그래서 우리 부부가 어떤 인
터뷰를 해드리면 돼요?"

내가 환대받은 이유를 깨달았다. 학보사 기자가 교수 부부의
인터뷰를 하기로 예정되어 있었던 거다. 아마 취소되었겠지만 말
이다. 사모님은 반짝이는 눈으로 나를 보며 우아한 표정을 지어
보인다.

"저… 학보사 기자라고 한 적 없는데요."

“아까 문 앞에서 학보사에서 오셨다고 했잖아요?”

“그건 제가 아니라 사모님이 그러셨죠.”

“아니에요. 내가 분명 그렇게 들었는데.”

세상 순수하고 맑은 분이 갑자기 우겨댔다. 숨겨둔 녹음기를 꺼내서 들려줄 수도 없고.

“그럼 대체 누구신데, 우리 집에 들어와 계신 거예요?”

인턴 교육 때 배운 게 또 있다. 신분을 속이면, 문제가 생겼을 때 법적으로 보호받을 수 없다.

“저는 창진일보 기자입니다.”

나는 명함을 내밀었다.

“기자? 인턴이네요? 아하! 갓 취업한 제자구나?”

다시 엇나가는 맑디맑은 사모님. 마음도 순수하고, 머리도 매우 순수하다. 세상을 살면서 힘든 일이라곤 한 번도 겪어본 적이 없는 사람이 확실했다.

“제가 여쭤보고 싶은 사건이 있어서 왔습니다.”

“사건이요? 무슨 사건? 왜요? 오빠가 어디 피해라도 입었나요?”

부부의 신뢰가 철석같다. 그 교수가 징역을 살아도 이혼당할 일은 없겠다.

“그분이 피해를 입은 건 아니고요.”

“그럼 뭐 나쁜 일을 한 건가요? 어쩐지 요즘 잠도 못 자고 불안해하더라니. 그래도 월급은 계속 나와서 별일 없는 줄 알았어요.”

월급이 나왔다니… 파면당한 지가 언젠데. 이것도 시아버지 찬스인가 보다. 사모님은 성범죄 같은 건 꿈도 못 꾸는 표정이었다. 그녀가 상상하는 ‘나쁜 일’의 최대치는 아마도 연구비 횡령이거나 논문 표절 정도일 것이다.

나는 사건에 대해서는 알려줄 수 없다고 선을 긋고, 교수가 지금 어디 있는지 집중적으로 물었다. 교수는 출근해서 없는 거라며, 학교에 있을 텐데 왜 집에 찾아왔냐고 나더러 되물었다. 나는 답하지 않았다.

“혹시… 우리 남편 학교에서 잘렸어요?”

맑은 얼굴에서 갑자기 눈물이 뺨을 타고 흘러내렸다. 예고도 없이 오열이라니. 이러려고 여기까지 온 게 아니다. 본의 아니게 남의 가정을 송두리째 파탄 내고 있었다. 아무리 가해자의 집이라고 해도, 가족은 죄가 없다.

“저는 이만 가봐야 해서, 이따 남편분 오시면 제 명함만 전해주세요.”

사모님은 내 말은 듣지도 않고, 펑펑 울면서 교수에게 전화를 걸었다. 제발 받지 마라, 이대로 받으면 진짜 사달 난다! 다행히 교수는 전화를 받지 않았다.

나는 얼른 현관으로 가서 신발을 신었다. 사모님이 뒤따라와 내 팔을 잡아당겼다.

"인턴님…. 힌트 하나만 주고 가세요."

힌트라니. 무슨 퀴즈라도 푸는 건가. 그리고 인턴님은 또 뭔가. 기자도 아니고. 나는 대꾸도 하지 않고 문밖으로 나왔다.

4.

엘리베이터를 타고 내려오면서 숨겨뒀던 녹음기를 꺼냈다. 무사히 녹음기가 돌아가고 있었다. 재빨리 녹음을 저장했다. 저장 버튼을 누르는 손이 마구 떨렸다. 그제야 정수리를 타고 땀이 등으로 흘러내렸다.

시계를 보니 겨우 낮 열두 시였다. 속이 쓰리다 못해 꼬이는 듯했다. 뭐라도 먹어야 다음 계획이 세워질 것 같았다. 아파트 단지 건너 분식점이 보였다. 그런데 교수 집 베란다에서 보일 것만 같았다. 걸어서 아파트 단지 하나를 더 지나갔다. 아파트 상가에 오래된 분식점이 보였다. 라면 한 그릇을 주문하고 구석에 앉아 벽에 몸을 기대려는데 전화가 울렸다.

"어떻게 됐어? 만났어? 오늘은 무조건 기사 내야 해."

담당 부장이었다.

"교수는 못 만났는데요. 대신 교수 집에서 교수 부인과 이야기를 나눴습니다."

"집에 들어갔다고? 가해자 부인은 신박하네. 뭐래? 잘못했대? 이혼한대?"

"상황을 전혀 모르더라고요. 교수 파면된 것도 모르고, 월급도 나온다고 하고요."

"제자 인생을 파괴하고도, 가족들에겐 여전히 교수인 척 위장하고 사는 성범죄자. 이야기 깔끔하게 나왔네! 인턴이 제대로 한 방 쳤구먼! 두 시까지 정리해서 바로 보내!"

가족은 건드리지 않는 게 강호의 불문율이건만, 데스크는 가족을 구실로 홈런을 주문했다. 이건 고소 걱정을 넘어 평생 원수가 되는 길이다. 게다가 그들이 어마어마한 부자라는 걸, 내 눈으로 직접 확인하지 않았는가. 법적 분쟁이 아무리 길어져도, 돈이 마르지 않을 집이다. 이 길을 떠나면, 결국 개털 되는 건 나뿐일 거다.

그 사이 라면이 나왔다. 내가 좋아하는 반숙란이 면발 위에 다소곳이 올려져 있었다. 노른자를 풀어 면발에 감쌌다. 고소한 그 느낌 그대로, 면을 말아 입에 넣으려는데 테이블에서 또 진동이 울렸다. 모르는 번호였다. 하지만 누군지 직감이 왔다.

"야, 이 미친 개새끼야! 너 어디야? 지금 당장 죽여버릴 줄…."

그 교수였다. 나는 놀라서 전화도 끊고, 면발도 떨어뜨렸다. 국물이 튀어서 옷에 얼룩이 생겼다. 와이셔츠도 몇 벌 없는데. 하지만 정신이 번쩍 들면서 머리가 빠르게 회전했다. 마감 전, 판도를 바꿀 구원의 기회가 될지도 몰랐다. 진동이 다시 울렸다.

"이 새끼. 너 어디야! 너 내가 꼭 찾아내서…."

"교수님, 저는 아직 사모님께 아무 말도 안 했습니다."

"뭐 이 새끼야?"

"근데 지금이라도 다시 돌아가서 다 말할 수도 있어요."

"너 지금 나 협박하는 거야?"

"지금 당장 저랑 만나서 조용히 인터뷰하실래요, 아니면 제가 소파에 앉아 캘리포니아 사진 보면서 기다리고 있을까요?"

그의 숨소리만 들렸다. 나도 숨이 넘어갈 것만 같았다.

"제가 어디로 가면 될까요."

주도권을 잡았다. 나는 라면을 먹지도 못한 채, 부리나케 숨겨둔 녹음기부터 켰다. 그리고 막 분식점을 나서는데, 상가 옆 지하 계단으로 교수가 올라오고 있었다. 정장 차림에 서류 가방을 든 영락없는 교수님 패션이었다.

그는 아침부터 상가 지하 PC방에서 게임을 하고 있었다고 했다. 우리는 건물 뒤 오래된 공원 벤치에 나란히 앉았다. 담배를 문 그가 먼저 말을 꺼냈다.

"거, 아무리 기자라지만 우리 집에 들어온 건 너무 하신 거 아니요. 게다가 정식도 아니고 인턴이라면서요."

"본인이 피해자에게 한 일은 괜찮고요?"

교수는 말이 없었다. 그때부터 질문 폭격을 쏟아부었다.

"범행 인정하세요? 여전히 사랑하는 관계였다고 주장하시나요?"

그는 입을 열지 못한 채 갑자기 눈물을 흘렸다.

"우리 가족들에게만 말하지 말아주세요. 와이프랑 애들은 잘못이 없잖아요."

"피해자 부모님에게도 그렇게 말하실 건가요?"

"제가 그 친구랑 재판 전에 합의해서 꼭 보상할 겁니다. 우리 아빠가 도와주시기로 했어요."

쉰 살이 다 되어가는 교수의 입에서 '아빠 찬스'가 나왔다. 어이가 없어 더 얘길 하고 싶지 않아졌다. 반론을 들었으니 얼른 사무실에 가서 마감 전에 기사를 마무리해야겠다는 생각뿐이었다. 세상 온 천지에 이토록 찌질한 파파보이 성범죄자 교수의 실체를 낱낱이 알리리라!

"기사는 오늘 밤에 나갑니다. 합의를 시도 중이며 피해자에게 꼭 보상하겠다는 입장은 반드시 실어드릴 거고요. 그리고 아까

저한테 전화로 욕한 거… 그건 제가 못 들은 걸로 해드릴게요.”

자리를 박차고 일어나는데, 그가 여전히 눈물을 쏟으며 내 허리를 붙잡았다. 그리고 등에 대고 고개를 숙이며 빌었다.

“우리 와이프랑 딸애들만은… 가족만은 이 일을 모르게 해주세요. 제발 부탁드립니다.”

그렇게 큰 범죄를 저질러놓고 나한테 무슨. 그리고 빌 거면 피해자를 찾아가서 무릎 꿇어야지 왜 나를 붙잡고 그래.

택시를 타고 사무실로 날아간 나는 교수를 만나 입장을 들었다고 보고했다. 그러면서 가족 얘기는 기사에서 빼자고 말씀드렸다. 교수의 부탁과 상관없이, 여전히 나도 추후 고소 같은 것들이 두려웠기 때문이다.

그런데 부장이 난색을 표했다. 편집국장이 기사 내용을 너무 마음에 들어하면서 직접 기사 제목까지 뽑았다는 것이었다. 나는 곧바로 국장실로 달려가 고개를 숙였다.

“인턴이 패기가 넘치네. 그래. 이유나 들어보자. 왜 빼자는 거야?”

“가족은 건드리지 않는 게 강호의 불문율이라 배웠습니다.”

국장은 호탕하게 웃더니 고개를 끄덕였다.

“그래. 빼자!”

그러곤 이렇게 덧붙였다.

"그 가해자가 빼달라고 너한테 사정했지? 지 가족은 지켜달라면서 말이야. 근데 팩트 체크 잘해. 기사 나가면 말 싹 바꿀 거야."

그 말의 뜻을 그땐 몰랐다.

5.

내 인생의 첫 기사는 '단독' 타이틀을 달고 나갔다. 내 기사를 인용한 다른 언론사 기사들이 금세 쏟아졌다. 얼마 뒤 검사는 교수를 기소해 재판에 넘겼고, 법원에서도 첫 재판 일정을 빠르게 잡았다. 제대로 홈런을 친 나를, 다른 인턴들이 부러운 얼굴로 우러러봤다.

피해자 가족들과 도와준 대학원생들도 고맙다며 문자를 보내왔다. 제보한 내 친구도 나를 자랑스러워하는 눈치였다. 나는 드디어 정규직 발령을 받고, 그토록 바라던 정식 기자가 됐다.

정규직으로 출근한 첫날, 사무실엔 택배가 여럿 도착했다. 누나들이 보낸 꽃바구니, 부모님이 회사 사람들과 나눠 먹으라며 보내준 고향의 자랑, 흑마늘즙 세트. 그리고 두툼한 등기 서류 봉투 두 개.

봉투는 모두 그 교수의 검사 출신 변호사가 보낸 것이었다. 하나는 언론중재위원회에 허위 사실 유포로 제소한다는 내용이었고, 다른 하나는 허위 사실로 인한 명예훼손으로 민사상 손해배상을 청구하는 소송을 제기한다는 내용이었다. 각각 수백 장이나 되는 서류를 꺼내보고, 귓속에서 이명이 들려왔다. 그때 휴대폰에서 진동이 느껴졌다. 02로 시작하는 처음 보는 번호였다.

"강남경찰서 경제팀 김승환 경감입니다. 조판철 씨가 명예훼손으로 형사 고소를 해서요."

이명에 말소리가 섞여 비현실적으로 들렸다. 교수는 나에게 할 수 있는 모든 법적 조치를 시작한 것이다. 절친이자 행실이 나쁜 검사 출신 변호사와 함께.

아마도 내가 다녀간 그날, 교수는 집에서 사모님에게 자백을 했을 테다. 하지만 누명을 썼다고 거짓 자백을 했을 것이다. 그리고 그 거짓말을 입증하겠다며, 나를 향해 쏠 수 있는 모든 미사일을 쐈을 것이다.

곧이어 열린 재판에서도 마찬가지였다. '합의해서 보상하겠다'라는 약속은 사라졌다. 교수는 '합의한 성관계였다'라는 말만 되풀이했다. 나는 법원 방청석 맨 뒷줄에서, 온몸을 떨며 소리 죽여 울고 있는 피해자 부모님의 등을 안타깝게 지켜봐야만 했다.

곧바로 후속 기사를 쓰며 대응하고 싶었지만, 국장이 가로막았다. 이미 소송이 진행 중인 상황에서 추가 기사는 부담이 될 거라는 법무팀의 의견 때문이었다.

정규직이 되자, 나는 회사라는 몸통에 딸린 꼬리가 된 것이다. 기자이기 이전에 회사 직원이었다. 하지만 회사는 언제든 자기 꼬리를 자를 수 있는 도마뱀이다.

재판은 더뎠다. 검찰 출신 변호사가 여러 법적 수단을 이용해 재판을 계속 연기시켰기 때문이다. 그 사이 교수의 '아빠'는 매번 공판이 끝날 때마다 피해자 부모님에게 다가가 말을 걸었다. 보상을 할 테니 '합의'해달라고 종용했다. 교수의 '아빠'인 전직 교수는 대학교도 공략했다. 아는 교수들을 통해 대학원생인 피해자에게 '합의'를 요구했다.

서로 사랑하는 사이였다는 교수의 거짓말과 달리, 피해자를 향한 2차 가해는 끝없이 이어졌다. 결국 피해자와 그 가족들은 가해자 측을 피해 법정에서, 그리고 학교에서 도망을 다녀야만 했다. 도대체 누가 죄를 지은 것이란 말인가.

해가 지나 다시 여름이 다가왔을 때, 1심 재판부는 드디어 교수에게 징역 5년을 선고했다. 하지만 역시 구속되진 않았다. 2심까지 방어권을 보장해줘야 한다는 게 판사의 논리였다. 다른 성범죄자여도 그랬을까.

이쯤 되니, 검사 출신 변호사가 평판과 행실은 나빠도, 의뢰인

입장에서는 일을 잘하는 사람임에 틀림없었다.

2심도 역시 더디게 흘러갔고, 해가 또 지나서야 재판이 끝났다. 2심에서도 똑같이 징역 5년이 선고됐다. 2심 판사는 교수를 법정에서 바로 구속시켰다. 사건이 발생한 지 2년이 되어서야 드디어 법이 범인을 잡아간 것이다. 어김없이 교수다운 정장을 입고 왔던 그는 법정에서 끌려가며 어린아이처럼 펑펑 울었다.

왜 울었을까. 억울해서? 와이프와 딸들에게 미안해서? 아니면 그냥 감옥 가는 게 무서워서?

나는 그 눈물이 피해자를 향한 사죄의 눈물이길 바랐다. 스승을 믿고 따른 죄밖에 없는 제자는 지난 2년 동안 고통 속에 숨어 살아야 했으니까.

교수는 구속되었지만, 여전히 교수의 가족들은 강남의 70평대 아파트에서 잘 먹고 잘 살았다. 교수의 '아빠'는 부지런히 그들의 생계를 책임졌다.

그리고 2년간의 지난한 재판 동안, 검사 출신 변호사는 꽤 많은 보수를 받았다. 구속을 두 차례나 막고, 재판 일정도 늦추며 합의를 위한 시간을 벌었기 때문이다. 합의에 실패한 건 그의 책임은 아니다. 그럼에도 교수는 징역 5년을 선고 받았다. 그렇다면… 결국 변호사만 좋은 일 시켜준 건가.

아! 이 사건으로 홈런 치고 취직에 성공한 나도 있다. 이제 명함에는 회사 로고와 '기자'라는 직함이 멋지게 새겨져 있다.

하지만 내가 위너인지 루저인지 잘 모르겠다. 여전히 교수가 고소한 명예훼손의 형사사건과 민사소송이 남아 있기 때문이다. 물론 2심에서 그의 유죄가 확정되었으니, 나는 아무 일 없이 끝날 확률이 높다. 하지만 교수는 또 대법원에 상고를 했다.

일단 그게 끝나야 한다. 그 전까지 나는 형사사건에 입건된 피의자이자, 민사사건의 피고 신분이다. 아마 조만간 경찰서에 가서 피의자 조사를 받고, 진술서에 지장을 찍어야 할 것이다. 그리고 민사사건 재판에서는 피고석에 앉아 교수 측과 맞설 준비도 해야 한다. 물론 회사 법무팀 변호사들이 내 옆에 앉아 모든 절차를 챙겨줄 것이다. 그럼에도 오가는 모든 서류의 첫 장에는, 내 이름과 주민등록번호가 적혀 있다.

나의 민사재판은 5년 정도는 걸릴 거라는 게 법무팀 변호사들의 예상이었다. 5년 뒤 나의 모든 법적 책임이 끝날 때쯤이면, 교수도 징역을 다 살고 출소할 것이다. 그리고 70평 아파트로 돌아와 딸들과 함께 해외여행을 다녀올 테다. 혹시라도 나에 대한 민사소송을 이긴다면, 그 보상금도 그의 몫이 될 거고.

민사사건의 손해배상액이 생기면, 회사에서 책임져줄 것 같다. 하지만 행여 형사사건이 잘못되면 빨간 줄은 오롯이 내 개인의 몫이다. 그럴 일이야 없겠지만, 혹시라도 그런 결론이 난다면,

이 과정에서 나 역시 전과자가 된다.

하아… 이러려고 내가 그 고생하며 기자가 된 것이 아닌데. 정규직으로 취직하고 싶다던 나의 바람과 달리, 어쩌면 거대한 족쇄에 채워진 월급쟁이 신세가 된 것만 같다. 경기는 벌써 끝났지만, 난 2년째, 아직 마운드에서 내려오지 못하고 있다.

재심은 만루홈런처럼

□ 직업	변호사
□ 나이	34세
□ 성별	남자
□ 특징	1000명 중 999등

1.

"억울한 누명을 벗고 싶어서요. 제발, 꼭 좀 도와주십쇼. 변호사님."

내 변호사 사무실로 그 남자가 찾아온 건, 북극에서 내려온 듯한 한파가 몰아치던 1월의 오후였다.

억울한 누명, 제발, 꼭. 절실함이 묻어나는 단어들과 달리, 그의 얼굴은 이상하리만치 평온했다. 하지만 나는 본능적으로 느꼈다. 이 사건이, 내 인생을 올인해야 할 판이라는 걸.

그는 강원도에서 배추와 무를 밭떼기로 사서, 가락시장에 푸는 도매업자 박사장이었다. 농산물 업계의 큰손이었다는 그는, 한때 연간 매출이 300억 원을 넘었다고 했다. '잘나가던' 정도가 아니라, 대한민국의 배춧값을 흔들 정도였다고 한다.

박사장을 무너뜨린 건, 배추가 아니라 도박이었다. 새벽 경매 시장이 끝난 후 아침 일곱 시가 되면, 어김없이 가락시장 한편에는 도박판이 벌어졌다. 큰손답게, 가장 많은 현찰을 보유한 그는 모두의 타깃이었다. 다른 업자들의 유혹에 솔깃한 그가 어느 날, 잘 차려진 도박판에 앉게 된 것이다.

생전 도박을 처음 해본 박사장은 첫날부터 100만 원을 땄다. 다음 날은 150만 원, 그다음 날은 200만 원! 모두들 '도박의 천재'가 나타났다며 그를 추켜세웠다. 어깨가 으쓱해진 그는, 매일 경매가 끝나기만을 기다렸다.

한 달이 지나자, 판돈이 커졌고 그는 하루 만에 3,000만 원을 따게 되었다. 너무 큰돈을 따자 그는 순간 두려움을 느꼈다고 했다. 너무 큰일에 휘말리는 것만 같았기 때문이다. 하지만 멈출 수는 없었다. 돈을 잃은 사람들이 빤히 그를 바라보는데, 다음 날부터 매정하게 내칠 수는 없었다.

그렇게 빠져든 도박은 전 재산을 다 잃고 나서야 멈출 수 있었다. 상실감이 극에 달했다. 분통이 터졌지만 누구에게도 하소연할 수 없었다. 시장통 닭내장탕 집에서 소주만 퍼마시던 그때, 누군가 다가와 말했다.

"박사장, 너 설계 당한 거야."

"설계라니… 내가 사기 도박이라도 당했다는 거야?"

"너랑 화투 친 놈들. 전부 유명한 전국구 타짜들이라고."

알고 보니 그들은, 부산 자갈치시장, 청도 우시장, 목포 수산시장 등 현찰이 풍부한 도매업자들이 많은 곳을 찾아다니는 사기 도박단이었다.

박사장은 그때 정신이 번쩍 들었다고 했다. 어떻게든 돈을 돌려 받아야겠다고 생각했다. 밭떼기 도매 장사를 접고, 전국을 돌며 그들을 추적했다.

한 달 뒤, 강원도 횡성의 소 경매장에 판을 벌이고 있는 타짜들을 발견했다. 그는 대뜸 찾아가, 사기 도박으로 그들을 신고하겠다고 윽박질렀다. 그 통에 그들이 횡성에 설계해둔 판이 깨지고 말았다. 화가 난 타짜들은 경찰을 부를 테면 불러보라며 오히려 큰소리쳤다. 그는 112에 사기 도박단이 있다고 신고를 했다. 경매시장 인근 지구대에서 경찰이 곧바로 출동했다. 하지만 경찰은 오히려 타짜들의 말을 들었다.

"저기 저 사람, 혼자 소리 지르고 지랄 떠는 게 아무래도 마약한 거 같아요. 경찰 선생님들, 주머니 한번 뒤져봐요. 분명 히로뽕이 있을 거예요."

타짜들은 박사장이 마약 중독자라고 소리쳤다. 얼토당토않은 소리였지만, 출동한 경찰 중 한 사람이 그의 주머니에 손을 넣었다. 작은 지퍼백에 담긴 필로폰 0.3그램이 발견되었다. 경찰들은 타짜들이 아닌 박사장의 손에 수갑을 채웠다. 간이 소변 검사에서도 마약이 검출되었다.

그날 밤 박사장은 마약 사범으로 구속되었다. 나중에 알고 보니, 그가 설계당했을 때 이미 타짜들이 그가 마시는 믹스커피에 마약을 타둔 것이었다. 정신을 혼미하게 만든 후, 한 번에 전 재산을 갈취하기 위해서였다. 그게 소변검사에서 검출됐다.

구치소에 수감된 채 재판을 받은 박사장은, 1심에서 집행유예를 선고받고 3개월 만에 풀려났다. 초범인 그를 판사가 선처해주었다. 하지만 마약 전과는 그의 것으로 남았다.

2심을 거쳐, 대법원까지 갔지만 결과는 바뀌지 않았다. 마약 전과는 그의 남은 삶을 뒤덮었다. 장사도, 거래처도, 그간의 평판도, 심지어 가족까지도 모두 앗아갔다. 가족들은 도박과 마약으로 전 재산을 날린 그와 함께 살 수 없다고 했다. 결국 부인과 이혼한 뒤, 박사장은 홀로 고시원에 거처를 얻었다. 그 후 막노동판을 전전하며 겨우 삶을 유지했다.

7년이 지난 어느 날, 아들이 고시원으로 찾아왔다. 결혼한다며, 상견례에 와달라고 했다.

"장인어른 되실 분이 경찰에서 정년퇴직하셨대요. 평생 형사로 살면서 경찰서장까지 하셨더라고요."

박사장은 아들에게 떳떳한 아버지가 되고 싶었다. 누명을 벗고 싶단 생각이 들어 다시 타짜들을 찾아다녔다. 그러다 그날 자신을 체포한 경찰이, 몇 년 뒤 사기 도박단과 얽힌 뇌물 사건으로 파면됐다는 사실을 알게 되었다. 그의 삶을 무너뜨린 설계판에 경찰도 공모했던 것이다. 범죄의 뒷면이 꼬리에 꼬리를 물고 드러났다. 그는 더욱 멈출 수 없었다.

3개월 만에 박사장은 어렵게 타짜 한 명의 행방을 알아냈다. 그는 다른 사기 도박죄로 교도소에 수감 중이었다.

"그 사람이 그러더라고요. 재심 재판이 열리면, 자기들이 어떤 식으로 히로뽕을 제 주머니에 넣었는지, 판사 앞에서 솔직하게 증언하겠다고요."

박사장은 증인이 되어주겠다는 타짜의 약속을 받았다. 이후 그는 재심을 도와줄 유능한 변호사를 찾아다녔다고 했다. 그러다 내 변호사 사무실까지 오게 되었다고.

이해가 되질 않았다. 유능한 변호사가 필요한데, 왜 나한테 사건을 의뢰하는 거지?

사법연수원 시절, 내 성적은 동기 1,000명 중 999등이었다. 차라리 꼴등이면 뒤에서 1등이라고, 자조 섞인 농담이라도 했을 텐데… 나는 거꾸로 봐도 2등이었다. 그래도 뒤에 1명이 있으니, 위안 삼을 수 있지 않냐고? 1,000명 중 1,000등인 동기는 애초에 사법연수원에서 열심히 공부할 이유가 없었다. 지검장 출신 아버지와 법원장 출신 어머니가 설립한 대형 로펌이 그를 기다리고 있었으니까. 말 그대로 법조계의 금수저였다. 그러니 죽어라 공부하고도 999등이었던 내가, 사실상 그해 꼴찌였던 것이다. 그런 나를 유능한 변호사라며 찾아왔다니, 의뢰인에게 나를 찾아온 진짜 이유를 다시 묻지 않을 수 없었다.

"사실… 변호사님이 가평 출신이라고 들었어요. 제가 워낙 많이 속아서 아무나 못 믿거든요. 그래도 같은 강원도 사람끼리는 의지할 수 있을 것 같아서요."

"예… 가평이요."

나는 가평 출신이 맞다. 근데 내 고향 가평군은 '강원도 가평'이 아니라 '경기도 가평'이다. 가평이 강원도 옆에 딱 붙어 있는 탓에 많이들 강원도로 착각한다. 하지만 나는 엄연히, 경기도민이다.

2.

나는 가평에서도 읍내에서 제법 떨어진 산속 시골 마을에서 태어났다. 부모님은 평생 맨몸으로 나무를 타는 일을 했다. 10미터가 넘는 나무와 몸 사이에 커다란 가죽 벨트만 걸치고, 순식간에 나무 위로 올라가, 한 줌의 잣을 따는 일이었다. 가평 잣은 한 줌에 3~4만 원에 팔릴 정도로 매우 비싸다. 그 비싼 잣을 팔아 식구들을 먹여 살렸다.

우리뿐만 아니라 동네 사람들은 다 같은 일을 하며 살았다. 그래서 나도, 동네 친구들도 모두 어릴 때부터 나무 타는 법을 익혔다. 어릴 때부터 햇볕에 그을린 탓에, 모두가 까만 피부를 타고난 줄 알고 성장했다.

초, 중, 고등학교 모두 읍 안에서 다녔다. 졸업 후에는 버스로 15분 거리에 있는 전문대학에 진학했다. 거길 1년 정도 다니다, 군대에 갔다. 거기서 만난 법무관님이 정말 멋있었다. 사법고시를 패스하고 군 복무를 위해 와 있다는, 그는 서울 사람이었다. 아마 내 생애 처음 이야기를 나눠본 서울 사람이었을 것이다. 새하얀 피부와 단정한 말투. 나중에 판사가 될지 검사가 될지 고민 중이라는 그의 말이 무척 달콤하게 느껴졌다.

"너도 열심히 하면, 뭐든 될 수 있어."

"저 같은 촌놈도 가능할까요?"

"그럼. 세상은 누구에게나 공평하니까. 꿈은 꾸는 만큼 이룰 수 있는 거야."

법무관님의 말은 내 마음에 파동을 일으켰고, 군 복무를 하는 내내 멈추지 않았다.

　결국 제대를 하던 날, 부모님께 사법고시 공부를 해보겠다고 말씀드렸다. 그렇게 크게, 오랫동안 부모님이 박장대소하는 모습은 처음 봤다. 내가 공부하는 모습을 한 번도 본 적이 없으니 당연히 그러셨을 테다. 그래도 아들인데 너무한다 싶었다. 살짝 기분이 나쁠 정도로 한참을 비웃었지만, 그래도 부모님은 지원해주기로 약속했다. 아마도 내가 며칠 공부하다 그만둘 거라 생각했을 것이다.

　유일하게 나의 진심을 믿어준 건, 고등학교 시절부터 사귄 여자친구였다. 어느 날, 여자친구는 내게 커다란 박스를 가져다주었다. 형법, 민법, 헌법 등 사법고시에 필요한 책이 모두 들어 있었다. 게다가 책마다 형광펜으로 표시가 되어 있었고, 그 아래에는 요약 정리를 해둔 노트도 들어 있었다.

　"예전에 우리 학교 다닐 때 지영이 있지? 서울로 대학 간 우리 학교 1등. 지영이 남친이 S대 다니는데, 사시 공부를 했었대. 근데 고시학원 좀 다니다가 포기한다더라고. 그래서 그 책이랑 노트를 전부 받아온 거야."

　"우와, 대박! S대 학생이 정리한 거면, 이것만 딱 외우면 바로 붙겠는데! 근데 그 남친은 사법고시 안 하고 뭐 한대?"

　"외교관이 하고 싶어졌나 봐. 외무고시 준비하고 시험 쳐서 얼마 전에 1차까지 붙었대.”

외무고시 1차 합격이라니, 공부를 엄청 잘하는 사람이 틀림
없다. 그가 쓰던 책과 노트만 달달 외우면, 합격은 문제없을 거란
생각이 들었다.

곧장 읍내에 있는 고시원에 자리를 잡았다. 이름만 고시원이
었지, 큰 공사가 있을 때마다 일용직 노동자들이 와서 먹고 자는
임시 숙소였다. 그곳에서 공부하는 사람은 나뿐이었다.

‘꿈은 꾸는 만큼 이룰 수 있다!’

법무관님의 말을 크게 써서 1평짜리 고시원 방 한쪽 벽에 붙
였다. 그리고 무작정 헌법 책부터 펼쳤다. 첫 장부터 단 한 문장
도 이해가 가지 않았다. 게다가 한자도 이렇게 많을 줄이야. 그래
도 꿈을 꿨으니 이뤄야지! 내용도 모른 채, 죽어라고 문장을 달달
외웠다. S대생이 색칠해둔 형광펜을 길잡이 삼아, 머릿속에 넣고
또 넣었다. 여자친구는 지영이 남친에게 조언을 받았다며 몇 가
지 인강을 추천해주었다. 인강 속 일타 강사들의 멘트까지 몽땅
외우며 세 번의 겨울이 지났다.

부모님은 더 이상 나의 진의를 의심하지 않았다. 하지만 될 거
라는 기대도 없었던 것 같다. 언젠가 포기하고 돌아오면, 같이 나
무를 타며 잣을 따면 된다고 생각하는 듯했다. 하지만 나의 마음
도 바뀌지 않았다. 여자친구 역시 군소리 없이 내내 뒷바라지를

해주었다.

　고시생 6년 차가 되던 해에 드디어 사법고시 1차에 턱걸이로 합격했다. 1차 합격 소식에, 집안 종친회에서 나서 동네 골목마다 플래카드를 달았다. 어른들은 1차 합격만으로도 가문의 영광이라며 잔치까지 열었다. 이제 온 마을이 나를 응원하고 있었다. 그 기운을 받아 나는 2차, 3차까지 연달아 패스하고, 마침내 사법고시 합격자가 되고 말았다. 그리고 이듬해, 일산에 있는 사법연수원에 당당히 입성했다.

　하지만 그게 전부였다. 사법고시는 가까스로 합격했지만, 연수원에서는 아무리 공부해도 성적이 나오지 않았다. 결국 나의 등수는 1,000명 중 999등이었다. 2년간의 사법연수가 끝날 무렵, 나는 또다시 진로를 고민하게 되었다. 군대에서 만난 법무관님처럼, 판사와 검사를 놓고 고를 처지가 아니었다. 그건 50등 안으로 들어간 동기들의 배부른 고민일 뿐이다. 나는 애초에 지원할 수준이 아니었다.

　변호사로 일하기 위해, 동기들을 따라 대형 로펌마다 지원서를 제출했다. 하지만 전문대조차 졸업하지 못한 고졸 변호사에겐 면접의 기회조차 주어지지 않았다. 하긴 줄도 백도 없고, 심지어 서울 지리도 모르는 나에게 뭘 믿고 일을 맡긴단 말인가.

　남들이 보기엔 '그래도 변호사'였지만, 실질적으로 나는 '변호사 자격증' 말고 아무 능력이 없는 사람이었다. 변호사로 개업하는 것만이 유일한 선택지였다.

고향에 의지하는 방법부터 떠올랐다. 가평 읍내 작은 법원이 있으니 말이다. 하지만 그곳엔 내가 태어나기 전부터, 터줏대감처럼 자리 잡은 변호사들이 이미 즐비했다. 그들의 틈바구니에 끼어드는 건 애당초 불가능이었다.

나는 결국 서울, 그중에서도 우리나라 법조타운의 1번가인 서초동에서 개업하기로 했다. 그래도 나름 변호사니까, 가장 큰 시장에서 승부를 보고 싶다는 패기도 있었다.

하지만 현실은 무시무시했다. 일단 어마어마한 월세의 벽에 처음 좌절했다. 사무실조차 얻지 못할 줄은 예상하지 못했다. 은행 대출도 알아봤지만, 아직 100원도 벌어본 적 없는 초보 변호사에겐 그 벽마저 높기만 했다.

결국 서초동 공유 오피스에서 개업하게 되었다. 말이 개업이지, 사실상 방 한 칸을 얻은 거였다. 방 크기가 고시원 방의 딱 두 배 정도였다. 사법고시만 붙으면 인생이 역전될 줄 알았는데, 겨우 1평에서 2평으로 방만 커진 셈이다. 여전히 나는 그 방에만 갇혀 사는 신세다. 그나마 복사기와 팩스는 공동으로 쓰고, 종이는 오피스를 관리하는 매니저님이 채워줬다.

첫 출근 날, 서초동 골목에서 처음으로 명함을 만들었다. 명함도 가격에 따라 천차만별이었다. 빳빳한 고급 종이에 금테를 새기고 싶었다. 하지만 너무 비싸서 두 번째로 저렴한 명함을 고를 수밖에 없었다. 명함도 아직 나눠줄 사람이 없었기에 입구에 꽂아두는 전시품에 불과했다.

줄, 백, 학벌, 아무것도 없으니, 당연히 사건도 없었다. 의뢰인이 나를 찾아오는 게 더 신기할 정도였다. 이 동네에 변호사가 수천수만 명인데 왜 굳이 나를 찾아온단 말인가.

뭐라도 더 공부해서, 나만의 특색 있는 커리어를 쌓아야겠다고 생각했다. 그러다 '대한변호사협회'에서 주관하는 변호사 대상 IT 전문가 양성을 위한 연수 프로그램을 찾았다. '디지털 포렌식 및 문서 감정', 'AI 리걸테크', '개인정보보호 인증 심사 교육' 등의 연수 과정을 이수하면, 전문 인증 자격을 주는 교육 프로그램이었다.

매일 다섯 시간씩 협회에 가서 강의를 들었다. 과학적 지식이 없는 나로서는 무슨 내용인지 전혀 알 수가 없었다. 하지만 하루도 빠짐없이 출석해서 앉아 있었다. 모르는 건, 사법고시 공부할 때처럼 그냥 달달 외웠다. 속사정을 모르는 협회 간부들은 내가 성실하다며 반장까지 시켜주었다. 내 인생 최초의 감투였다. 1년 동안 무려 60학점을 채웠다. 대학 공부만큼 연수를 받은 것이다. 수료증도 여러 개 받아 내 방에 걸어두었다. AI 시대에 걸맞는,

IT 전문 변호사가 된 것만 같았다.

하지만 여전히 정식으로 의뢰 받은 사건은 하나도 없었다. 이 대로 굶어 죽을 것만 같았다. 번듯한 직장이 필요하다고 생각했다. 따박따박 월급을 주는 곳에 가서 얼른 자리 잡고, 오랫동안 날 기다려준 여자친구와도 결혼해야만 했다.

채용 사이트에 공고를 올린 기업 법무팀마다 지원서를 보냈다. 사법고시 출신이자 IT 전문 변호사인 나를 채용해달라고 수십 통의 메일을 보냈다. 아니, 전국 각지의 기업에 살포했다. 하지만 번번이 탈락의 고배를 마셨다. 내가 지원한 자리는 공대를 졸업한 변호사들이 차지했다. 그래, 수료 과정을 거친 나보다는 4년제 대학에서 전공한 그들이 낫겠지.

이대로 포기할 수 없었다. 변호사의 자존심을 모두 접고, 기업의 일반 공채에 지원하기로 했다. 공유 오피스에 앉아, 다시 수십 장의 지원서를 썼다. 하지만 1차 서류 단계에서 모두 탈락하고 말았다. 변호사 자격증과 수료증 몇 개 말고는, 토익 점수도, 공모전 수상 경력도, 심지어 대학 졸업장도 없는 나를 인정해주는 곳은 어디에도 없었다.

인생에서 가장 우울한 시기였다. 사법고시만 패스하면, 다른 변호사들처럼 멋진 정장을 입고 외제차를 타고 다닐 거라 생각했다. 밤마다 호텔 바에서 킵해둔 양주를 마시고, 여름이면 지중해에서 요트를 타고 여행하는 삶이 기다릴 줄 알았다.

실상은 겨우 월세를 내는 형편이었다. 그나마 국선 변호인 제도 덕분이었다. 형편이 어려운 사람들을 위해 국가에서 운영하는 제도다. 거기에 이름을 올린 덕에, 가뭄에 콩 나듯 한 건씩 사건을 맡을 수 있었다. 국선 변호인 제도가 나같이 일 없는 변호사의 형편에도 도움이 된다는 사실은 아무도 모를 거다. 그 사이, 여자친구도 서서히 지쳐가는 듯했다. 어렵게 변호사가 된 남자친구가 가평 읍내 편의점보다 적은 매출을 내는 자영업자에 불과했으니 말이다.

인생의 온갖 좌절을 맛보며 바닥을 쳤을 때, 박사장이 내 사무실을 찾아왔다. 그러니 나는 당연히 경기도 가평이 아닌 강원도 가평 사람이 되어야만 했다. 어느 지역 사람인들 어떤가? 일만 잘하면 된다. 이 기회를 꼭 잡아야만 한다. 그렇게 나는 변호사 인생 최초의 정식 사건을 맡게 되었다.

3.

문제는 이게 재심이라는 거였다. 재심은 말 그대로, 다시 재판을 여는 일이다. 1심, 2심을 거쳐 대법원까지 판결이 끝난 사건을 다시 뒤집는 일이다. 가장 똑똑하고 경험 많은 대법관들의 판결에서 틀린 점을 찾아야 한다. 이건 하늘의 별 따기보다 더 어렵다. 그래서 사법시험에서도 재심 관련 문제는 출제된 적이 없다. 어차피 실무에서 경험할 일이 없기 때문이다.

의뢰인 박사장이 돌아간 뒤, 빠르게 재심 절차를 찾아봤다. 법원에 의뢰인이 재심을 청구한다. 그러면 1단계로 판사가 청구서를 보고, 재심 가능성이 있으면 재판을 연다. 일종의 서류심사인 1단계를 통과할 가능성은 불과 2~3퍼센트다.

그걸 통과하면 2단계로 드디어 재판이 열린다. 다만 우리가 흔히 아는 그런 재판이 아니다. 오로지 재심을 시작할지 말지 여부만 놓고, 검사와 변호인이 변론을 펼친다. 2단계에서 판사가 재심을 개시하기로 결정해야 3단계로 넘어간다.

3단계부터가 진짜 재판의 시작이다. 그때부터는 다른 사건처럼, 1심, 2심, 그리고 대법까지 진행되니, 3단계에서 최대 5단계까지 가는 상황이 펼쳐진다. 어쩌면 최소 2~3년이 걸릴, 매우 큰 판이다.

재심으로 유죄를 무죄로 바꾸는 건 애초에 거의 불가능하다. 아니, 그냥 안 된다고 봐야 한다. 물론 뉴스에서 무죄를 받은 재심 사건이 종종 나온다. 재심 전문이라는 유명한 변호사도 있다. 근데 그게 우리나라 재심 성공 사례의 전부라고 보면 된다. 그거 말고는 없다. 그만큼 희박하고, 희귀한 일이다.

게다가 재심을 청구한 후 재판마저 열리지 못한 채 1단계에서 끝난다면? 다시는 같은 이유로 재심을 청구할 수 없다. 그러니 마약 사범 박사장에겐 이번이 처음이자, 마지막 기회인 셈이다.

하지만 박사장은 증인을 찾아냈다. 필로폰 0.3그램이 주머니 속으로 어떻게 들어갔는지, 그 과정에 누가 있었는지, 진실을 밝혀줄 '타짜'가 있다고 했다. 그 하나만으로 재심은 해볼 만한 도전이었다. 재심, 뉴스, 인터뷰. 내 계산이 성공만 한다면, 하다못해 2단계까지만 통과해도 내 인생에 큰 사건이 될 것이었다.

어쩌면 999등 변호사의 인생을 한 방에 역전시킬지 모른다. 이건 내 이름을 걸 만한 도박이다! 그렇다면 이왕 하는 거, 전 국민이 실시간으로 볼 수 있도록 제대로 판을 키워야 했다. 그래야 모두에게 좋은 일이 생길 테니까.

박사장에게 전화를 걸었다.

"사장님, 방송국에 제보를 해볼까 봐요. 아무래도 재심은 여론이 중요할 것 같거든요."

처음에 그는 자신의 이야기가 방송에 노출되는 게 불편한 듯 보였다. 하지만 그는 나의 간곡한 설득에 마음을 돌렸다. 그에게도, 단 한 번뿐인 재심은 무척이나 절실했으리라.

이틀 뒤, 유명 탐사보도 프로그램의 제작진이 공유 오피스를 찾아왔다. 그들이 다 들어오기엔 사무실이 너무 좁았다. 결국 복도에 카메라를 세팅한 뒤, 그 옆에 PD가 앉아 좁은 2평짜리 사무실을 바라보며 내게 질문을 던졌다.

"변호사님, 이 마약 사건을 맡으신 이유가 뭔가요?"

솔직히 말하면 '유명해지고 싶어요'였다. 유명해져서 돈을 많이 버는 게 나의 진실한 목적이었다. 하지만 방송에서 해야 하는 말은 따로 있었다.

"제 의뢰인은 억울하게 마약 사범이 된 피해자이자 아버지입니다. 이 일로 가정이 파괴되고, 명예조차 잃고 말았습니다. 저는 누명을 쓴 사람의 진심을 외면할 수 없었습니다. 그게 정의를 실현해야 할, 법조인의 양심이라고 생각합니다."

제작진은 나의 말에 모두 고개를 끄덕였다. 인터뷰가 끝난 뒤, 담당 PD가 내 인터뷰에 진심으로 감동했다고 고백했다. 그러더니 따로 도울 일이 있다면 취재를 통해 증거 수집이라도 해보겠다고 덧붙였다. 나는 타짜들에게 뇌물을 받고 파면된 경찰을 찾아달라고 부탁했다. 방송국이라면 사람을 찾을 수 있을 거였다. 그의 증언 역시 재심에 매우 중요한 요소였다.

"그 비리 경찰의 고백으로 사건의 전말이 밝혀진다면, 이거야말로 특종감이라고 생각해요."

특종이라는 단어에 PD가 눈을 반짝였다. 사람 찾는 건 자신

있다며, 며칠 안으로 연락을 주겠다며 돌아갔다. 제작진들이 꼭 나의 보조 변호사가 된 것처럼 느껴졌다.

다음 날 오전, 나는 증언해주기로 한 타짜를 만나러 교도소에 갔다. 접견실에서 만난 그는, 한눈에 보기에도 닳을 대로 닳은 사람이었다.

"변호사님, 젊으시네. 근데… 좀 절실해 보이긴 하다."

전국구 타짜인 그는, 나를 보자마자 떠보려 했다. 도박판에서 상대의 성격부터 파악하는 습관적인 말투다.

"제가 듣기로 선생님께서 법정에서 증언해주시기로 하셨다던데요. 정말 약속한 게 맞으신가요?"

"옛말에 말 한 마디면 천냥 빚도 갚는다잖아요. 천냥이 요즘 시세로 얼마 정도 될까요?"

그는 내게 대놓고 흥정하려 했다. 자신의 말이 이 재판에서 꼭 필요하다는 걸 아는 게 분명했다. 그래도 증언을 담보로 돈을 약속할 수는 없다. 뭐가 되었든, 나는 법조인이 아니던가.

"선의로 진실을 말해주셨으면 합니다. 판사 앞에서 증언만 해주시면, 추후에 가석방 신청할 때, 큰 도움이 되실 겁니다."

나의 말에 타짜는 코웃음을 쳤다. 하긴 그는 사기, 폭행, 도박 등 전과만 8범이다. 자신이 가석방 대상이 되기 어렵다는 걸 나보다 더 잘 알고 있을 거다. 그는 말을 뱅뱅 돌리며, 내가 구체적인 액수를 먼저 제시하길 원했다. 하지만 나는 끝까지 돈 얘길 눈치 못 챈 것처럼 굴었다. 모르는 척이 아니라, 모르는 사람이 되는 쪽을 택한 것이다. 그렇게 15분의 짧은 접견이 끝났다.

"변호사님이 나랑 합이 안 맞으시네. 도매업자 양반을 보내줘요. 내가 그 호구랑 패를 맞춰볼 테니까."

타짜는 끝까지 돈을 포기하지 않는다. 그를 설득하려면 결국, 증언의 값어치를 약속해야만 한다. 하지만 의뢰인에게 타짜가 만나고 싶어 한다는 말을 전할 수는 없었다. 그럼 의뢰인은 곧장 교도소로 달려와 돈을 주겠다고 약속할 것이다. 그거야말로 나중에 문제가 될 수 있다. 증인을 매수하는 건 큰 범죄다.

하지만 변호사인 나는, 돈밖에 모르는 타짜의 증언 없이는 이 재심이 불가능하다는 사실을 알고 있다. 의뢰인에게 말하면 증인 매수의 공범이 되고, 모르는 척하자니 나의 첫 재판이 망할 판이다. 딜레마에 빠져 고민하던 때, 박사장으로부터 먼저 전화가 걸려 왔다.

"변호사님, 그 사람이 뭐래요? 법정에 나와서 증언해준대요?"

"일단 제가 성심껏 나와달라고 계속 말씀은 드렸는데요."

"왜요? 맨입으로 안 해준답디까?"

의뢰인은 내 말 한 마디에 눈치를 챘다. 그도 한때 농산물 업계를 호령하던 전국구 장사꾼 아니던가. 누구보다 거래에 빠삭한 사람인지라, 내 말에서 재빠르게 뉘앙스를 알아챘다. 우물쭈물하는 내게, 그는 이렇게 덧붙였다.

"변호사님은 모르는 척 하고 계셔요. 이런 거래는 내가 전문이니까."

"돈으로 증인을 매수하면 안 됩니다."

"걱정하지 마세요. 제가 알아서 할 테니."

변호사답게 경고는 했지만, 속으론 내 말을 그가 곧이곧대로 받아들이지 않길 바랐다. 이미 재심은 청구했고, 방송국 PD는 경찰을 찾으러 다니는 중이다. 얼마 뒤면 전국으로 이 사건이 방송될 것이다. 그런데 누명을 벗겨주겠다는 증인을 날려버리고 재판마저 엎어지면 어떻게 될까? 어쩌면 영원히 사건을 맡지 못하는 변호사가 될지 모른다. 그 두려움이 나를 엄습했다.

3일째 잠을 이루지 못해 퀭한 눈으로 사무실에 앉아 있는데, PD에게서 연락이 왔다.

"변호사님, 그때 파면된 비리 경찰을 만났어요. 타짜랑 짜고 친 게 맞다고 인터뷰해줬어요."

그 경찰은 방송국 카메라 앞에서, 타짜가 의뢰인의 주머니에 몰래 필로폰을 넣은 사실을 알고 있었다는 걸 순순히 말했다고 했다. 누명인 걸 다 알면서 의뢰인을 마약 소지죄로 구속시켰다는 거였다. 타짜는 마약 사범으로 누명을 씌우는 데 성공하고, 경찰은 실적을 올렸으니 그것으로 윈윈이었다. 하지만 경찰은 그때는 타짜에게 뇌물을 받지 않았다고 주장했다. 자신이 파면된 뇌물죄는 이후 다른 건 때문이라는 것이다. 아무튼 PD 덕분에 재심 재판을 위한 중요한 증인이 한 명 더 생겼다.

"PD님, 그 사람이 법정에도 나와준다고 하던가요?"

"억울한 사람 누명 벗겨주는 거니까 판사 앞에서 증언도 하겠대요. 근데 그 전에 변호사님과 통화하고 싶다 그러더라고요. 연락처를 드려도 될까요?"

나와 통화하고 싶다는 비리 경찰… 이유를 알 것만 같은 기분은 뭐지?

10분 뒤, 비리 경찰에게서 먼저 전화가 왔다.

"변호사님, 좋은 일 하느라 고생이 많으시네요."

"아닙니다. 지금이라도 이렇게 진실을 밝혀주셔서 감사드려요. 그럼 법정에 나와주실 수 있으신 거죠?"

"제 아내가 많이 아픕니다. 죽을병은 아닌데 못난 남편 때문에 고생을 많이 해서요. 당뇨에 고혈압까지 온몸에 성한 곳이 없어요. 그러다 보니, 저도 간호하느라 일을 못 나가는 형편이고요."

전화기 너머로 무려 15분 동안이나, 그는 쉬지도 않고 생활의 어려움에 대해 호소했다. 타짜처럼 비리 경찰도 내게 거래를 제시하고 있었다. 타짜보다는 덜 노골적이고, 덜 민망한 방식으로.

결국, 매수해야 할 증인만 한 명 더 늘어난 셈이었다. 속이 쓰리다 못해 아렸다. 비리 경찰의 인터뷰는 방송으로 세상에 공개될 것이다. 여차하면 그 사람의 증언은 방송국 PD에게 촬영 원본을 받아 법정에 제시하면 될 거라 생각했다. 그리고 타짜의 경우에는, 의뢰인이 어떻게든 해결해 올 거라 믿었다. 그러면 재심은 가능할 수도 있을 것 같았다.

나는 무조건 이 일을 해내고 싶었다. 훗날 큰 리스크를 감당할 일이 생기더라도, 인생을 바꿀 절호의 기회를 포기할 수 없었다. 나는 그렇게 용기가 없는 사람이 아니다. 베팅할 땐, 뒤돌아보지 말고 가야 한다.

4.

2주 후의 일요일 밤. 드디어 전국으로 이 사건이 방송되었다. 아버지로서 책무를 다하지 못했다며 우는 박사장의 눈물, 비리 경찰의 고백, 그리고 정의를 외치는 변호사의 인터뷰까지… 누명을 쓴 한 사람의 인생을 구하기 위한 완벽한 스토리가 한 시간짜리 프로그램에 고스란히 담겼다. 탐사보도 제작진은 내 생각보다 훨씬 더 유능했다.

　　방송이 끝나기도 전부터, 온라인 커뮤니티마다 댓글이 쏟아지고 있었다. ‘정의를 실현해야 할 법조인의 양심입니다’라는 나의 인터뷰 컷은 어느새 짤이 되어 SNS를 점령했다.

　　그 밑에는 “999등 변호사의 기적”이라는 댓글이 달렸다. 나의 사법연수원 등수를 알고 있는 누군가가 쓴 댓글이다. 댓글을 작성한 사람은 비아냥거린 것일지 모르지만, 세상 사람들은 이를 보며 일종의 성공 신화처럼 여겼다.

　　방송 일주일 뒤, 재판부에서 재심 개시를 위한 재판을 열겠다는 통보가 왔다. 여론전 덕분에 재심의 1단계를 통과한 것이다.

　　“변호사님, 덕분에 아들 볼 낯이 생겼어요. 사돈어른도 그동안 얼마나 마음고생이 많으셨겠냐면서 전화를 줬더라고요. 자기가 퇴직했어도 전직 경찰서장이고, 아직 후배들이 많이 있다고. 필요한 일이 있으면, 언제든 돕겠다고 하시더라고요.”

　　재판이 열리지도 않았지만, 이미 의뢰인은 누명을 벗은 것처럼 울먹였다. 그 목소리에 나도 울컥했다. 변호사라는 직업이 이런 거구나. 남의 인생을 바꾸는 보람을 느낄 수 있구나. 그런데 이상하게도, 그 울컥함 속으로 또 다른 검은 마음이 고개를 들었다. 이 판을 내가 제대로 잡아야겠다는 욕심이었다. 그 야심 찬 감정이 나를 더 승리에 집착하게 만들었다.

　　재판에서 판사에게 보여줄 100장짜리 PPT를 준비하며, 며칠 밤을 새웠는지 모른다. 그리고 마침내 재판 전날 밤이 왔다. 나는 마지막으로 방송국 PD에게 받은 방송 원본을 USB에 카피하고 있었다. 이미 열 번도 더 봤던 방송본이다. 사실 그건 증거로 효력은 크지 않았다. 하지만 법정 분위기를 주도할 자료로는 충분하다고 판단했다.

다른 언론사의 기사들과 온라인 커뮤니티의 반응들도 캡처해서 담았다. 나의 낯부끄러운 인터뷰에 대한 짤도 모았다가, 마지막에 전부 삭제했다. 아무래도 사법연수원 등수가 매우 높았을 판사님들이, 정의를 운운하는 나의 말을 아니꼽게 볼 듯했다.

새벽 한 시가 되어서야 작업이 모두 끝났다. 집에 가서 잠시 눈 좀 붙이려는데, 전화가 걸려 왔다. 의뢰인 박사장이었다.

"변호사님, 저… 사실 드릴 말씀이 있는데요."

잔뜩 술에 취한 듯, 혀가 꼬인 그 목소리. 술김에 무슨 말을 하고 싶은지 안 들어도 알 것만 같았다. 아마도 타짜를 돈으로 매수했다는 얘길 하고 싶어서겠지. 내일 재판에서, 혹시라도 그 사실이 밝혀질까 봐 의뢰인도 긴장이 되었을 게 분명했다. 하지만 나는 그 말을 듣고 싶지 않았다. 아니 들어서는 안 됐다. 들어버리면 그 순간부터, 나 역시 증인 매수의 공범이 되고 말 테니까.

"아니요. 지금은 아무 말씀도 하지 마세요."

"변호사님. 그래도 제가 재판 전에는 꼭…."

"일단 재판부터. 그게 제일 중요하니까요. 마음 단단히 먹으시고, 가족들만 생각하세요. 아들 결혼식장에서 당당하게 혼주석에 앉으셔야 할 거 아닙니까."

내 입에서 나온 말이 얼마나 비겁한지 알았다. 전화기 너머에서 의뢰인의 숨이 멎었다가 다시 이어졌다. 그는 "알겠습니다"라고만 대답했다. 의뢰인 역시, 내가 모든 걸 알고 있음을 눈치챘을 터였다.

다음 날, 법정에서 검사는 내가 제출한 재심 청구서의 신빙성을 흔들었다. 의뢰인은 마약 사범, 증인은 사기 도박단 출신으로 소위 말하는 타짜, 또 다른 증인은 뇌물을 받아 파면된 비리 경찰인데, 세 사람의 말을 어떻게 믿을 수 있냐는 것이었다.

사실 다 맞는 말이다. 사법연수원에서도, 가장 진술을 믿을 수 없는 사람이 마약, 도박, 뇌물수수의 범죄를 저지른 사람이라고 배웠다. 근데 이 재판에는 세 가지의 범죄자가 모두 등장한다. 심지어 그들이 직접 진실을 밝히겠다고 나서는 판이니, 진술의 신빙성은 그 어느 때보다 낮은 것이 맞다. 사법연수원 50등 안에 들었을 똑똑한 검사들은 그 약점을 끊임없이 파고들었다.

하지만 999등인 나에게는 검사들이 가지지 못한 것이 있었다. 바로 절실함이다. 의뢰인 박사장의 절실함과 변호사인 나의 성공에 대한 갈망.

이 재판을 위해 나는 100장의 PPT로 사실상 여론전에 몰두했다. 과거 성실하게 일했던 의뢰인의 근면성, 마약 사범으로 몰리면서 무너진 가족을 회복하려는 아버지의 노력을 강조했다. 그 모습이 고스란히 담긴 신뢰성 높은 방송국의 프로그램과 이를 보고 공감한 수많은 사람들의 반응까지 보여주며, 판사와 방청석의 감정을 흔들고자 했다.

사실 법적 논리로 보면 말이 안 되는 전술이다. 하지만 이 재판에선 달랐다. 방청석에 앉아 끊임없이 키보드를 두드려대는 기자들에게는, 충분히 납득할 만한 내용이었다. 그들을 보며 나는 이렇게 호소하며 변론을 마무리했다.

"의뢰인은 마약 사범이 아니라, 강원도의 한 농민이며 평범한 가장에 불과했습니다. 그가 가족의 품으로 돌아갈 수 있게 제발 도와주십시오."

물론, 농산물업계의 거물이었던 박사장을 농민이라고 보긴 어려울 수도 있다. 하지만 채소 도매업자도 넓게 보면 농업 종사자 아니던가? 내가 만든 프레임 속에서 그는 억울하고 힘없는 농민이어야 했다.

재판 직후, 전국의 수많은 언론사가 이 사건을 다루었다. 대부분 기사의 제목은 「사기 도박단과 비리 경찰의 음모에 누명을 쓴, 억울한 강원도 농민 A씨」였다. 나의 전략이 먹혀든 것이다.

그로부터 일주일 뒤 법원에서 통보가 왔다. 재심을 개시한다는 결정이었다. 2단계를 통과했다! 드디어 다시 원점으로 돌아가, 박사장의 마약 사건을 1심에서부터 재판할 수 있게 되었다. 세상에, 이런 일이 진짜로 일어났다. 마침내 내 인생에 역전 만루 홈런이 터진 것이다. 소식을 듣고 탐사보도 제작진이 곧바로 사무실을 찾아왔다. 방송 후속편을 제작하기로 결정했다는 것이다. 나는 2평짜리 사무실에 앉아, 복도에 놓인 카메라를 보며 말했다.

"제 의뢰인이 억울한 누명을 벗고, 우리 사회의 정의를 다시 세울 수 있도록 제가 변호사로서 모든 걸 걸겠습니다."

교과서 같은 대답이었지만, 진짜 말한 대로 일이 벌어지기 시작했다. 인터뷰가 끝난 후, 휴대폰이 울려댔다. 모두 낯선 번호였다. 뭔지 몰라서 받지 않는 사이, 한 통, 두 통, 열 통, 스무 통… 부재중 전화가 쌓여갔다. 동시에 문자 메시지도 폭풍우처럼 쏟아졌다.

"변호사님, SBN 방송사 8시 뉴스인데요. 혹시 스튜디오에서 생방송으로 인터뷰 가능하실까요?"

"내일 오전에 저희 정의일보에서 특집 기사를 내려는데요. 전화로 인터뷰만 해주시면 안 될까요?"

"시사 라디오 프로그램 작가입니다. 출연을 부탁드립니다."

그 문자들을 읽으면서도 믿지 못했다. 지금껏 내가 받는 문자는, 독촉이나 연체 안내, 아니면 보이스 피싱이었는데, 이제는 변호사인 나를 세상이 원하고 있다. 나는 그렇게 벼락 맞듯 '스타 변호사'가 됐다.

5.

첫 방송 출연은 월요일의 시사 라디오 프로그램이었다. 오후 여섯 시, 교통 정보 뒤에 내가 붙었다.

"요즘 화제의 재심 사건, 담당 변호사님과 함께 짚어봅니다."

라디오는 얼굴이 안 보이니까 마음이 조금 편했다. 나는 말을 더듬지 않으려고, 질문지를 보며 밤새 쓴 예상 답변을 보며 말을 이어갔다. 하지만 요즘 라디오는 '보이는 라디오'였다. 청취자들이 실시간 영상으로 나를 보고 있다는 걸 출연하고서야 알았다. 그래도 많은 사람들이 댓글로 나를 응원해줬다.

화요일 오전 일곱 시에는 생방송 프로그램에 출연했다. 아침 일곱 시는 내가 늘 자고 있던 시간이었다. 아니, 자고 있던 게 아니라 '눈 뜨고 있는 게 무서워서' 무기력하게 누워 있던 시간이었다. 그 시간에 생방송이라니. 사법연수원 때 사둔 정장을 입고 나갔다. 주름이 멋지게 잡힌 정장 바지에서는 광이 났다. 하지만 앞아서 진행하는 아침 생방송 프로그램에는 상체만 비칠 뿐이었다. 바지는 카메라에 조금도 잡히지 않았다.

수요일에는 심야 토론 프로그램에 출연했다. 유명한 앵커가 진행하는 토론 프로그램으로, '형사사법의 제도적 개선'이 주제였다. 다른 세 명의 출연자는 전직 서울중앙지검장, 법무부 장관이었던 3선 국회의원, 판사 출신 법학대학 석좌교수였다. 대학 졸업장이 없는 건 나뿐이었다. 그들의 사법연수원 시절 등수는 한 자리였을 테고, 못했어도 20위 정도겠지. 999등인 나랑은 차원이 다른 사람들이다.

하지만 생방송 내내 그들은 내 입을 바라봤다. 억울한 누명을 쓴 의뢰인의 재심 사건은, 그들에게도 놀랍고 신기한 사건인 듯했다. 똑똑한 사람들이 얘길 들어주자, 나는 생방송인 것도 잊고 신이 나서 정신없이 떠들어댔다. 심지어 '정의'라는 단어를 1분에 한 번씩 섞어가면서. 다행히 방송 사고는 나지 않았다.

목요일에는 낮 시간의 뉴스 토론 프로그램 두 군데서 연락을 받고 출연했다. 근데 일회성 출연이 아닌 고정 패널 제안이었다. 인생 첫 고정 수입을 방송국에서 받게 될 줄은 몰랐다. 그날 오후 광화문의 방송국 두 곳을 오가며, 생방송에 번갈아 출연했다. 뭔가에 취한 사람처럼, 피로도 배고픔도 전혀 느껴지지 않았다.

대망의 금요일에는, 슈퍼스타들만 나온다는 대한민국 최고의

토크쇼에 출연했다. MC 두 명 사이에 놓인 낚시 의자에 앉은 나는, 연예인과 마주 보고 있다는 게 믿기지 않았다. 불과 일주일 전까지 나는 혼자 방에 갇혀 있던 신세였다. 한 시간의 녹화가 어떻게 흘러갔는지 기억이 나지 않는다. 다만, 의뢰인의 억울한 사연을 얘기할 때, MC들이 눈물을 흘렸던 것만은 생생하다. 그들의 눈물을 보며, 내가 엄청난 일을 하는 듯한 묘한 카타르시스를 느꼈다.

촬영이 끝난 뒤, 토크쇼 작가가 말했다.

"변호사님은… 얼굴이 참 진짜 같아요."

감사하다고 말하면서도, 그게 무슨 뜻인지는 알 수 없었다. 그런데 그 방송에서 그 말이 그대로 자막이 됐다.

진짜 얼굴을 가진 999등 변호사

그 방송 이후, 사람들은 나를 '999등 변호사'라고 불렀다. 뒤에서 2등이, 대법관들이 내린 판결에 제동을 건 것은 사람들이 좋아하는, 꼴등이 1등을 이긴 스토리였다. 그것만으로도 완벽한 드라마였다. 재심은 의뢰인의 사연으로 시작되었지만, 결국 드라마의 진짜 주인공은 변호사인 나였던 것이다.

이후에도 수많은 제의가 이어졌다. TV, 라디오, 팟캐스트, 유튜브 출연에 패션 잡지 인터뷰까지. 나는 스케줄러 앱을 처음으로 다운받았다. 그동안 내 인생에 일정이란 게 없었으니 깔 일이 없었다. 오전 일곱 시 생방송, 오후 한 시 잡지사 인터뷰, 오후 세 시 뉴스 프로그램 출연, 밤 열 시 서면 인터뷰…. 앱에서도 글자 분량이 넘쳐서 다 보이지도 않을 정도였다.

출판사에서도 줄줄이 연락이 왔다.

"자서전 제목으로 '999등의 기적' 어떠세요?"

"재심 사건을 통해 사법 시스템을 설명하는 교양서를 만들고 싶어서요."

"에세이로 '꼴등이 나의 브랜드였다' 이렇게 가면 어떨까요?"

출판사마다 각기 다른 제안을 했다. 어쭙잖은 나의 인생이, 세상이 원하는 스토리가 되었고, 나는 하나의 브랜드로 자리매김한 것이다.

강연 요청도 덩달아 쏟아졌다. 기업 임직원 연수, 로스쿨 특강, 고위 공무원 대상 인권 강연 등등. 그중에도 가장 기분이 좋았던 제안은 바로 이것이다.

"변호사님, 변호사협회에서 변호사들 대상으로 특강을 부탁드리려고요."

내가 경력을 만들고자 학점을 채우던 변호사협회에서, 강단에 서달라고 요청한 것이다. 변호사를 대상으로 하는 특강에 섭외가 들어오니, 999등에서 1등으로 수직 상승한 것만 같은 기분이 들었다. 짜릿하다 못해 멀미가 느껴질 지경이었다. 게다가 강연료가 1회당 500만 원이라고 했다. 지금까지 들어온 강연을 다하면 이번 달에 대체 얼마를 버는 거야. 게다가 방송 출연료도 있고, 출판 계약금도 있을 텐데?

나는 모든 제안을 수락하기로 결심했다. 물 들어올 때는 숨도 안 쉬고 노를 저어야 하는 법이다.

매일 아침 눈을 뜨면 휴대폰을 열어 이메일 답장을 보내고, 밤에 눈을 감기 전까지 전화를 받았다. 이메일이 하루에 수십 통씩 쌓였다. 출연 요청서, 출판 제안서, 강연 계약서 초안, 인터뷰 질문지 등 종류도 다양했다.

사건을 맡아달라며 사무실로 찾아오는 사람들도 있었다. 주로 마약이나 도박 사건이었다. 그들은 하나같이 억울함을 호소했다. 하지만 대충 들어도, 그들이 모두 범죄자임을 알 수 있었다. 아마도 재심 기사를 보고, 혹시나 하는 마음으로 나를 찾아왔을 것이다. 그들의 속내를 다 읽었지만, 나는 이것도 모두 수임하기로 했다. 언제 이 흐름이 끊어질지 모르니, 착수금도 받아둘 것이다.

비서도 없이 혼자서 고군분투하느라 일이 점점 밀려가던 어느 날, 사법연수원 1,000등인 동기에게서 전화가 왔다.

"정의의 슈퍼스타 변호사님, 오랜만에 팬심으로 전화했어."

그 전화는 안부가 아니라 스카우트 제안이었다. 뒤에서 1등이었던 그는, 내게 부모님이 설립한 대형 로펌에 파트너 변호사로 와달라고 요청했다. 물론, 내가 맡은 사건도 함께다. 방송, 강연, 출판 제안은 로펌의 비서들이 일정을 정리해줄 수 있다고 했다. 스케줄이 바쁜 만큼, 중형 세단과 기사도 제공해줄 거라고 말했다. 꿈만 같았다. 드라마에서 보던 한강 뷰의 멋진 사무실에서 내가 일하게 된다! 그의 제안이 너무 고마워서 하늘을 날아갈 것 같았지만, 가까스로 마음을 가다듬었다. 나에게도 체면이라는 게 있다.

"제안해줘서 고마워. 구체적인 조건을 계약서로 써서 메일로 보내줘. 그럼 검토해보고 며칠 안으로 답변 보낼게."

동기와의 전화를 끊자마자, 소리를 지르며 공유 오피스 복도를 뛰어다녔다. 그리고 곧장 여자친구에게 전화를 걸었다. 이번 주말 저녁, 호텔에서 식사를 하자고 말이다. 여자친구는 호텔이 얼마나 비싼데, 거기서 밥을 먹냐며 핀잔을 줬다. 방송 출연 좀 하더니 허파에 바람 든 게 아니냐며. 그런 그녀에게 웃으며 말했다.

"제일 예쁜 옷으로 입고 와. 인생 최고로 근사한 하루를 만들어줄게."

주말에 호텔 스카이라운지에서 여자친구에게 프러포즈를 했다. 다이아몬드 반지를 낀 그녀는 행복한 눈물을 흘렸고, 나는 여유롭게 가장 비싼 샴페인을 주문했다. 건배를 하며, 그녀에게 곧 대형 로펌의 변호사 사모님이 될 거란 말도 덧붙였다. 그녀가 나를 보며, 행복한 미소로 웃었다. 사법고시 합격 소식을 전했을 때보다 더 진한 미소였다.

하지만 불행은, 언제나 가장 행복한 순간에 우리를 집어삼키기 마련이다.

6.

재심 개시 통보 후 한 달 뒤, 드디어 3단계 첫 재판이 열렸다. 이미 '스타'가 된 나는, 법원 주차장에서 사람들과 셀카를 찍어주느라 정신이 없었다. 뒤늦게 법정에 들어가서도, 방청석에 앉은 기자들과 일일이 인사를 나눴다. 그들은 공판이 끝나고, 꼭 인터뷰를 해달라며 내게 명함을 건넸다. 나는 여유로운 웃음을 지으며, 인터뷰를 약속했다.

의뢰인 박사장은 그런 나를 무척 낯설어했다. 나는 그의 어깨를 다독이며, 내가 다 알아서 할 테니 걱정하지 말라고 말해주었다. 사실 이런 흐름이라면, 법대생이 변호사석에 앉아 있어도 무죄는 나올 거라고 확신했다.

　재판이 시작되자, 검사는 판사에게 증거로 제출한 녹취 파일을 법정에서 재생해줄 것을 요청했다. 갑자기 녹취 파일이라니. 그게 뭐지? 부랴부랴 검사 측에서 제출한 서류를 찾아보니, 오래전 증거로 제출한 내용이 있었다.

　아뿔싸. 내 삶의 변화에 취해 재판 관련 기록 확인을 깜박한 것이다. 내가 말릴 틈도 없이, 판사는 녹취 파일의 재생을 허락했다. 법정 스피커로 타짜의 목소리가 울렸다.

　"박사장, 먼저 착수금으로 3장만 줘 봐. 그럼 판사 앞에서 멋드러지게 증언해줄게."

　"이번엔 진짜 약속하시는 거죠? 지난번에 그러고 잠수 타셨잖아요."

　내 의뢰인인 박사장과 타짜의 목소리인데… 이게 지금 무슨 상황인 거지?

　"그땐 내가 지명수배 당해서 어쩔 수 없었던 거고. 지금은 교도소에 있는데 딴말하겠어? 3천 먼저 넣어. 무죄 받으면 성공보수로 2천 추가로 주시고. 전과 기록에서 빨간 줄 지우는데 그 정도 판돈은 내셔야지."

　"알겠습니다. 그 뇌물 받은 경찰은 어떻게 됐어요?"

　"며칠 전에 그 사람도 면회 왔더라고. 내가 말 다 맞춰놨으니까 아무 걱정 하지 마."

교도소 면회실에서 박사장과 타짜가 나눈 대화였다. 음질이 너무 생생해서, 법정이 아니라 면회실 벽에 귀를 대고 있는 것 같았다.

"그럼 부인 계좌로 넣으면 돼요?"

"에이, 박사장! 그 여자는 절대 안 돼. 내가 구속되자마자, 딴 놈이랑 살림 차렸단 말이야. 거기 말고 내가 출소하면 결혼할 여자가 따로 있어. 그쪽으로 넣어주면 돼. 그럼 검찰에서도 절대 추적 못할 거야."

"알겠습니다. 제가 지금 나가자마자 송금할게요. 대신 약속 꼭 지키셔야 해요."

이제 그 여자의 계좌는 바로 추적될 것이다. 이미 검사들이 추적했는지도 모른다.

"참! 박사장 변호사한테는 애기 안 했지?"

"예, 전혀 몰라요."

"그래, 내가 시킨 대로 변호사 잘 골랐더만. 똑똑한 로펌 변호사 말고, 그런 절실한 애들이 컨트롤하기 딱 좋아요. 하하하. 나도 대화해보니까 변호사 자격증만 있지, 세상 물정 모르는 바보나 다름없더만."

녹취가 재생되는 동안, 기자들이 키보드를 두드리는 소리가 꼭 기마대가 달려오는 것처럼 들렸다. 아마, 내가 바보라는 말도 이미 타이핑됐을 것이다. 판사들은 나를 보며 수군거렸고, 내 옆에 앉은 박사장은 고개를 숙인 채 아무 말이 없었다. 그 자리에서 나는 알몸을 투시 당하는 기분이었다.

재판 이후, 몰려오는 기자들의 인터뷰를 모두 뿌리치고 도망쳤다. 그 어떤 전화도 받지 않은 채, 목표도 없이 서쪽으로 차를 몰았다. 저무는 태양을 보며, 나에게 찾아온 모든 일들이 신기루처럼 사라지는 걸 느꼈다. 방송 출연도, 출판도, 강연도, 심지어 대형 로펌의 스카우트 제의마저도. 반나절만에 나는 다시 나락으로 떨어지고 만 것이다.

이 재심 재판이 성공할 가능성은 0퍼센트가 됐다. 앞으로도 박사장은 '마약 사범'으로 살아야 할 것이다. 증인을 매수한 죄로, 다시 잡혀갈지도 모른다. 그 경우 전과가 한 줄 더 추가될 것이다. 그토록 원하던 아들의 결혼식마저 참석할 수 없을 것이다. 타짜 역시 추가로 처벌을 받을 것이며, 어쩌면 징역이 늘어날 것이다. 비리 경찰 역시 공모를 한 혐의로 처벌을 받게 될 테다.

다행히 나는, 증인을 매수한 범죄에서는 자유롭다. 검찰에서도 참고인 조사 정도로 끝낼 것이다. 하지만 나에겐 전과보다 더 무서운 낙인이 찍혔다. 바로 무능한 변호사라는 낙인이다.

사회에서 '인성이 나쁜 사람'보다 낮은 평가를 받는 게 바로 '무능한 사람'이다. 내가 바로 바보 같은 무능력한 인간이라는 사실이 법정에서 입증되었다. 증인들끼리 담합하는 줄도 모른 채, '정의의 사도'처럼 나대고 다니던 무능한 변호사의 끝판왕. '999등 변호사의 기적'은 '999등 변호사의 무능'으로 세상에 널리 알려졌고, 기사마다 이런 댓글들이 달렸다.

"역시 성적은 과학이야. 반전은 드라마에나 있는 거라고."

한 달이 지난 뒤, 나라는 사람이 존재한다는 사실마저 잊은 것처럼 세상은 다시 잠잠해졌다. 전화도, 메일도, 아무런 제안도 없었다. 나는 조용히 공유 오피스에 있는 내 사무실로 향했다.

사무실 앞 박스에는 같은 모양의 하얀 봉투가 수북이 쌓여 있었다. 봉투마다 '빠른 등기'라는 표시가 붙어 있었다. 특이하게 보내는 사람의 주소는 서울, 대전, 대구, 부산, 광주, 청송, 목포 등 전국 각지의 우체국 사서함 번호였다.

하나를 열어보고 알았다. 그 사서함 번호는 모두 교도소의 주소였다. 수감된 범죄자들이 내게 보낸 편지였다. 하나같이, 억울함을 호소하며 재심을 도와달라는 내용이었다. 범죄는 마약 아니면 도박이었다. 분명 그들도 교도소에서 신문을 읽고 알았을 것이다.

그렇다면 이 편지들은 유능한 변호사에게 재심을 도와달라는 호소가 아니다. 전국적으로 무능하다고 소문난 변호사를 이용해서, 거짓으로 재심 청구까지 해보려는 속셈일 거다. 끝까지 나의 야망을 이용해 먹으려는 나쁜 범죄자 새끼들.

그제야 깨달았다. 내가 시작한 재심이라는 재판이자 도박판에서, 설계를 당한 유일한 호구는 다름 아닌 변호사인 나였다는 사실을. 빌어먹을 세상. 이 판에 올인한 나만 모든 것을 탕진하고 말았다.

문지기 박계장의
임무는 무엇인가

☐ 직업	국정원 문지기
☐ 나이	74세
☐ 성별	남자
☐ 특징	대치동 아파트 거주

1.

"너 얼굴 잘생겼다야. 고향이 어디니?"

"함경남도 원산입니다."

내가 태어난 해는 1952년, 전쟁 한가운데였다. 엄마는 출산 며칠 뒤 세상을 떠났고, 아버지 혼자서 나를 키우셨다. 아버지는 원산의 기차역 앞에서 물건을 팔았다. 하루 벌어 하루 살았다. 그러면서 늘 같은 걱정을 하셨다. 오늘 밤, 폭격이 떨어지면 모든 게 끝이라는 걱정.

어느 날 아버지는 미군이 흘리고 간 초콜릿과 담배를 주워 들고 오래 들여다봤다. 그리고 결심했다.

"이러고 살 바엔 차라리, 저쪽 편이 되자."

그날 아버지는 나를 업고, 경원선 철도를 따라 남쪽으로 걸었다. 우린 철길에서 전투 중인 군인들을 여러 번 만났다. 인민군도, 중공군도, 심지어 미군도.

아버지는 늘 고개를 숙였다. 말투를 바꿨고, 웃음을 붙였다. 장사치의 재치였다. 그 덕에 우리는 죽지 않았다. 오히려 물건을 팔고 쌀을 얻었다.

걷고 또 걸어 강원도 철원에 닿았을 무렵, 드디어 전쟁이 멈췄다. 우리는 남한 땅에 살게 됐다.

어렵게 정착한 아버지는 늘 같은 말을 했다.

"사상이고 정치고, 그런 건 나랏일 하는 똑똑한 사람들이 고민하는 거야. 우리는 국가가 결정한 걸 그저 따르기만 하면 돼."

아버지에게 '국가'는 단순한 깃발이 아니었다. 우리를 건드리지 않는 것, 해코지 당하지 않게 지켜주는 것, 그것이 바로 국가였다.

내가 열일곱 살이 되었을 때, 아버지는 탄광으로 가셨다. 석탄을 캐는 게 애국이라는 〈대한늬우스〉를 보고 결심했다고 말했다. 아버지의 꿈은 '대한석탄공사' 정직원이 되는 것이었다.

"나랏일 하는 직업만큼 좋은 건 세상에 없어."

그 시절 대한석탄공사는 훌륭한 직장이었다. 사장을 가리켜 사람들이 '총재'라 부를 정도였다. 한국은행 총재 아니면, 석탄공사 총재. 그 시절엔 그랬다.

일용직이었던 아버지는 정직원이 되려고 부지런히 일했다. 키가 185센티미터가 넘고, 타고난 강골인 체격 덕분에 작업량이 압도적으로 많았다.

서울에서 총재가 시찰을 온 날, 아버지는 맨 앞 줄에서 표창을 받았다. 다음 날, 꿈에 그리던 석탄공사의 정직원이 됐다.

하지만 아버지의 기쁨은 오래 가지 못했다. 그 이듬해 탄광이 무너졌고, 아버지는 돌아오지 못했다. 그대로 산이 되었다. 다행히 회사는 정직원이었던 아버지를 위한 보상금을 주었다. 그날 밤, 나는 돈을 들고 서울로 떠났다.

며칠을 청계천 골목에서 노숙하다, 운 좋게 을지로 빵집에서 밀가루 포대를 옮기는 일을 얻었다. 아버지를 닮은 나 역시 키가 190이 넘고, 제대로 먹지 않아도 살이 근육으로 붙었다. 빵집 사장은 힘 좋은 나를 무척이나 좋아했다. 한 달 뒤 첫 월급을 받던 날, 빵집 주방에서 가스가 폭발했다. 다행히 죽진 않았지만, 내 왼쪽 얼굴이 크게 일그러졌다.

그때부터 사람들은 나를 '프랑켄슈타인'이라 불렀다. 덩치도 큰 데다가 인상까지 무서워지자 빵집 손님들부터 나를 피했다. 결국 빵집 일을 그만둘 수밖에 없었다. 이후, 나는 마후라로 얼굴을 가린 채 청계천에서 리어카를 밀었다. 남들이 다 자는 새벽 시

1972년 어느 밤, 청계천 고가다리 아래에서 담배를 피우고 있었는데, 옆에 서 있던 양복쟁이들이 고향을 물었다. 얼굴이 잘생겼다면서. 평소 같았으면 그 말에 주먹이 먼저 나갔겠지만, 그날은 고분고분 고향을 말했다. 한밤중에 선글라스를 쓰고 다니는 양복쟁이. 그들은 분명 나랏일을 하는 높은 사람들일 테니까.

"나이는?"

"스무 살입니다."

그는 내 키와 몸무게까지 물었다. 내가 마음에 들었는지 내게 주소를 적어줬다.

"너 관상이 딱 공무원인데. 국가를 위해 일하고 싶으면 남산으로 와. 거기서 황대리를 찾으면 돼."

그때였다. 상가 건물에서 피투성이가 된 젊은 남자가 끌려 나왔다.

"곱게 데려오라니까. 왜 또 잘생긴 얼굴을 저 지경으로 만들었어."

끌려 나온 남자는 청계천 사람이 아니었다. 안경, 줄무늬 셔츠, 그리고 고운 피부. 딱 봐도 나와는 다른 사람이다. 공부만 하며 자란 대학생 같았다. 양복쟁이들은 그를 세단에 태우고 사라졌다.

2.

　이틀 뒤, 국가의 부름을 받은 나는 남산의 그 주소로 찾아갔다. 그리고 그 회사에 취직했다. 사람들은 회사를 '분실동'이라 불렀다. 본부가 아닌 분실(分室)이라는 뜻이지만, 진짜 의미는 좀 달랐다. 직원들은 그곳에 누구든 들어가면, 기억이 사라지고 정신도 없어지고 건강도 잃어버리고, 가끔은 생명마저 분실(紛失)되는 곳이라고 했다. 하지만 황대리는 내게 말했다.

　"지금부터 넌 국가를 위해 봉사하는 거야. 그러니 충성심부터 배우라고."

　그가 가장 중요한 사명이라며, 내게 맡긴 일은 분실동 경비였다. 정문이 아니라, 아무도 모르게 숨겨진 비밀의 후문을 맡았다. 후문은 밖에서 보이지 않았다. 숲으로 깊이 가려져 있었고, 우거진 나무와 수풀 사이를 지나도, 벽돌담만 보일 뿐이었다. 그 담벼락 안에서 걸쇠를 풀면, 두 사람이 겨우 지나갈 만큼의 비밀 통로가 열렸다. 내 사무실은 담벼락 안쪽 군용 위장 천막이었다. 그 안에 놓인 작은 의자가 전부인 사무실에서 나는 항상 신문을 읽으며 지시를 기다렸다. 직원들이 부르는 나의 직함은 '문지기'였다.

　"어이, 문지기. 새벽 한 시쯤 의사 하나가 올 거야. 챙겨서 위로 올려 보내."

나는 다른 직원들의 명령에 대꾸하지 않고 무조건 따랐다. 나랏일은 무조건 따르는 거라고 아버지께서 말씀하셨으니까. 직원들은 묵묵히 시키는 일을 하는 나를 무척 좋아했다. 그래서 후문이 열릴 일이 생길 때마다, 내게 양담배와 노란 봉투를 줬다. 노란 봉투 안에는 현금이 들어 있었다. 나는 양담배와 노란 봉투를 집 안 장롱에 차곡차곡 모았다.

1972년 10월, 대통령 각하께서 비상계엄을 선포했다. 그 뒤로 나의 업무량이 확 늘어났다. 노출된 정문 대신 후문을 통해 분실동을 찾는 사람이 많아진 것이다. 군인, 정치인, 경찰, 기업인 그리고 의사와 간호사들까지. 문 앞까지 온 사람들은 소리를 내지 않는 게 불문율이었고, 그들을 비밀리에 안쪽으로 들여보내는 게 나의 일이었다. 바빠진 만큼 노란 봉투도 빠르게 늘었다.

어느 밤, 담벼락 밖에서 큰 소리가 들렸다.

"야, 문지기! 나야! 빨리 문 열어!"

황대리님의 목소리였다. 문을 열자 직원들이 피투성이 남자를 어깨동무한 채 끌고 들어왔다. TV에서 본 적 있는 가수였다. 말없이 통기타만 치며 노래를 부르는 남자다. '빨갱이들의 데모를 선동하는 노래를 만든 죄'로 잡혀 왔다고 했다. 그 뒤엔 부서진 기타를 든 직원이 따라 들어왔다. 그게 범죄의 증거라고 했다. 나는 말없이 문을 닫았다.

그 뒤로 많은 사람들이 후문으로 잡혀 왔다. 대학교수가 잡혀 왔고, 기업 사장이 잡혀 왔고, 가끔은 검사나 판사, 군인도 왔다. 나는 한눈에 그들이 누군지 알았다. 신문에 나오던 얼굴들이었으니까.

한 달에 한 번 정도는, 포대로 덮인 리어카가 후문으로 나갔다. 그 안에 시체가 실렸다는 걸 알고 있었다. 하지만 아무 말도 하지 않았다. 난 그저 노란 봉투와 양담배만 챙길 뿐이었다.

4년 정도 지나 슬슬 그 일이 지겨워지던 무렵, 담벼락 밖 수풀 너머로 어슬렁거리는 한 남자가 보였다. 딱 보기에도 대학생 같은 옷차림이었다. 황대리님께 보고하자 내게 망원경을 주셨다.

"일단 감시해. 여기가 노출 안 되는 게 제일 중요하니까."

며칠이 지나자 그 남자는 점점 더 대담해졌다. 매일 수풀 속으로 깊게 접근하는가 싶더니, 이내 담벼락 바로 앞까지 접근했다. 그러곤 배낭에서 빠루를 꺼내 벽을 톡톡 건드리며, 소리를 들어 보고 있었다. 후문이 있다는 사실을 알고 온 게 분명했다. 후문을 비밀리에 지키는 게 국가가 내게 준 임무다. 그런데 이미 노출되었다면 후문의 존재를 아는 이 남자를 돌려보내선 안 된다.

남자가 문의 걸쇠 너머까지 접근했을 때, 내가 왼손으로 문을 확 열어젖혔다. 남자가 놀라 빠루를 들고 뒤로 넘어지는 순간, 오른손으로 남자의 뒷덜미를 잡아 후문 안쪽으로 집어던졌다. 그러곤 빠르게 문을 걸어 잠근 뒤, 비명을 지르려는 남자의 목을 졸라 기절시켰다. 축 늘어진 남자를 어깨에 들쳐 메고 건물 안 직원들에게 인계했다.

사흘이 지난 후, 직원들은 피투성이 대학생을 후문이 아닌 정문 밖에 내던졌다. 지나가던 사람들이 피투성이의 남자를 구경하듯 쳐다봤다. 다행히 그는 살아 있었다. 그 일로 나는 중앙정보부 부장님께 표창을 받고, 정식 직원이 되었다. 부상은 두툼한 노란 봉투와 위스키 한 병이었다.

중앙정보부 시설관리과 '박주사'. 드디어 공무원이 됐다. 다음 날 휴가를 받아, 처음으로 철원 탄광을 다시 찾았다. 산이 된 아버지에게 위스키를 올려놓고 절을 했다.

"아버지, 원산 촌놈이 대한민국 공무원이 됐습니다."

3.

직함이 생겼지만, 직원들은 여전히 나를 문지기라 불렀다. 상관없었다. 나는 대꾸 없이 주어진 임무만 수행하며 충성을 다하면 된다.

공무원이 되었지만, 이북 출신에 고아에다가 얼굴도 일그러진 나는 결혼을 포기하고 있었다. 근데 황대리님이 그 사실을 알고 처음으로 내게 역정을 냈다.

"너는 우리나라 최고의 기관인 중앙정보부에서 일하는 사람이야! 근데 중정의 박주사가 결혼을 못한다는 게 말이나 돼?"

황대리님이 중매를 섰고, 1979년 봄 나는 스물일곱 살의 나이로 결혼을 했다. 색시는 충청도 출신으로 상고를 졸업한 뒤, 은행에 취직한 여자였다. 똑똑하고 책임감이 강했다. 색시는 처음 만난 날, 공부시켜야 하는 동생이 다섯이나 있는 맏딸이라고 했다. 미안해하는 색시에게, 가족이 없는 나는 동생이 많은 게 오히려 좋다고 했다. 그 아이들을 공부시키는 것도 국가를 위한 일이나 마찬가지였다.

결혼식을 올린 첫날밤, 나는 색시를 집으로 데리고 가서 지난 7년간 장롱에 모아둔 노란 봉투를 보여줬다. 은행원 색시는 장롱 두 칸 가득 채워둔 봉투를 모두 꺼냈다. 밤을 새우며 돈을 세어, 노란 고무줄로 묶었다. 다음 날 은행에 가서 내 이름으로 된 계좌를 만들어 모두 입금했다. 내 인생 첫 저축이었다.

일요일이면 색시는 장롱 다른 서랍에 채워둔 양담배를 들고 남대문 지하상가로 향했다. 세상 모든 밀수품이 오가는 상가에서, 색시는 요령 좋게 양담배를 모두 현금으로 바꿔 왔다. 그리고 밤마다 또 돈을 세어, 노란 고무줄로 묶은 뒤 월요일이면 통장에 입금했다. 여름이 되었을 무렵, 그 돈으로 나는 강남에 15평짜리 작은 아파트 하나를 분양 받았다. 내 인생 첫 집이었다. 기쁜 마음만큼 색시의 배도 불러왔다.

모든 게 행복했던 그해 10월의 어느 밤. 천막에 혼자 앉아 있는데, 건물 안에서 직원 하나가 달려왔다.

"문지기! 너도 권총 쏠 줄 알지? 이거 하나 받아."

그는 내 손에 권총 한 자루를 쥐여주고 사라졌다. 후문에 권총이라니… 나라에 큰일이 난 것이 분명했다. 권총을 손에 들고 뜬눈으로 밤을 지새웠다. 하지만 후문엔 아무도 찾아오지 않았다. 아침에 되어서야 신문을 보고 알았다. 대통령 각하께서 총을 맞아 돌아가셨다는 것이다.

총을 쏜 사람은, 내게 표창을 주신 그 부장님이었다. 이해가 되지 않았다. 그날 오후, 부장님과 함께 다니던 직원들이 분실동으로 잡혀 왔다. 밤새 비명 소리가 끊이지 않았다. 국가를 배신한 사람에게 어떤 일이 벌어지는지, 그때 처음 깨달았다.

그로부터 50여 일이 지났을 무렵, 이번엔 후문 너머로 탱크 소리가 들렸다. 이북에서 남침이라도 한 줄 알고, 처음으로 혼자 후문을 열고 밖으로 나가보았다. 수풀 속에 몸을 숨기고 망원경을 들었다. 남산을 돌아다니는 탱크에는 태극기가 붙어 있었다.

그걸 보고도 나는 쿠데타가 일어난 줄 몰랐다. 국가에 충성하는 군인이, 나랏일을 하는 사람들을 배신한다는 건 이해할 수 없는 일이니까. 하지만 하룻밤 사이 세상이 바뀌었고, 군복을 입은 사람들이 국가가 되었다.

1980년, 새로운 대통령 각하께서 취임하셨다. 그즈음 나는 아버지가 됐다. 아들이었다. 색시를 조산원에 두고, 나는 다시 철원으로 향했다. 산이 된 아버지에게 술을 올렸다.

"아버지, 서울에 집도 장만하고, 아들도 생겼습니다."

아들의 돌잔치를 할 무렵, 회사 이름이 '중앙정보부'에서 '국가안전기획부'로 바뀌었다. 중앙으로 정보를 수집하는 회사에서, 국가의 안전을 기획하는 회사로 변한 것이다. 박주사였던 나도, 박계장으로 승진했다. 하지만 회사 이름이 바뀌고 승진을 해도 나는 여전히 후문을 지키는 문지기였다. 그 사이 임무가 하나 더 추가되긴 했다. 후문으로 들어온 사람들을 안전하게 '특수작업실'로 안내하는 것이었다.

특수작업실은 국가를 배신한 사람 중에서도 매우 위험한 자들만 조사하는 곳이다. 그곳은 뒷마당 지하 계단으로 연결된 땅굴을 통해 갈 수 있었다. 땅굴은 내부 직원들도 잘 모르는 미로였다. 통로 한쪽은 '분실동' 본건물 지하로, 다른 길들은 특수작업실을 포함한 비밀 사무실들로 연결됐다. 건물 지하로, 위장 주택으로, 남산 아래 또 다른 벙커로. 내가 그 길의 안내를 맡았다는 건,

비밀 땅굴을 믿고 맡길 정도로 나에 대한 국가의 신뢰가 크다는 것을 뜻했다.

땅굴은 일제강점기에 일본군이 폭격을 대비해 만든 것으로, 석회암을 뚫어 만든 좁은 통로다. 천장 높이가 170센티미터 정도 되는 낮은 땅굴에는 회색 물이 똑똑 떨어졌다. 190센티미터인 내가 다니기엔 무척이나 좁았다. 천장에 튀어나온 돌부리에 뒤통수나 목덜미가 부딪쳐 피가 나기 일쑤였다. 하지만 내겐 문제가 되지 않았다. 매일 수십 번을 오가며, 천장의 지리마저 꿰뚫었으니까. 후문을 지키며, 땅굴까지 다녀야 했지만 나는 힘든 내색을 전혀 하지 않았다.

그저 말대꾸 없이 꿋꿋하게 최선을 다할 뿐이었다. 대통령 각하가 바뀌셨지만, 나는 여전히 군인, 정치인, 경제인, 교수, 가끔은 여배우에게도 땅굴을 안내했다. 그때마다 노란 봉투가 내 손에 들어왔다. 퇴근하면 그걸 색시에게 건넸고, 색시는 꼬박꼬박 그걸 저축했다. 둘째 아들이 태어날 무렵, 우리는 4,000세대가 넘는 대치동의 신축 아파트 단지로 이사를 했다. 33평의 큰집에서 셋째도 생겼다. 셋째 역시 아들이었다.

그렇게 다시, 7년의 세월이 평화롭게 흘렀다.

한밤중에 누군가 후문을 두드린 건 1987년 1월의 어느 날이었다.

"박계장! 빨리 열어!"

대리에서 과장으로 진급한 황과장님이었다. 후문에서 소리를 내면 안 된다는 불문율을 그가 또 깨뜨렸지만, 나는 아무런 대꾸도 하지 않았다. 문을 열자마자, 황과장님이 안쪽으로 밀고 들어왔다. 그 뒤엔 머리가 허연 나이 많은 의사가 땀을 흘리며 따라오고 있었다.

"빨리! 특수작업실로."

나는 그들을 데리고 땅굴을 뛰다시피 했다. 낮은 천장 때문에 뒤통수와 목덜미가 긁혀서 피가 났지만, 황과장님의 재촉에 걸음을 멈출 수 없었다. 어두컴컴한 특수작업실에는 속옷 바람의 남자 대학생이 늘어져 있었다. 이마에 땀이 송골송골 맺힌 의사가 대학생의 맥박을 짚었다.

"이미… 사망했습니다."

황과장님이 나이 많은 의사를 발로 찼다.

"무슨 짓을 해서라도 당장 살려내!"

하지만 의사가 할 수 있는 무슨 짓은 남아 있지 않았다. 한 시간 뒤, 나는 다시 황과장님과 나이 많은 의사를 땅굴로 안내했다. 우리 뒤에는 시신을 옮기는 직원들이 따라 나왔다. 그들은 아무 말 없이 후문 밖으로 사라졌다. 처음으로 노란 봉투를 받지 못한 날이었다.

그 달에만 몇 번 더 몇 구의 시신이 후문을 통해 사라졌다. 나보다 어려 보이는 젊은 남자들이었다. 하지만 아무도 이 일을 몰랐다.

몇 달 뒤, 신문에 이런 기사가 났다. '탁 치니 억 하고 죽었다'. 분실동이 아닌, 남영동에서 조사를 받던 대학생이 사망했다고 했다. 신문에 인터뷰한 간부의 발표와 달리, 세상은 물고문을 의심했다. 전 직원에게 함구령이 떨어졌다. 그 뒤로 분실동 건물은 폐허처럼 고요했다. 비명도, 말소리도, 발걸음도, 아무 소리도 들리지 않았다.

전 직원에게 자택에서 대기하라는 명령이 하달되었다. 결혼 이후, 처음으로 긴 시간을 가족과 함께했다. 얼마 뒤, 또 한 명의 대학생이 사망했다는 기사를 신문에서 읽었다. 경찰이 쏜 최루탄을 맞았다고 했다. 거리엔 사람이 쏟아졌다. 나는 여전히 집에 있었다. 출근하라는 명령을 받지 못했으니까.

사람들은 분노했고, 결국 대통령 각하께서 담화문을 발표하셨다. 이제 대통령을 그만하시겠다고 말했다. 나랏일을 하는 사람들이 다시 바뀌는 순간이었다. 그날 오후, 회사로부터 다시 출근하라는 전화가 왔다.

곧 있을 대통령 선거로, 회사가 바빠지기 시작했다. 국가를 배신했다는 사람들이 대거 잡혀 왔다. 군인도, 회사 본사의 직원들도, 너 나 할 것 없이 분실동을 드나들었다. 후문을 찾는 사람도 늘어났다. 나는 사람들을 땅굴로 안내하느라 바빴다. 신문을 읽을 시간이 없을 정도였다. 그래도 나랏일에 보탬이 된다는 생각에 행복했다. 노란 봉투로 바지 주머니가 빡빡하게 들어찼고, 발걸음은 더욱 가벼워졌다.

대통령 각하의 군인 친구께서 선거에 당선되자, 분실동 땅굴에 만세 소리가 메아리쳤다. 후문으로 사람이 아닌, 술과 고기, 문어가 도착했다. 나는 땅굴로 물건들을 직접 옮겼다. 특수작업실에는 사람들이 술에 취해 노래를 불렀다.

"박계장, 오늘 같은 날은 같이 한잔해야지."

황과장이 위스키를 권했다. 나는 두 손으로 잔을 받고, 고개를 돌려 단번에 들이켰다. 술이 독했다. 그날 처음으로, 땅굴에서 길을 잃을 뻔했다. 국가를 이끄시는 대통령 각하가 바뀌셨지만, 나의 업무는 여전히 분주했다. 달라진 게 있다면 조금 더 은밀하고 보안이 철저해졌다는 것뿐이다. 은밀할수록 노란 봉투는 더욱 두툼해졌다. 내가 일하는 곳의 어둠이 깊어질수록, 우리 가족의 삶은 더욱 윤택해졌다.

1997년, IMF로 국가가 부도가 났다. 그보다 내게 더 충격적이었던 것은, 국가를 배신한 죄로 재판에서 유죄를 받았던 사람이 대통령 각하로 취임하셨다는 것이다. 대통령 선거가 끝난 그날 밤에도 후문을 통해, 땅굴로 위스키와 안주가 들어왔다. 하지만 아무도 웃지 않았다. 노래를 부르는 사람도 없었다. 취한 황과장님이 내게 말했다.

"박계장, 나라가 망한 거야. 우리 회사도 곧 없어질 거라고. 그러니 이제 후문도 필요 없어!"

마음이 심란해졌지만, 나는 아버지의 가르침을 떠올리려 애썼다.

"사상이고 정치고, 그런 건 나랏일 하는 똑똑한 사람들이 고민하는 거야. 우리는 국가가 결정한 걸 그저 따르기만 하면 돼."

4.

황과장님의 예언과 달리, 회사는 망하지 않았다. 직원들은 IMF 덕분이라고 했다. 나라 경제가 망한 덕분에, 대통령 각하께서 우리 회사까지 신경 쓸 여력이 없다는 거다.

2년 뒤인 1999년 큰아들이 대학에 갔다. 그리고 얼마 뒤, 회사 이름이 바뀌었다. '국가안전기획부'에서 '국가정보원'으로. 안전을 기획하는 회사에서, 다시 국가의 정보를 수집하는 회사로 되돌아갔다고 생각했다. 근데 이름이 바뀌면서 회사 공기가 확 바뀌었다.

"박계장. 이제 그 후문, 쥐도 새도 모르게 없애야겠어."

"후문을 없애라고요?"

황과장님의 명령에, 나는 회사 생활 27년 만에 처음으로 그에게 말대꾸를 했다. 황과장은 그걸 인지하지 못한 듯했다.

"시멘트로 막아. 땅굴 입구도 전부 철판으로 다 막고. 흙도 덮고 잔디도 심어서 아무도 이곳을 찾지 못하게 해야 해."

등이 뻣뻣해짐을 느꼈다. 후문이 없어지면, 나의 '문지기'의 임무도 사라질 것 아닌가? 아직 고등학교를 다니는 둘째와 셋째의 얼굴이 떠올랐다. 하지만 일단은 시킨 일을 해내야 한다.

다른 직원들과 함께 시멘트를 개어 담벼락을 막았다. 그 위에 다시 페인트를 칠했다. 티가 나지 않게, 담벼락 전체에 페인트를 발랐다. 우거진 수풀과 비슷한 짙은 녹색으로. 땅굴 입구에는 두꺼운 철판을 덮은 뒤, 다시 시멘트를 부었다. 그리고 흙을 깔고 잔디를 심었다. 마당 전체에 잔디를 새로 심어 티가 나지 않게 만들었다. 이렇게 몇 년만 지나면, 어느 누구도 후문과 땅굴의 정체를 찾지 못할 것이다.

이대로 나의 정체마저 사라질까 두려웠다. 다행히 황과장님은 내 자리를 챙겨주셨다. 후문이 아닌, 대로변에 있는 정문 경비실로 옮겨주셨다. 그곳에서 문지기의 임무는 계속됐다.

하지만 노출된 곳에서 찾아오는 사람들을 상대하는 일은 무척이나 어려웠다. 특히, 낯선 사람과 대화를 나누는 것 자체가 제일 어려운 일이었다. 30년 가까이 명령대로만 일했던 나였으니까. 게다가 사람들은 여전히 내 일그러진 얼굴과 덩치를 보고 무서워하기 일쑤였다.

결국 나는 건물 지하 관리실로 자리를 옮겼다. 어둡고 습했지만, 차라리 지하가 좋았다. 이곳에선 아무 말 없이, 시키는 일만 하면 된다.

관리실 일에 익숙해진 2002년 무렵, 월드컵이 끝나고 셋째 아들이 수능을 봤다. 그리고 이듬해 대학에 진학했다. 드디어 아들 셋이 모두 대학생이 됐다. 아버지와 다르게 똑똑한 사람으로 살게 된 것이다. 색시는 나의 노고 덕분이라며 자랑스러워했다.

그 무렵, 새롭게 당선된 대통령은 인권변호사 출신이었다. 그는 세상을 바로잡으려는 의지가 강했다. 대통령이 만든 위원회에 직원들이 하나둘 조사를 받으러 갔다. 얼마 지나지 않아 황과장님은 법정에 섰다. 그가 법원에 출석하는 모습을 지하 관리실에서 신문으로 보았다. 1면에 나온 황과장님의 굳은 얼굴 위, 기사 제목은 이러했다.

음지에서 일한 독재정권의 숨은 실세, 드디어 정체가 드러나다

불안했다. 하지만 아무도 나를 찾지 않았다. 세상 사람들은 내가 아직 지하에 있다는 걸 잊은 듯했다.

2005년이 되자, 제대한 첫째 아들이 취직했다. 엄마를 닮아 셈이 빠른 이 녀석은 은행원이 되었다. 영특한 둘째는 미국 유학을 준비했고, 셋째도 이제 막 군복무를 마치고 복학했다. 대치동의 우리 아파트는 재건축 붐을 타고 집값이 들썩거렸다. 가정의 모든 것이 순탄했다.

그 무렵 분실동에 큰 변화가 들이닥쳤다. 나라에서 분실동을 경찰청 산하 '인권센터'로 만들겠다고 발표한 것이다. 지하 관리실에서 신문을 보고 알았다. 나랏일 하는 사람이 기자들 앞에서, 과거 분실동에서 벌어진 모든 인권침해 사건을 조사했으며 사법적 절차를 진행하고 있다고 덧붙였다. 잘못된 과거의 역사와 단절하는 모습을 보여주겠다고 했다. 신문을 읽으며 내 손이 부들부들 떨렸다. 그 감정이 분노인지 두려움인지는 알 수 없었다.

다음 날 곧바로 경찰청 사람들이 들이닥쳤다. 그들은 곧장 지하 관리실의 나를 찾아왔다.

"안녕하세요, 박계장님. 국정원 시설관리과 소속이 맞으시죠?"

나는 대꾸하지 않고 고개만 끄덕였다. 그들이 나를 쫓아내거나 잡아갈 거라 생각했다. 하지만 예상은 완벽하게 빗나갔다.

“박계장님의 도움이 필요합니다. 부탁드리겠습니다.”

그들은 내게 건물 구조를 알려달라고 했다. 설계 도면이 없다는 것이었다. 나는 그들에게 ‘국가정보원’에 가서 물어보라고 했다. 우리 회사에 가면 설계도가 있지 않겠냐면서.

“모르셨나본데요. 여기는 설계할 때부터 경찰청 건물이었습니다. 다만 과거 중앙정보부 때부터 가져다 쓴 거고요. 이제 와서 돌려받는 거지요.”

1972년 입사 이래, 처음 알게 된 건물 소유주의 정체였다. 나도 모르는 비밀이 많았던 것이다. 하지만 어떻게 건물 구조를 알려줄 수 있단 말인가. 정확한 명령을 받은 것도 아닌데 말이다.

“계장님, 평생 무기 계약직으로 일하셨더라고요. 국가를 위해 오래 애쓰셨는데 제대로 대우도 못 받으셨고… 이제 저희가 처우까지 신경 쓰겠습니다.”

그들은 나를 ‘피해자’로 규정했다. 지하에 갇힌 채, 착취 당해온 사람이라고 했다. 그들은 후문과 땅굴의 존재를 전혀 모르는 눈치였다. 나를 돕겠다며, 그들은 내 소속을 경찰청으로 옮겼다. 직함도 바뀌었다. 인권센터 관리사무소 박소장.

나는 경찰이 되었고, 그들은 나의 새로운 상사가 되었다. 국가의 방침에 따라 명령을 내리는 사람들, 그들의 지시에 따라 나는 건물의 구조를 그리기 시작했다. 단, 후문과 땅굴은 제외하고 그렸다.

내가 그린 분실동 도면을 바탕으로 대규모 리모델링 공사가 진행되었고, 3개월 뒤 이곳에 경찰청 인권센터 간판이 걸렸다. 개소식에는 경찰청장과 정치인들이 참석했다. 그들 중에는 땅굴로 끌려왔던 그 시절 대학생들도 있었다. 그들은 나를 알아보지 못했다. 개소식 이후, 분실동 건물에는 경찰들이 들어와 사무실로 썼다. 1층에는 전시 공간도 마련되었다.

하지만 나는 여전히 지하에 있었다. 박소장이 되어도, 나의 처우와 임무는 달라지지 않았다.

2012년, 나는 지하 관리실에서 정년을 맞이했다. 퇴직한 날, 세 아들과 며느리들, 그리고 손주들까지 모여 호텔 식당에서 조촐한 파티를 열었다. 그사이 흰머리가 소복해진 색시가 한복을 입고 눈물을 흘렸다. 아들들도 평생 국가에 봉사한 나를 자랑스러워했다. 퇴직한 지 얼마 지나지 않아, 회사에서 전화가 왔다.

"이 건물 잘 아시는 분이 소장님밖에 없어서요. 다시 일해주시면 안 될까요?"

국가가 다시 나를 불렀다. 그들은 정년을 넘긴 나를, 하청 업체 소속으로 일을 시키고자 했다. 이번에 나는 '박부장'이라 불리며 지하 관리실을 지켰다. 그 뒤로도 대통령은 바뀌고, 또 바뀌었다. 국가를 이끄는 사람이 바뀌어도, 나의 세상은 그대로였다.

2022년 그 기사를 신문에서 읽기 전까지는.

짧은 그 기사에는 분실동의 주인이 바뀐다는 내용만 적혀 있었다. 또 누군가 찾아와서 같은 얘길 하겠구나 싶었다. 어차피 똑똑한 그 누가 오든지, 나는 나의 임무만 묵묵히 수행하면 된다.

5.

청바지에 자켓을 걸친 사람들이 지하 관리실로 찾아왔다. 양복을 입지 않은 사람이 찾아온 건 처음이었다. 좁은 관리실에 둘러앉은 그들 중 한 사람이 내게 물었다.

"박부장님이라고 하셨죠? 1972년부터 후문을 지키는 문지기셨지요?"

'문지기'라는 단어를 20년 만에 처음 들었다. 나의 과거를 아는 사람이 나타났다.

"제가 그때 친구를 구하려고 후문을 찾다가, 박부장님께 체포되어 사흘 동안 고문당하고 정문 앞에 버려졌습니다. 기억 안 나십니까?”

그는 담담히 말했다. 그때 고문 후유증으로 평생 한쪽 다리를 절게 됐다고 한다. 기억난다. 그날의 사건도, 이 사람의 얼굴도 당연히 기억이 난다. 후문을 지키는 내 임무를 위협했던 유일한 사람이었으니까. 하지만 나는 뭐라 대꾸하지 않았다. 아니, 할 수 없었다. 손발이 떨리고, 입안에 침이 바짝 말랐다.

“제가 그 사실을 폭로하려고, 오늘 여기에 온 건 아닙니다.”

재판에 넘기려는 것도, 세상에 알려 나를 망신 주려는 것도 아니라면, 여기에 왜 나를 찾아왔단 말인가.

“경찰청에서 받은 도면에 땅굴이 없더라고요. 우리는 그 시절, 후문부터 땅굴까지 이어지는 통로를 복원하고 싶습니다.”

세월이 많이 흘러, 그걸 아는 사람이 이 세상에 나뿐일지도 모른다. 하지만 그걸 다시 열 수는 없다. 후문이 열리고 땅굴이 드러나면, 내가 가진 모든 것이 사라질지도 모른다. 내가 그 시절 조사실에서 고문 받다 죽은 시신 옮기는 일을 도왔다는 사실은, 내 가족도 모른다. 그 덕분에 받은 노란 봉투를 모아 집을 사고, 애들 학교를 보냈다는 사실도. 내가 지켜온 명예와 가족들의 존경, 어쩌면 내가 평생 지켜온 모든 것이 함께 무너질지 모른다. 안 된다. 그것만은 절대 말할 수 없다.

“민주인권재단도 국가의 법에 따라 설립된 공익 재단입니다.

나랏일이나 다름 없으니 도와주세요. 꼭 좀 부탁드립니다.”

그들은 내게 한 달의 시간을 주겠다고 말했다. 여전히 나는 아무 말도 하지 않았다.

내 나이 이제 칠순이다. 스무 살부터 지금까지 이곳을 지킨 유일한 사람이다. 계엄이 터져도, 대통령이 총에 맞고 쿠데타가 일어나도, IMF가 터져 나라가 망할 지경이 되어도, 그 나라에서 월드컵 축구로 난리가 나도, 나는 분실동을 지켜왔다. 그런 나에게 누군가 찾아와 국가의 이름으로, 법의 이름으로 말했다.

“도와주세요.”

명령도 지시도 아닌, 부탁이었다. 국가는 지금껏 나에게 부탁한 적이 없었다. 설득한 적도, 선택을 기대한 적도 없었다. 나는 그저 시키는 일만 조용히 해냈을 뿐이다. 이제 와서 ‘내 결정’을 기다리겠다는 국가의 태도는 혼란스러웠다.

한 달 뒤, 다리를 저는 그 남자가 다시 왔다. 이번엔 혼자였다.

“박부장님, 생각 좀 해보셨습니까?”

나는 그에게 물었다.

“앞으로 제 소속은 어디로 바뀌는 겁니까?”

“따로 원하는 곳이 있으신지요?”

또 내게 의견을 묻는다. 이건 내가 살아온 방식이 아니다.

“재단에서 분실동을 접수하면, 저는 어디의 소속이 되는지 묻는 겁니다.”

“아 네. 재단 사무국에서 관리를 위탁한 업체 소속으로 일하시게 되겠지요.”

“그럼 앞에 계신 분이 제 상사가 되는 겁니까?”

“뭐, 그런 셈이죠. 따지고 보면. 제가 마음에 안 들어서 그러시는 겁니까?”

이번엔 나의 감정을 묻는다.

“고민이나 생각을 안 시켰으면 좋겠습니다.”

“그게 무슨 말씀이세요?”

“이제 여기를 맡으시는 분이잖아요. 명령만 하시면 됩니다. 그럼 저는 따르면 됩니다.”

그는 적잖이 당황한 듯했다. 그리고 급히 장황한 설명을 이어 갔다. 재단을 설립하게 된 취지와 목적, 추후 사업 계획, 분실동의 역사를 기록할 방식까지. 그는 내가 하청 업체 소속으로서 기분이 상했다고 착각한 듯했다. 업무 지시를 하면 따르겠다는 나의 태도 때문에, 어쩌면 그들의 입장에선 실례를 범했다고 느꼈을지 모른다. 하지만 내가 원하는 건 설명이 아니라 명령이다.

긴 설명 끝에 그가 입을 다물자, 나는 다시 명확하게 말했다.

“저도 평생 국가를 위해 헌신한 사람입니다. 그러니 그냥 제게 지금 해야 할 임무를 지시해주세요. 그럼 수행하겠습니다.”

내 말을 듣자, 남자는 크게 한숨을 쉬었다. 그리고 이해가 안 된다는 표정으로 나를 쳐다보았다. 나는 가만히 그가 다시 입을 열길 기다렸다.

"알겠습니다. 박부장님. 상사로서 지시하겠습니다. 분실동 건물 뒷마당에 숨겨진 후문과 땅굴의 지도를 모두 그려 제게 주세요."

나는 고개를 끄덕였다. 잠시 동안 말이 없던 그는 한 마디 덧붙였다.

"지도만 잘 그려주시면, 박부장님의 이름이 세상에 알려지는 일은 없을 겁니다. 그리고 이게, 박부장님의 마지막 임무입니다."

그 말을 듣고도 나는 고개만 끄덕였다.

그날 밤, 지하 관리실에서 혼자 종이를 펼쳤다. 손이 떨렸지만, 호흡을 가다듬고 연필을 눌렀다.

차들이 다니는 남산의 대로변에서 우거진 수풀을 지나 후문으로 연결되는 문. 시멘트로 숨겨진 후문의 위치와 걸쇠의 방향. 그곳에서 들어와 철판으로 가려진 땅굴의 입구. 아래로 이어지는 계단의 개수. 미로처럼 연결된 170센티미터 높이의 석회암 땅굴. 그곳에서 이어지는 특수작업실을 비롯한 비밀 공간들.

오래전에 사라졌지만, 눈앞에 생생하게 떠오르는 기억의 통로들을 흰 종이 위에 모두 옮겼다. 그리면서도 추억을 여행하듯, 행복과 보람이 섞여서 가슴이 뜨거워지는 느낌이었다. 종이 위 미로는 꽤 복잡하면서도 상세했다. 틀린 곳은 없는지 꼼꼼하게 확인한 뒤, 종이를 반으로 접어 갈색 서류 봉투에 넣었다. 봉투의 겉면에는 아무것도 쓰지 않았다.

나는 캐비닛 가장 안쪽, 사람들이 잘 열지 않는 칸에 그 봉투를 넣었고 열쇠로 문을 잠갔다. 그리고 내 책상 위에 열쇠와 사직서 봉투를 함께 올려두었다. 아침이 되면, 다리를 저는 그 남자가 가져갈 것이다. 마지막으로 지하 불을 끄고, 계단을 올라왔다. 분실동을 나서며, 나는 어느 누구에게 인사도 말대꾸도 하지 않았다.

마지막까지 나는 충성을 다해 주어진 임무에 최선을 다했다. 국가를 배신하지 않았다. 나는 절대, 배신자가 아니다. 누가 뭐래도, 나는 국가의 부름을 받은 애국자다.

독기에 잠식당한
열아홉 내 영혼

☐ 직업	고등학생
☐ 나이	19세.
☐ 성별	여자
☐ 특징	S대 지역균형선발 후보

1.

 "내가 고3 담임을 맡았을 때 말이야. 어느 날, 한 학생 어머님이 월간 『좋은 명상』 잡지를 서류 봉투에 넣어서 학생 편으로 보내셨더라. 나는 대수롭지 않게 봉투째 차 뒷좌석에 던져놨다가, 며칠 뒤에 열어봤지. 근데 페이지마다 빳빳한 만 원짜리 신권이 한 장씩 꽂혀 있었어. 백만 원쯤?

 밤에 잠이 안 오더라고. 신고를 해야 하나, 그냥 넘어가야 하나. 그래서 다음 날 두툼한 소설책 한 권을 샀어. 아마 무라카미 하루키였을 거야. 그 책 페이지마다 만 원씩 끼워서, 그 서류 봉투에 다시 넣어 돌려보냈지.

 그랬더니 그날 밤 어머님이 처음으로 전화를 하셨어. 대뜸 액수가 부족하냐고 묻는 거야. 내가 '저는 촌지 같은 거 받는 사람이 아닙니다' 하고 말했더니, 어머님이 그러시더라. '수시 원서 쓸 때가 되면 선생님들이 다 그렇게 받는 거 아니에요?'

그 말이 이상해서 학생기록부를 열어봤더니, 그 어머님이 신도시에 새로 생긴 고등학교 선생님이더라고. 게다가 더 놀라운 건, 고3 담임이었어. 놀랍지 않니.”

자신이 뇌물을 받고도 돌려줬다는 이야기를 당당히 하던 이 선생님은, 우리 여고의 윤리 선생님이다. 대학 시절 민주화운동에 적극적으로 참여했던 선생님은 데모를 하다 전경의 방패에 찍혀 다리를 절뚝거리게 되었다. 하지만 장애를 부끄러워하지 않고, 그걸 오히려 무용담 삼아 수업 시간마다 얘기하는 분이었다.

나는 정의로운 윤리 선생님을 언제나 존경했다. 부모님 다음으로, 세상에서 내가 가장 존경하는 사람이었다. 비록 고3이 되면서 선생님의 수업을 들을 수 없었지만, 가끔 이렇게 선생님이랑 마주 앉아 수다 떠는 것만으로도 좋았다.

나는 제법 큰 도시에 살고 있지만, 사실 도시보다는 시골 사람에 더 가깝다. 바다가 보이는 우리 동네는 도심이 있는 신도시 반대편에 있다. 우리 동네도 한때 개발의 흐름이 오긴 했었다. 거대한 관광지로 조성된다면서 리조트도 짓고 큰 아파트 단지도 분양하고, 아케이드 상가도 건설했다. 그 흐름을 타고 도심에 살던 우리 가족도 이곳으로 이사했다.

하지만 관광지 조성은 중단됐다. 학교 근처에는 짓다 만 리조트가 유령 건물처럼 서 있다. 아케이드 상가에도 동네 마트, 미용실, 문구점만 들어와 있다. 관광객보단 이 동네 아파트에 사는 우리들을 위한 상권이다.

그래도 난 이 동네를 사랑했다. 매일 바다를 볼 수 있고, 사랑하는 친구들이 있고, 좋은 선생님들이 있는 곳이니까.

모든 게 행복해서였을까. 나는 학원도 다니지 않았지만, 쭉쭉 성적이 올랐다. 고3이 되었을 때, 어쩌면 S대를 갈 수도 있겠다는 생각이 들기 시작했다. 사랑하는 동네지만, 스무 살이 되면 떠나야 할지도 모른다는 게 괜스레 슬펐다. 물론 친구들은 배부른 소리라며 핀잔을 줬다.

여름 방학 기간에도 고3들은 학교에 나갔다. 딱히 학원이 없는 곳이다 보니 전체 고3을 상대로 보충수업이 진행되었다.

수능이 100일 앞으로 찾아온 8월 중순이었다. 100일 기념으로 친구들과 신도시에 피자를 먹으러 가기로 약속했다. 수업이 끝나고 곧장 나가려는데, 갑자기 담임선생님이 나를 불렀다.

"S대 수시 전형 중에 지역균형 선발제도라는 게 있어. 지방에 사는 학생들이 지원하는 거. 들어본 적 있지?"

"네, 학교마다 세 명씩 지원하는 거잖아요."

“그래. 올해 우리 학교에서는 그 세 명 중에 너를 포함시키려고 해.”

그야말로 엄청난 행운의 기회였다. ‘지역균형’은 말 그대로, 지방 학생들을 위해 만들어진 제도다. 내신 성적과 논술, 면접으로 S대 최종합격생을 선발한다. 그래서 학교마다 교장의 재량으로 학생을 세 명씩 추천할 수 있다. 내가 교장선생님의 추천서를 받게 된다니…. 그 종이 한 장으로 내 인생이 바뀔지도 모른다.

그날 저녁, 친구들과 피자를 빠르게 먹어 치웠다. 어서 집에 가서 부모님께 이 사실을 알려드리고 싶었다.

부모님은 내가 이미 S대에 합격한 것처럼 좋아하셨다. 요양병원 조리사로 일하는 엄마는 축하 파티를 열어야 한다며 한밤중에 냉동실에서 삼겹살을 꺼내 구웠다. 나는 이 전형도 경쟁률이 높고, 학교마다 내신 성적이 좋은 학생들이 모두 지원할 테니 서류에서 떨어질 가능성이 높다고 계속 설명했다. 하지만 가정 형편이 어려워 대학에 진학하지 못했던 우리 부모님은, 딸이 S대에 지원하는 것만으로도 가문의 영광이라고 했다. 평생 보일러 수리공으로 살아온 아빠는, 딸이 똑똑한 바람에 생이별하게 생겼다며 눈물마저 글썽거렸다. 이러다 서류에서 바로 탈락하면, 그걸 또 어떻게 감당하려고 이러시나.

두 분의 행복한 모습을 보고 나니 어떻게든 합격해야겠다는 결심이 생겼다. 다음 날 아침부터 윤리 선생님의 도움을 받아 자기소개서와 추천서를 작성했다. 담임선생님은 몇몇 오탈자만 수정한 뒤, 학년부장-교감-교장 선생님의 결재가 차례로 끝나면 S대에 우편으로 보내겠다고 했다. 그 말을 듣자, 내 마음도 하늘 높이 떠올랐다.

그걸 눈치챈 윤리 선생님이 나를 따로 불러 꾸짖었다.

"아직 아무것도 확정된 게 아니야. 얼른 수시는 잊고 수능에 매진해야 해."

독설도 덧붙였다. 전국에 똑똑한 학생들은 아주 많고, 시골 바닷가 출신이 합격하긴 어려울 거라는 말이었다. 그 독설에 나는 정신이 바짝 들었다.

수시 전형 서류는 9월 1일 우체국에서 발송된 것까지 접수하겠다는 S대의 공지 사항이 있었다. 마감 기한을 잘 지켜야 하는데, 8월 24일이 되어서도 여전히 감감무소식이었다. 담임선생님은 아직 검토할 게 남아서 그렇다는 말만 되풀이했다. 하지만 3일이 더 지나도 아무 소식이 없었다. 시무룩해진 마음으로 하굣길에 운동장을 가로질러 걷는데, 옆 반 친구 재인이가 날 보고 뛰어왔다.

"너 이번에 S대 지역균형 지원하지?"

"그걸 네가 어떻게 알았어. 혹시 너도?"

"응. 너 경영대 쓴다며? 나도 같은 경영대."

"오 대박! 우리 서울 가서 기숙사도 같이 살면 좋겠다."

"그러게. 그럼 너네 아버지도… 그거 해드렸지? 우리 아빠 그
거 땜에 어젯밤에 술을 엄청 드시고 새벽에 오셔서 토하고 난리
났지 뭐야."

"응? 술? 새벽? 그게 뭐야?"

"아, 너네 아버지가 얘기 안 하셨어? S대 추천서에 학교장 직
인을 받으려면, 선생님들 접대를 꼭 해야 하는 게 우리 학교 관행
이래."

며칠 전, 친구 아버지는 담임선생님으로부터 전화를 받았단
다. 교장, 교감, 학년부장 선생님을 모시고 식사를 같이 하고 싶
다고. 8월 26일 저녁, 친구 아버지는 신도시에서 유명한 한우 식
당에서 식사를 대접한 뒤, 2차는 룸살롱으로 교장, 교감, 학년부
장, 그리고 담임선생님까지 모시고 갔단다.

"선생님들이 룸살롱에 갔다고? 헐… 징그러! 근데 그게 말이
돼?"

"전부 남자 어른들이니까. 그런가 보다 했지."

"근데 그걸 네가 어떻게 알았어?"

"아버지가 새벽에 와서 토하는 바람에 식구들 전부 다 깼거든.
그때 술김에 얘기하시더라고. 학교 선생님들이 룸살롱에서 엄청

지저분하게 논다면서.”

내가 사랑하는 선생님들이 그런 사람들이었다니. 여고생인 나에겐 너무 충격적인 이야기였다. 근데 그게 전부가 아니었다.

“게다가 집에 갈 땐, 진행비도 드렸대.”

살면서 진행비라는 단어를 처음 들어봤다.

“‘수시 서류 준비가 잘 진행될 수 있게 쓰세요’ 하고 주는 돈이래. 한 명당 200만 원씩 줬다나. 뇌물이지 뭐.”

“그걸 룸살롱에서 준다고?”

“현금을 신문지에 싸서 종이가방에 넣어줬대. 그것도 우리 학교 관행이라는데?”

우리 학교에 접대와 뇌물의 관행이 단계별로 있다니. 윤리 선생님한테 들었던 100만 원짜리 『좋은 명상』의 어머님 말이 맞는 건지도 모른다.

그렇다면 우리 아빠는? 우리 아빠도 룸살롱에 간 거 아냐?

불안한 마음에 집으로 달려갔다. 우리 아빠는 그런 사람이 아니길 바랐다.

부모님은 집에서 김치전에 막걸리를 드시고 계셨다. 아빠는 더운 날씨에 답답한 보일러실에서 일하느라 힘들었지만, 그만큼 출장비를 많이 받았다며 자랑했다. 엄마도 찜통 같은 주방에서 온몸이 땀으로 젖었지만, 끝나고 영양사 선생님이 김치전을 나눠

주어서 기분이 좋다고 했다. 우리 부모님은 하루하루 몸으로 일하며 사는 분들이다. 노동주를 시원하게 들이켜는 두 분께, 나는 가방도 내려놓지 않고 대뜸 물었다.

“아빠 혹시 우리 담임 쌤이 전화했어? 아빠도 룸살롱 갔어?”

“네가 전화 온 걸 어떻게 알아?”

“갔어? 진짜 룸살롱 갔어?”

들어오자마자 룸살롱 타령을 하는 딸을 보며 두 분은 소리 내어 웃었다.

“가방 내려놓고 샤워부터 하고 와. 김치전 더 있어.”

나는 그대로 서서 얼른 대답부터 해달라고 했다.

“얘기하면 기니까 얼른 씻고 와.”

빛의 속도로 씻고 아빠 앞 식탁 의자에 앉았다.

“아빠, 이제 대답해. 갔어 안 갔어?”

“너 진짜 씻고 온 거 맞아?”

“대답해 얼른. 나 지금 심각하니까.”

아빠는 이 상황이 재밌다는 듯 웃으며 막걸리만 들이켰다.

“담임선생님이 지난주에 전화하셨더라. 교장, 교감, 학년부장 선생님까지 다 같이 저녁 먹자고.”

“그래서? 그래서 나갔어?”

“아빠가 물어봤지. 나는 일하느라 바빠서 학부모 모임도 한 번

나간 적이 없다. 게다가 가방끈도 짧아서 선생님들 앞에서 할 얘기도 없다. 그랬더니, 교장 선생님이 꼭 자리를 마련하라고 지시했다는 거야. 아빠가 그 말을 듣고 바로 눈치챘지. 공사판에서 기술자로 20년 넘게 갑질만 당하면서 살았는데, 내가 그 말뜻을 모르겠니. 근데 일부러 모른 척하고 떠봤어. 교장 선생님께서 혹시 양주를 좋아하시냐고.”

“그랬더니? 그랬더니 담임이 뭐래? 교장이 양주 사달래?”

“그걸 어떻게 알았냐고 하시더라고. S대 지원하는 애들 부모랑은 매년 그런 상담 자리를 가져왔대. 그래서 알겠다고, 다시 연락드리겠다고 하고 전화를 끊었어.”

“그러고는? 언제 만났어?”

“만나긴 뭘 만나. 너네 아빠가 그런 거 할 사람이니.”

“그러면 아빠는 교장, 교감, 학년부장 다 안 만났어? 룸살롱 안 갔어?”

“내가 거길 왜 가니. 나는 양주보다 막걸리가 좋아. 안 그래, 여보?”

“그럼. 집에서 김치전에 막걸리 먹는 게 최고지.”

엄마 아빠가 거짓말한다고 생각했다. 내가 샤워하고 나오는 사이에 입을 맞췄을지도 모른다.

“아빠, 나는 아빠가 나에게 만큼은 솔직하게 말해줬으면 좋겠어.”

잠시 정적이 흘렀다. 말없이 막걸리를 들이켠 아빠가, 결심했다는 듯 입을 열었다.

“딸아, 아빠는 말이다. 대학에 가본 적이 없잖아. 게다가 너를 남들처럼 사교육 막 시켜줄 형편도 안 되고. 근데 참 고맙게도 네가 알아서 공부를 잘해서 S대를 가니 마니 하잖아. 꼭 거기가 아니더라도, 너는 서울에 있는 대학에 갈 거야. 그치? 그럼 너는 스무 살부터 혼자 객지생활 하는 거잖아. 그건 사실상 사회생활을 시작하는 거나 마찬가지라고 아빠는 생각해.”

“근데? 그게 교장한테 술 사는 거랑 무슨 상관이야?”

“그런 생각이 들더라고. 우리 딸의 사회생활 첫 발걸음이 뇌물에 엮여버리면, 평생 나쁜 길로 가게 되는 거 아닐까? 시작부터 편법으로 가는 건 안 된다고 생각했어. 좀 부족하고 힘들어도 사람이 떳떳하게 살아야지. 그래야 마음 편히 자기 꿈 펼치며 살 수 있는 거야. 안 그래, 여보?”

“엄마도 아빠랑 한참 상의했어. 우리가 돈 몇 백만 원이 아까워서 그런 게 아니야. 좋은 길로 이끄는 게 부모의 역할이니까. 그래서 아빠가 담임선생님께 다음 날 전화해서 거절했어. 됐지? 이제 김치전 좀 드세요.”

다행이다. 우리 아빠는 룸살롱을 가지 않았다. 마음이 몽글몽

글해진 나는, 김치전을 먹으며 생각했다. 이렇게 훌륭한 엄마 아빠라니. 나는 이 집에서 태어난 게 정말 행운이야. 그냥 S대 따윈 안 가고, 평생 이 동네에서 부모님과 같이 살아도 좋아!

2.

다음 날 아침, 담임선생님이 날 불러서 청천벽력 같은 소식을 전했다.

"이번 수시 추천서 다른 친구한테 양보하면 어떨까? 너는 수능으로 충분히 S대 갈 성적이 되잖아."

"선생님, 그게 무슨 말씀이세요. 제가 선발이 된 거라면서요."

"맞는데, 교장, 교감, 학년부장 선생님 다 같이 회의를 했어. 근데 우리 학교에서 최대한 많은 학생들이 좋은 대학에 가면 좋잖아. 너도 친구들이랑 같이 대학 다니면 좋고. 그래서 네가 양보해 줬으면 해."

"근데 제가 수능을 잘 본다는 보장도 없고, 이미 서류도 다 준비해서 드렸잖아요."

"그렇긴 한데. 사실 옆 반 재인이도 너처럼 경영대에 지원한 대. 그럼 한 학교에 경영대만 두 명이 지원하는 거잖아. 같은 학교에서 둘이나 합격시킬 확률이 낮지 않을까?”

“선생님, 그건 말이 안 되잖아요. 외고나 특목고 애들은 수시로 같은 학과에 수십 명씩 들어가기도 한다고요.”

“그치만 재인이는 너보다 모의고사 성적도 낮아. 아무튼 너는 우리 학교 에이스니까, 잘하니까 수능으로 가자.”

“선생님, 그럼 저 말고 누가 수시 지원을 해요?”

나 대신 지원할 사람은 1반 친구였다. 신도시에서 유명한 치과 원장 딸이다. 8월 28일. 수시 지원 마감이 4일밖에 안 남은 이 시점에 이런 얘길 듣다니.

“어차피 지역균형은 학교장 추천이야. 교장 선생님 직인이 없으면 서류를 낼 수가 없어. 교장선생님이 1반 친구를 추천한다니, 담임인 나도 어쩔 수가 없더라고. 대신 우리 수능까지 열심히 준비해서 정시로 가자. 선생님이 최선을 다해서 도울게.”

나도 모르게 왈칵 눈물이 쏟아졌다. 애초에 말을 하지나 말지. 사람을 기대하게 만들어놓고, 이제 와서 이게 대체 무슨 경우란 말인가.

점심시간에 윤리 선생님을 찾아가 있는 그대로 일러바쳤다. 하지만 내 예상과 달리, 윤리 선생님은 함께 분노해주지 않았다. 오히려 그 어느 때보다 차분했다.

“네가 그렇게 억울하면, 교장실이라도 찾아가보든지.”

나는 바로 1층으로 내려가 교장실로 향했다. 교장은 대뜸 찾아온 내가 누군지 몰랐다. 나는 이름을 밝혔다.

"아, 성적 좋은 애구나."

왜 왔냐는 질문에 나는 격앙된 목소리로 질러버렸다.

"교장 선생님, 제가 S대 지역균형 서류를 쓸 수 없다고 들었는데요. 혹시 우리 아빠가 룸살롱에 안 데려가서 그러시는 건가요?"

"뭐라고? 너 지금 뭐라고 했어!"

노발대발한 교장은 나를 향해 욕을 퍼부었다. 하지만 나는 그의 눈을 피하지 않았다. 결국 화가 난 교장은 부장과 담임까지 불렀다.

"학생이 감히, 그딴 소리를 해? 너 임마 지금 제정신이야?"

교무실로 나를 끌고 간 부장과 담임이 나를 세워놓고 말로 폭격을 퍼부었다. 잠시 뒤 교감까지 합세했다.

"반성문을 쓸 때까지, 교실로 못 돌아가."

하지만 나는 한 글자도 쓰지 않고 버텼다. 그렇게 나의 추천서에 학교장의 직인을 받을 가능성은 사라졌다.

빨리 포기하고 수능에 전념하고 싶었다. 하지만 지역균형 추천서를 받게 되었다고 말했을 때, 한밤중에 삼겹살 파티를 열며 눈물을 글썽이던 엄마 아빠의 얼굴이 자꾸 떠올랐다.

나는 마지막으로 한 번 더 부딪쳐보기로 했다. 서류 접수 마감 일인 9월 1일, 내가 쓴 추천서와 우편 봉투까지 다 준비한 뒤, 새벽부터 교장실 문 앞에 서 있었다. 출근하며 나를 발견한 교장은, 또 내게 욕설을 퍼부었다. 부장과 담임이 다시 나를 교무실로 끌고 갔고, 그곳에서 교감까지 합세해서 나에게 융단폭격을 가했다. 하지만 서류 봉투를 꼭 끌어안고 버텼다. 절대 잘못했다는 말도 하지 않았다. 대신 속으로 이렇게 외쳤다.

'뇌물과 비리로 얼룩진 당신들은 더 이상 나의 선생님이 아니야.'

그대로 일과 시간은 끝났고, 우체국 업무 시간도 지나버렸다. 그렇게 나의 수시 지원 기회도 사라졌다. 집에 돌아가면서, 나는 울지 않았다. 오히려 결심을 다듬고 다듬었다. 어떻게든 나는 S대에 간다. 그걸로 비리 교사들에게 복수해서, 정의가 구현되는 것을 보여주겠다. 그렇게 내 마음에 독을 단단히 심었다.

다음 날부터 더욱 공부에만 매진하려고 했지만 쉽지 않았다. 나를 바라보는 모두의 시선이 바뀐 것이다. 한번은 수업 시간 중에, 곧 정년을 앞둔 사회 교사가 에둘러서 나를 비판했다.

"선생님 말 안 듣고, 지 잘난 맛에 설치는 애들 치고 좋은 학교 가는 애를 못 봤어. 무조건 수능을 망치게 되어 있다고."

고3 수험생에게 저주의 말을 아무렇지도 않게 퍼붓는다. 복도에서 마주친 다른 교사들도 날 보며 혀를 차거나, 정신 차리라는 말로 비수를 날렸다. 하지만 나는 그 모든 말을 오롯이 받아 마음속 독을 키웠다. 언젠간 저들을 후회하게 만들 것이다.

수능까지 남은 80여 일 동안, 정말 죽을힘을 다해 공부했다. 하지만 페이스를 과도하게 높여서였을까. 수능을 3일 남기고 허리를 다치고 말았다. 의사는 디스크라고 했다. 10일 이상은 의자에 앉으면 안 된다고 했다. 하지만 그럴 수 없었다. 진통제를 먹고 견디며, 나는 다시 책상에 앉았다. 결국 수능 날도 진통제를 들고 고사장에 들어갔다. 하지만 그날따라 약효가 들지 않았다.

결국 사회 교사의 저주대로, 수능을 완전히 망치고 말았다. 밤새 이불을 뒤집어쓰고 울었다. 수능이 망해서 슬픈 게 아니었다. 더러운 그들에게 복수할 수 없다는 게 분하고 비참했다. 하지만 다음 날 아침, 당당하게 누구보다 빨리 학교로 향했다. 그들에게 패배한 모습을 보여주는 게 더 싫으니까.

학년부장이 나를 교무실로 불렀다.

"담임선생님을 생각해서라도, 서울 시내 아무 대학의 낮은 학과라도 지원해. 그게 너와 학교, 우리 모두를 돕는 길이야."

거짓말. 아마도, 내가 수능을 망쳐서 학년부장과 담임의 실적에 문제가 생긴 탓일 거다. 그렇다고 해도 '아무' 대학의 '낮은' 학과라니. 나의 꿈, 미래, 희망 같은 건 안중에도 없는, 썩을 대로 썩은 나쁜 교사들.

그날 밤, 술에 취한 아빠는 내게 말했다.

"돈 몇 백이 뭐라고. 그때 선생님들이 해달라는 대로 술 사주고 했으면, 우리 딸이 이렇게까지 고생 안 할 텐데. 아빠가 미안하다."

우리 엄마 아빠는 잘못한 게 아무것도 없다. 비리로 얼룩진 그들이 나쁜 사람들인데, 왜 우리 가족이 뇌물을 주지 않은 것을 후회해야 하는지 이해할 수 없었다. 너무 억울하고 분통했지만, 눈물을 꾹 참으며 말했다. 이번에 어느 대학에도 지원서를 쓰지 않을 거라고. 대신 아무도 없는, 강원도 산속의 기숙형 재수학원으로 보내달라고. 엄마 아빠는 그러겠다고 말해주셨다. 이런 결정을 예상이라도 한 것처럼.

다음 날 등교해보니, 학교가 떠들썩했다. 재인이와 1반 친구, 둘 다 S대 지역균형으로 최종 합격 통보를 받은 것이다. 그날 하굣길에 나는 휴대폰 번호를 바꿨다.

3.

폭우가 내리던 2월의 졸업식 날, 나는 학교에 가는 대신 재수학원으로 향하는 버스에 올랐다. 빗속을 달리는 버스에서 내 마음을 더 단단하게 다졌다. 절대 무너지지 않을 것이다. 1년 뒤에 당당히 돌아와 그들을 제대로 눌러줄 테다.

나는 재수학원 첫날 루틴을 만들었다. 매일 아침 여섯 시에 기상하고, 저녁 시간에 운동장에서 한 시간 동안 뛰고, 밤 열두 시면 잠자리에 들었다. 주말에도, 공휴일에도, 루틴을 반복했다. 간혹 술이나 담배를 권하는 친구들은 멀리했다. 내 자신을 혹독하게 몰아붙이자, 모의고사 성적이 꽤 많이 올랐다. S대 합격 안정권에 접어들었다. 그럼에도 나는 흔들리지 않기 위해, 학교에서 당했던 수모를 매일 떠올렸다.

재수학원에서 같은 고등학교 친구 한 명을 만났다. 나를 보며 반가워하는 그 친구에게 차갑게 경고했다.

"내가 여기 있다는 말, 우리 학교 누구에게도 알리지 마. 특히 선생들한테는."

그리고 내 휴대폰 번호도 알려주지 않았다.

다시 수능이 100일 앞으로 돌아왔다. 그날 엄마에게서 전화가 왔다.

"딸, 학교에서 전화가 왔어. 동창회 명부를 만드는데 네 휴대폰 번호가 필요하대."

"동창회? 갑자기 무슨 동창회래? 보이스피싱 아냐?"

"학교 행정실 번호가 맞던데."

"엄마, 안 알려줬지?"

"그럼. 번호 없다고 내가 둘러댔어."

며칠 뒤, 학원을 같이 다니는 친구도 비슷한 얘길 했다.

"너, 그거 알아? 선생님들이 애들한테 네 전화번호를 물어보고 있대."

학교에서 온갖 핑계로 내 전화번호를 찾고 있었다. 근데 왜 그러는 거지?

"학교에서 올해 S대 지역균형 전형에 너를 추천하려고 찾고 있는 거래."

"나를? 재수생을 왜?"

"고3 후배들이 공부를 좀 못한대. 그래서 합격할 만한 애들이 없나 봐."

역시나 이유는 같다. 실적이다. 어이가 없다 못해 허탈했다. 내가 복수할 대상들이 이렇게 어처구니없는 사람들이었다니. 작년에 저주를 퍼부을 땐 언제고, 나를 찾아서 그런 부탁을 하고 싶을까. 재수한다니까, 수시 추천서에 학교장 직인을 찍어준다고 하면 "감사합니다" 하고 달려올 거라고 생각했을까?

아빠 말대로, 이건 내 사회생활의 시작이다. 그렇다면, 이런 식으로 세상과 부정하게 타협하고 싶진 않았다. 창창한 나의 미래를 위해선, 분명한 승리와 완벽한 복수가 절실했다. 곧바로 집으로 전화를 걸어 상황을 공유했다.

아니나 다를까, 그 사이 담임, 학년부장, 교감까지 아빠에게 전화를 걸었단다. 재수 생활도 힘들고, 비용도 많이 들 테니, 학교에서 돕겠다고 아빠를 꼬드겼단다. 번거롭게 학교에 올 필요도 없고 구두로만 동의해주면 된다고. 추천서에 학교장 직인을 찍은 뒤, S대에 우편 접수까지 시켜준다고 말이다. 모든 걸 알아서 다 해준다는 친절한 교사들이다. 그 서류에 분명 내 서명도 필요한데, 대체 뭘 어떻게 알아서 하겠다는 건지 모르겠다.

다행히 아빠는, 이미 모든 걸 거절했단다. 우리 딸이 열심히 공부해서 알아서 갈 테니까 걱정하지 말라고, S대 꼭 안 가도 된다고 말이다. 선의를 베푸는 척 검은 유혹을 하는 그들의 가식을, 아빠는 알아서 눌러버렸다.

그날 밤, 공부가 되지 않았다. 가슴속에 불길이 일어 잠도 오지 않았다. 마음속에 품은 독은 커져, 몸 전체로 퍼져갔다.

두 번째 수능 날. 다행히 나는 고사장에서 평정심을 잃지 않았다. 몸도 그 어느 때보다 건강했다. 1년 내내 머릿속으로 시뮬레이션을 돌린 그 루틴 그대로 문제를 풀었다. 하지만 너무 집중한 탓인지 턱이 뻐근해짐을 느꼈다. 나도 모르게 어금니를 악물었던 것이다. 5교시에는 오른쪽 종아리에 쥐가 났다. 엄지발가락을 꺾어 쥐를 풀면서도, 나는 문제에서 눈을 떼지 않았다. 나의 모든 에너지를 쏟아부었고, 그날 밤 나는 탈진해서 곯아떨어졌다.

다음 날 아침, 루틴대로 오전 여섯 시에 눈이 떠졌다. 일어나자마자 전날 풀었던 수능 문제를 채점했다. 원하는 결과의 성적이었다. 이대로면 S대는 충분하다. 하지만 나는 기뻐하지 않았다. 축배를 들기에는, 아직도 갈 길이 멀다.

수능 정시 지원은 가, 나, 다 파트로 나뉜 대학들 중에 각각 한 군데씩 지원할 수 있다. 총 세 군데의 대학에 원서를 쓸 수 있는 것이다. 나는 오로지 S대 경영학과, 단 한 군데만 지원했다.

엄마 아빠는 극렬하게 반대했다. 어떻게든 나를 설득하고자 했다. 합격하고 안 가는 방법도 있으니, 나머지 두 군데도 조금 더 합격 기준이 낮은 학교로 지원하자고 말했다. 내겐 의미가 없었다. 어차피 S대가 떨어지면, 나는 바로 삼수를 할 생각이었다. 나의 진로나 미래가 아닌 복수에 중독된 내게, 다른 말은 들리지 않았다.

수능과 내신 성적이 워낙 좋다 보니, 1차 서류 심사는 당연히 통과했다. 남은 건 논술과 면접이다. 배수진을 쳐버린 나를 걱정한 엄마 아빠는, 논술과 면접 준비를 위해 신도시에 있는 비싼 학원에 등록해주었다. 하루에 두 시간씩 수업을 듣는 그곳에서, 나는 매일 열 시간을 버텼다.

빈 강의실에 앉아서 논술 문제를 풀고 또 풀었다. 면접 예상

답변도 끝없이 외웠다. 모르는 건 곧바로 학원 선생님들께 물어봤다. 선생님들은 나 같은 애를 처음 봤다며, 혀를 내둘렀다. 그 말에 나는 기뻐하지도 쑥스러워하지도 않았다. 어차피 이기는 것만 의미가 있다. 그저 기계처럼 공부하고 또 공부했다. 아침 여섯 시에 일어나 밤 열두 시에 자고, 저녁에 운동하는 루틴도 역시 유지했다. 당연히 주말도, 크리스마스도, 새해 카운트 다운도 없었다.

눈이 오던 1월의 어느 날, 서울에 있는 S대로 가서 논술과 면접을 치렀다. 논술은 예상한 범위에 있는 문제 한 개와, 전혀 모르는 문제 한 개가 나왔다. 추운 겨울의 캠퍼스였지만, 나는 엉덩이에 땀이 찰 정도로 온 힘을 다했다. 교수님과의 면접은 더 어려웠다. 너무 긴장한 나는 말을 계속 버벅거렸다. 다행히 그런 학생들을 자주 보는지, 면접관은 내게 물을 권하며 천천히 다시 한번 물어봐주었다.

2월 2일, 드디어 합격 발표의 그날이 왔다. 발표 예정 시간은 오후 여섯 시다. 하지만 관행적으로 오후 다섯 시가 넘으면 합격 발표가 난다. 오후 네 시 반부터 식탁에 앉아 노트북을 열어놓고 기다렸다. 엄마 아빠도 그날은 일을 쉬고, 옆에서 함께 결과를 기다려주었다.

"괜찮아. 떨어지면 다시 해보면 되지."

그 말과 달리, 두 분은 안절부절못하고 앉았다 일어났다를 반복했다. 다른 수험생들도 같은 마음인지, S대 홈페이지는 접속이 되지 않았다. 그러다 다섯 시 십 분, 드디어 웹페이지가 열렸다. 수험번호를 입력하고, 합격 조회 버튼을 눌렀다. 여전히 접속자가 많은 탓인지, 버튼을 누르고 20초를 기다려야 했다. 그 20초가 재수 1년보다 더 길게 느껴졌다.

S대학교 경영대학 정시 전형 2차 발표: 불합격

4.

불합격. 떨어졌다. 믿을 수가 없어 같은 페이지를 보고 또 봤다. 분명 내 이름과 수험번호였다. 그런데 불합격이라니, 말이 안 되지 않는가. 재수하는 1년 동안 그토록 열심히 살았는데… 나에게 이런 일이 벌어질 수는 없다. 신이 있다면 그래서는 안 된다.

비현실적인 상황을 나는 받아들이지 못했다. 엄마는 뒤에 서서 괜찮다며 내 등을 쓰다듬어주었다. 하지만 떨리는 목소리로 봐선 우는 게 틀림없었다. 아빠는 이미 밖으로 나갔는지 보이지 않았다. 나는 조회를 다시 하고, 또 하고, 또 했다. 뭔가 행정적인 문제가 생긴 게 틀림없다고 믿었다.

그 사이 창밖은 밤이 되어 캄캄해졌다. 하지만 우리 집 형광등은 켜지지 않았다.

나는 패닉에 빠졌다. 어떻게 해야 할지 몰랐다. 1년 간 지켜온 루틴이 단박에 무너졌다. 그날부터 밤마다 혼자 술을 마셨다. 독기를 품고 복수를 꿈꾸던 내가 이렇게 패배한 모습을 보이다니, 그들은 얼마나 한심하게 생각할까.

"그러게, 우리가 수시 지원 기회를 줄 때 잡았어야지. 공부 좀 한다는 것들이 오만하게 꼭 일을 그르친단 말이야."

밤마다 교사들이 나타나 웃으며 나를 비난하는 악몽에 시달렸다. 마음에 품은 독은 해소할 방법이 없었고, 오히려 몸 전체로 퍼져갔다.

결국 나는 잠식되었다. 이대로 모든 게 끝나버릴 것만 같았다. 그럴수록 나는 고통을 이겨내기 위해, 더욱 술에 의지했다.

열흘이 흘렀다. 나는 숙취의 기운에 헤어나지 못해 침대에 늘어져 있었다. 그때 문자 메시지가 도착했다.

02-700-XXXX: 귀하께서는 S대학교 경영대학 정시 전형에 추가합격되셨습니다.

보이스피싱일까, 아니면 진짜일까. 게다가 02-700으로 시작하는 번호다. 누운 채로 그 번호에 전화를 걸었다. ARS 응답에 따라 내 수험번호를 넣어보았다.

"귀하께서는 S대학교 경영대학 정시 전형에 추가합격되셨습니다."

문자 메시지와 같은 안내 메시지가 흘러나왔다. 한 번 더 걸고, 또 걸고, 다섯 번을 걸고, 열 번을 걸었다. 그제야 이게 진짜라는 걸 인식했다. 믿을 수 없었다. 문과 계열에서는 S대 추가합격 자체가 드문 일이다. 그래서 대기 번호 자체를 알려주지 않는다. 추가합격을 상상해본 적도 없었다. 몇 년에 한 번 일어날까 말까 한 그 행운의 추가합격이, 말도 없이 나를 찾아온 것이다.

요양병원 주방에서 일하다 내 전화를 받은 엄마는, 그대로 바닥에 주저앉아 목 놓아 울었다. 같이 일하는 조리사 이모들의 축하한다는 목소리가 전화기 너머로 들려왔다. 아빠는 일이 바빠서인지 곧바로 전화가 되지 않았다. 몇 번 걸다가, 결국 문자를 보냈다. 10분 뒤 전화가 왔다. 큰 기계 소음이 들리는 곳에서 전화한 아빠의 말을 알아듣기 어려웠다. 다만, 큰 환호성을 연달아 지른 것만은 확실했다.

그런데 정작 내가 기쁘지 않았다. 그토록 바라던 합격인데 말이다. 게다가 추가합격은 기대하지 않았던 일이니, 더 기쁘기 마련이다. 오죽하면 대학 입시 중에 가장 행복한 사람은, 학교 문 닫힌 뒤 입학한 사람이라는 말도 있지 않은가.

하지만 추가합격이라서, 내가 복수에 성공한 건지 아니면 실패한 건지 판단이 서질 않았다. 내가 실력으로 해냈다고 학교 교사들에게 보여줄 수 있는 승리일까, 아니면 남들 눈엔 그저 로또처럼 보이는 행운일까.

먼저 연락하지 않았지만, 학교에서도 이미 내가 S대학교에 합격했다는 사실을 알고 있었다. 학교에서는 다음 날 오전에 S대 합격을 축하한다는 플래카드를 걸었다. 그 플래카드에 가장 크기가 큰 글자는 내 이름이 아닌, 학교명이었다. 그걸 보며 생각했다. 이것 역시, 누군가의 실적으로 둔갑했겠구나. 그들을 직접 만날 때가 되었다고 생각했다.

1년 만에 윤리 선생님께 전화를 걸었다. 그는 갑작스러운 내 전화에 당황한 듯했다. 축하한다는 말을 하는 그의 목소리에 어색함이 느껴졌다. 나는 윤리 선생님께 말했다.

"합격하고 나니, 담임, 부장, 교감 선생님을 뵙고 지난 일을 사과드리고 싶어요. 저녁 식사 겸 술자리를 마련해주시면, 직접 뵙고 말씀드리겠습니다."

윤리 선생님은 나를 기특해하셨다. 며칠 안으로 약속을 잡고 알려주겠다고 한 뒤, 전화를 끊었다.

5.

　며칠 뒤, 신도시에서 그들을 만났다. 장소는 공교롭게도, 국립대 교수인 재인이 아버지가 1년 전 그들을 접대한 한우 식당이었다. 오랜만에 만난 담임, 부장, 교감 선생님이 멋쩍은 얼굴로 축하 인사를 건넸다.

　나는 그간 반성을 많이 했다며, 꼭 인사드리고 싶었다고 말했다. 그 말을 들은 그들이 우쭐하는 게 느껴졌다. 예의상 그들도 "아니다, 우리가 미안했다."라고 말할 줄 알았지만, 그런 말은 돌아오지 않았다. 대신 교감이 말했다.

　"이제 성인이니까 술 마실 수 있지? 선생님이 축하주 맛있게 말아줄게."

　사과 대신 내게 온 건 소맥잔이었다. 그들의 폭음 스피드에 맞춰주며, 나는 정신을 바짝 차렸다. 연달아 나오는 귀한 안주와 함께, 소주, 맥주 빈 병들도 늘어갔다. 취기가 오르자, 그들은 본심을 드러내기 시작했다.

　"야, 내가 그때 너 때문에 탈모가 왔어. 교장선생님께 엄청 깨졌다고."

　"학교장 추천서가 떼쓰면 다 주는 건 줄 알아? 학교에서 다 심사숙고해서 결정하는 거라고."

"나중에 서울 가서 그렇게 깽판 치고 그러면 안 돼. 그럼 S대 고 뭐고 이 사회에서 매장되는 수가 있어."

나를 걱정하는 걸까, 아니면 또 다른 저주를 거는 걸까. 취한 그들은 나에게 살기 품은 말을 아무렇지 않게 던졌다. 중년의 남자들이, 심지어 학교 교사라는 사람들이, 20대 초반의 여자 제자를 앞에 놓고 폭탄주를 먹이며 그런 말을 하고 싶을까. 이런 한심한 사람들에게 독기를 품고 버틴 내가, 초라할 지경이었다.

그런데 그 순간, 교감이 윤리 선생님에게 이런 말을 했다.

"이번에 담임 맡은 학생 중에, Y대가 나왔다며? 이야~ 대단해!"

그 학생은 나도 아는 우리 동네 여자아이였다. 쑥스러워하는 윤리 선생님에게 교감이 이렇게 덧붙였다.

"그래서 걔네 엄마는 만나봤어? 양복 한 벌 맞춰준대?"

"아이, 교감 선생님. 제자 앞에서 무슨 그런 얘길 하세요."

"여기도 알 거 다 아는 성인인데 뭐 어때. 양복? 아니면 백화점 상품권?"

아예 대놓고 내 앞에서 뇌물 이야기를 한다. 나도 모르게 주먹에 힘이 들어갔다. 그런데 이상하게도 윤리 선생님이 머뭇거리는 게 아닌가. 설마… 선생님도 뭘 받으신 건가?

"사실은… 구두랑 가방을 선물해주시더라고요."

"오! 이게 그거야? 우와~ 이거 명품이잖아? 어머님이 담임선생님께 엄청 고마워하는구먼."

내가 세상에서 제일 존경하는 윤리 선생님이 뇌물을 받았다니. 게다가 그 아이는, 홀어머니 밑에서 어렵게 자랐다. 누구보다 내가 잘 안다. 내가 그 어머니가 운영하는 떡볶이집 단골이니까. 근데 명품 구두와 가방이라고? 심지어 구두랑 가방은 본인이 직접 고른 모델이란다.

배신감에 치가 떨렸다. 수줍게 그 얘길 하는 윤리 선생님이, 딴사람처럼 느껴졌다. 독재 정권에 맞서 싸우다 장애를 입었음에도, 세상에 맞서 정의를 지켜야 한다고 수업 시간에 입버릇처럼 말하던 그가 아니던가. 촌지 100만 원을 돌려줬다고 당당히 고백하던 그가, 어떻게 이렇게 되었단 말인가. 우리 학교의 '관행' 앞에, 이들은 선생님이 아니라 '비리 공무원'들이다.

술에 취해 가방을 구경하는 꼴을 더 이상 지켜볼 수 없었다. 나의 승리를 확인할 시간이다.

"배돌여고 교사 여러분들, 제가 지금부터 하는 얘기 잘 들으세요."

"이 새끼가 또 왜 이래. 너 임마. 지금 선생님들 앞에서 말버릇이 그게 뭐야. 너 취했어?"

교감이 혀 꼬인 말투로 소리를 질렀다.

가만히 계세요, 나는 이제 시작이니까.

"작년 8월 26일 저녁, 바로 이 식당에서 재인이 아버지에게 식사 대접 받으셨죠? 그러고 나서 2차로 바로 옆에 있는 룸살롱 가셨고요. 여자들 불러서, 새벽까지 양주 드신 거 제가 다 알고 있습니다. 게다가 집에 가시는 길에 신문지로 싼 진행비 200만 원씩 받으셨고요."

"니가 그… 아니… 그니까… 어떻게….'

교감이 너무 놀란 듯 말을 더듬거리기만 했다. 나는 목소리 높여 이들을 더 몰아붙였다.

"며칠 뒤에는, 1반 학생의 학부모인 치과 원장님께 또 접대 받으셨지요? 요 앞에 치과 하시는 그분이요. 그리고 똑같이 2차로 룸살롱 가셔서 양주 마시며 지저분하게 노셨고요. 당연히 별도 진행비를 받으신 것도 압니다."

그들의 얼굴이 붉으락푸르락했다. 하지만 대꾸하는 사람은 아무도 없었다.

"접대, 뇌물, 촌지 이런 거 다 범죄인 건 잘 아시죠? 지금 여기 모인 분들이 저지른 범죄, 공소시효가 남았대요. 재인이 아버지 와 치과 원장님도 처벌 대상이 되겠네요. 제가 내일 검찰청 가서 고발하고, 언론사에 제보하면 여기 있는 사람들 모두 법정에 설 수도 있어요. 무슨 말인지 아세요?!"

그때, 윤리 선생님, 아니 윤리 교사가 말문을 열었다.

"이게 무슨 소리인지 모르겠네. 일단 진정하고…."

"당신이 더 나빠! 세상 정의로운 척 하더니, 떡볶이집 아줌마한테 뇌물을 받아요? 저 가방이랑 구두! 이거 다 범죄 증거예요. 지금 범죄를 저지른 거라고요!"

그도 말문을 닫고 고개를 숙였다. 당신들이 말하는 '제자'가 내뱉는 '예의 없는' 말들에 아무도 뭐라 하는 '선생님'이 없었다. 비굴한 그들을 보며 화가 더 솟구치다 못해 가슴이 아렸다. 오히려 울분이 터지지 못하자, 눈물이 맺혔다.

"그렇게 뇌물 받고, 접대 받고, 그러면서 제 수시 추천서 뺏어가셨잖아요. 지금 당장 저한테 사과하세요!"

아니면 아니라고 하든지, 맞으면 사과라도 하든지. 가슴이 답답해서 미칠 것 같았다. 결국 내 언성은 더 높아졌고, 모든 식당의 손님들이 우릴 지켜보게 되었다.

"저는요. 지난 1년간 단 하루도 이 사실들을 잊은 적이 없어요. 제힘으로 S대 합격해서 당당하게, 잘난 당신들, 이 비리 교사들의 범죄에 대해 사과를 받고 싶었다고요! 그리고 다시는 힘없는 학생들 데리고 장난치지 마세요. 애들 미래 갖고 장사하지 말라고요! 힘들게 사는 학부모들에게 뭐라도 뜯어낼 생각도 하지마시고요. 교사면 교사답게, 떳떳하게 사세요! 한 번만 더 같은 비슷한 얘기가 들리면, 이 사실을 모두 폭로해서 이 동네에서 얼굴도 못 들고 살게 할 겁니다!"

자리를 박차고 일어나며 고개를 재빠르게 돌렸다. 맺힌 눈물이 폭포처럼 쏟아지는 얼굴을 보여주고 싶지 않았다.

아무도 나를 부르거나 붙잡지 않았다. 쫄보 새끼들. 뻔뻔하지도 못할 거면서 그러고 사는 거였냐.

난 그대로 식당 문을 박차고 나왔다. 찬바람을 맞으며 몇 걸음 걷다가, 다시 뛰어 돌아 들어갔다. 식당 카운터로 다시 가서, 엄마가 준 비상금 카드로 식사 값을 모두 결제했다. 그리고 다시 나와, 앞만 보고 한참을 걸었다.

얼마나 걸었을까. 신도시에서 벗어날 무렵, 나는 전봇대를 붙잡고 모든 걸 게워냈다.

살면서 그렇게 술을 많이 마신 건, 처음이었다. 속이 버티질 못하는 게 당연했다. 하지만 속이 가라앉고 나서도 게워내고 또 게워냈다. 그들과 겸상을 하면서 먹은 모든 것을 길바닥에 뱉어내고 싶었다. 내 몸에 품고 있던 독기도 함께 빠져나가길, 이제 자유로워지길 바라면서.

내가 바라던 복수의 시간은 그렇게 끝났다. 그런데도 난 여전히 기쁘지 않았다. 알맹이가 사라진 껍데기가 된 기분이었다. 학기가 시작되고도 마찬가지였다. 봄의 캠퍼스도, 축제 기간도, 심지어 MT까지도. 대학 생활의 낭만이 내겐, 손에 쥐어지지 않는 바람 같았다.

여름 방학이 와도 나는 고향에 내려가지 않았다. 그곳은 더 이상 행복한 나의 동네가 아니었다. 그럼에도 내 머릿속에는 2년 전 8월 26일, 재인이 아버지가 그들을 접대한 식당과 룸살롱만이 맴돌았다. 그들이 받은 돈뭉치가 머릿속을 떠다녔고, 내가 교무실에서 추천서를 거절당한 9월 1일까지도 생생했다. 그때의 날짜, 상호, 금액 등 그와 관련된 것들이 계속 떠올랐다.

나의 무기력은 더욱 심각해졌다. 가을이 되어도 수업도 빠진 채, 방에 멍하게 누워만 있었다. 나는 S대를 다니고 싶어서, 공부를 한 게 아니다. 그저 복수하고 싶어서 죽을힘을 다해 S대에 왔을 뿐이다. 그러니 이곳이 아무 의미 없는 건 당연했다.

복수는 했지만 사과는 받지 못해서일까. 어쩌면 여전히 남아 있는 독기가, 내 영혼과 마음을 독살시켜버린 건지도 모른다.

휴대폰이 울렸다. 엄마였다. 받지 못했다. 정확히는, 받는 방법을 잊어버린 사람처럼 손이 움직이지 않았다. 진동이 멈추고, 화면에 숫자가 남았다. 부재중 전화 1통. 나는 그 숫자를 한참 바라보았다. 마치 내 하루가, 내 인생이, 그 숫자처럼 가늘어진 것 같아서.

왜, 나는 지금까지도 고통 받아야 하는 걸까. 나는 학교의 '관행'이라는 비리 교사들의 피해자일 뿐이다. 이기고도 모든 것을 다 잃어버린 이 상황을 어떻게 받아들여야 할지 모르겠다.

나는, 과연 이대로 계속 살아갈 수 있을까. 어쩌면 살아 있는 척 하는, 이미 오래전에 죽어버린 사람일지도 모른다.

가해자 H의 피해일지

☐ 직업	우체부
☐ 나이	35세
☐ 성별	남자
☐ 특징	인플루언서와 동거

1.

나는 그녀를 사랑한다. 그녀의 모든 것을 빼앗고 싶을 만큼.

우편 배달부인 나는 평범한 부모님 밑에서, 성실하게 살아왔다. 매일 아침 여덟 시에 출근하면 우편물을 주소대로 분류한 뒤, 아홉 시부터 오토바이를 타고 배달을 시작한다. 정오에 점심을 먹고, 오후 네 시엔 사무실로 돌아와 업무를 정리한 뒤, 다섯 시가 되면 집으로 퇴근하는 삶을 수년간 지속해왔다.

퇴근하면 나만의 오피스텔로 향한다. 부모님으로부터 독립한 지는 얼마 되지 않았다. 물론 독립이라고 해봤자 걸어서 10분 거리이지만, 그래도 서른다섯 살 남자라면 독립하는 게 맞지 싶었다. 부모님도 그걸 바라셨다. 혼자 살아야 빨리 짝이라도 구해서 결혼하지 않겠냐는 거였다. 집에 가면 샤워하고, 어머니가 챙겨준 밑반찬으로 혼자 저녁을 먹는다. 설거지를 마치면 여덟 시. 이후 침대에 누워, 범죄 관련 유튜브 채널을 보는 게 유일한 취미생활이다. 그러고 열 시에 잠들어 다시 새벽에 일어나 출근하는 삶이 반복된다.

비가 오든 눈이 오든 무더위가 오든, 나의 월화수목금 일과는 항상 똑같았다. 주말에도 새로운 건 없었다. 토요일에는 늦잠을 자고 청소와 빨래를 했다. 일요일에는 아침 일찍 교회에 갔다. 건물 크기와 신도 숫자로 전국에서 손에 꼽는다는 대형 교회지만, 내겐 유치원 시절부터 매주 가는 동네 교회에 불과하다. 오전 예배를 드리고, 점심을 먹고, 오후 예배까지 드린다. 저녁엔 부모님 집에 가서 같이 밥을 먹고 반찬을 챙겨서 돌아온다.

평범하다 못해 평이한 루틴이다. 누가 보면 꽤 무료하다고 느끼겠지만, 나는 무탈한 일상을 사랑했다. 그녀가 내 삶으로 들어오기 전까지는.

벚꽃이 흩날리는 4월의 어느 일요일이었다. 점심을 먹고 교회 앞 마당 벤치에서 집사님들이 나눠주시는 커피를 마시고 있었다. 긴 생머리를 한 여성이 눈에 띄었다. 아름다운 외모에, 반짝이는 살굿빛 원피스를 입은 20대 여자였다. 보수적인 우리 교회와 맞지 않는, 화려한 외모였다. 그녀는 전도사님과 권사님들 곁에 서서 살갑게 인사를 나누었다. 낯선 얼굴이었다. 저분들과 잘 아는 사이라면 나도 분명 아는 사람일 텐데.

오후 예배에서도 그녀는 눈에 띄었다. 그녀는 내게서 대각선으로 5미터 정도 떨어진 곳에 앉아 있다. 목사님의 기도에 손을 모으고 고개를 숙이고 있다. 부드러운 턱선과 긴 생머리 사이로 보이는 새하얀 목선… 나도 모르게 음흉한 감정이 솟구친다. 스스로 몸서리를 치고 고개를 숙여 회개했다. 교회에서 이런 불순한 마음을 품다니. 하지만 나의 시선은 10초도 못 버티고 다시 그녀에게 향했다.

그런데 자세히 보니 그녀의 어깨가 떨리고 있다. 분명 울고 있었다. 기도를 하면서 울 정도로 성령이 충만한 사람이라니. 나의 심장이 쿵쾅거렸다. 저렇게 신앙이 깊은 여자가 나의 짝이 된다면 얼마나 좋을까.

예배가 끝난 뒤, 마당 옆 벤치에 홀로 앉은 그녀가 보였다. 아까 내가 앉아 있던 그 자리에 다리를 꼬고 앉아, 화장을 고치고 있었다. 나는 무언가에 홀린 사람처럼 그녀에게 다가갔다.

"여기 다니신 지 오래되셨나 봐요."

"저는 원래 서초 성전에 다니다가요. 지난 달에 마포 성전으로 옮겨왔어요."

"아 그러시구나. 아까 전도사님과 인사를 반갑게 하시길래….”

“전도사님이 서초 성전에 계셨거든요. 여기서 아는 사람이 전
도사님밖에 없어요.”

그녀가 수줍게 웃는다. 그렇게 나는 그녀가 두 번째로 아는 사
람이 되었다. 매주 일요일이면 나란히 앉아 예배를 봤고, 교회에
서 점심을 함께 먹었다. 그녀는 인플루언서였다. 배우가 되고 싶
어서 연기를 전공했다고 한다. 하지만 카메라에 비친 외모를 보
고 자신감을 잃었다고 했다. 이후 성형수술을 여러 차례 했지만,
결국 연기를 포기했다는 그녀. 그래서인지 그녀의 SNS 계정엔
얼굴이 나온 게시물이 하나도 없었다. 얼굴을 제외한 다른 신체
부위, 그리고 목소리만 나온다. 소곤거리는 그녀의 목소리를 듣
고 있으면 마음이 평화로워졌다. 그녀도 말없이 얘기를 들어주는
내가 마음에 드는 듯했다.

반소매 옷을 꺼낼 무렵부터, 나는 일요일 저녁을 부모님 댁에
서 먹지 않았다. 항상 그녀와 함께였다. 오전 예배부터 저녁까지
그녀와 함께하는 게 주일의 루틴이 됐다. 그때부터 월화수목금의
시간이 행복하지 않았다. 평범한 나의 일과는, 이제 빨리 지나가
버려야 할 숙제처럼 느껴졌다.

하루는 그녀가 힘든 일이 있다며, 내게 슬픈 표정을 지었다.
사람들이 그녀의 계정에 악플을 단다고 했다. 게다가 그녀의 신

상까지 털어, 공개했다는 것이다. 얼굴도 모르는 사람들에게 비난당하는 기분을 참기가 얼마나 힘들까. 처음으로 그녀를 지켜주고 싶다는 생각이 들었다.

그런 내 마음을 눈치챈 걸까. 그녀는 같이 술을 마시자고 했다. 난 군대에서 선임이 억지로 먹였을 때 말고는 술을 마셔본 적이 없었다. 하지만 망설이지 않았다. 함께 마시자고 했다. 그녀의 아파트로 향했다. 가구도, 소파도, 심지어 식탁보마저 빨간색인 그녀의 집에서 함께 레드 와인을 마셨다. 다음 날 나는 그녀의 집에서 출근했고, 퇴근 후 나는 다시 그녀의 집으로 향했다. 우리는 그녀의 빨간 아파트에서 함께 살게 되었다.

그해 여름은 정말 행복했다. 매일 아침 눈을 뜨면 가장 먼저 그녀의 얼굴이 보였다. 그것만으로도 모든 게 꿈만 같았다. 이렇게 아름다운 사람이 나같이 평범한 남자와 사귄다니. 충분히 잘나가는 남자를 만날 수도 있을 텐데, 왜 하필 나같이 평범한 우편배달부를 만날까. 그 이유가 항상 궁금하고 의아했다. 하지만 한 번도 묻지 못했다. 그 대답을 듣는 게 두려웠다. 그리고 그 말의 씨앗이 혹시라도 그녀의 마음을 바꿔버리는 결과를 만들까 봐 무서웠다.

가을이 시작될 무렵, 그녀의 아파트가 있는 곳으로 내 배달 구역을 옮겼다. 근무 중에도 그녀가 머무는 곳에서 조금이라도 가까이 있고 싶어서였다. 그러다 법원에서 그녀의 집으로 보낸, 수십 통의 등기우편이 배달되고 있다는 사실을 알게 되었다. 서울, 부산, 대전, 대구, 그리고 제주도까지. 그녀는 전국 각지의 수많은 사람들과 법정에서 싸우고 있었다. 항상 재잘거리며 자신의 이야기를 하는 그녀였지만 내게 소송과 관련된 내용은 말한 적이 없었다. 내가 그녀의 우편을 배달한다고 말한 그날, 그녀는 눈물을 글썽이며 말했다.

"오빠, 사람들이 나더러 '성괴마녀'라고 불러. 그 악플러들 그냥 확 다 죽여버리고 싶어."

그녀는 자신을 괴롭히는 수많은 악플러들을 고소했다고 말했다. 심지어 직접 하나하나 계정을 찾아가며 추적했다고 한다. 변호사도 없이 모든 증거를 수집하고, 그걸 경찰서에 제출했다고 말이다. 악플러들의 정체가 밝혀지자, 다시 그녀는 모든 사람을 상대로 민사 손해배상 소송을 걸었단다. 그들이 사는 지역에 따라 법정에 각각 소송을 걸다 보니 인플루언서의 삶도 망가졌단다. 결국 지금은 소송에만 몰두하고 있다는 거였다.

우편을 배달하는 일을 하면서, 법원으로부터 이렇게나 많은 등기를 받는 사람을 본 적이 없다. 그러니 그녀는, 악플 피해자로서 전무후무한, 어쩌면 전국에서 가장 힘든 싸움을 하고 있는 사람일지 모른다. 일요일마다 교회에서 그녀가 눈물을 흘리는 이유를 조금 알 것 같았다.

　수많은 악플러들에게 시달리는 그녀를 지켜주고 싶었다. 경찰서를 제집처럼 드나드는 그녀의 억울함도 대신 풀어주고 싶었다. 그래서 나는 그녀와의 결혼을 결심했다.

　하루 연차를 쓰고 멋지게 집을 꾸몄다. 풍선을 붙이고, 케이크와 소박하지만 예쁘게 빛나는 반지를 준비했다. 집에 돌아오는 시간에 맞춰 그녀에게 서프라이즈 프러포즈를 할 생각이었다. 그녀는 나의 이벤트에 진심으로 놀라고 행복해했다. 하지만 기대와 달리, 반지를 끼면서도 눈물을 흘리지 않았다. 대신 이렇게 말했다.

　"오빠, 나는 오빠밖에 없는 거 알지? 근데 나는 결혼은 별로야. 그냥 이대로 영원히 둘이서 살았으면 좋겠어."

　함께 살았으면 좋겠지만, 결혼은 하지 않겠다는 말을 어떻게 받아들여야 할지 이해가 되지 않았다. 게다가 그녀는 아이도 갖고 싶지 않다고 말했다. 그저 둘이서만 함께 시간을 보내고 싶다고 했다. 그러고도 내가 준 반지를 항상 끼고 다녔다. 이해가 되지 않았지만, 이것 역시 따져 묻지 않았다. 묻는 순간, 내가 사랑하는 아름다운 그녀가 내 곁에서 떠나버릴까 봐 두려웠다. 그렇게 우리는 그녀의 아파트에서 3년을 부부처럼 살았다.

2.

시간이 흘러도, 우리 집으로 배달되는 등기 우편은 줄어들지 않았다. 우체국 동료들에게도 그녀의 집은 유명한 곳이 되었다. 어떤 사람이 살길래 소송이 끊이질 않는지 궁금해했다. 전세 사기 업자라는 둥, 유명한 다단계 업자라는 둥 여러 루머가 파다했다. 하지만 나는 입을 꾹 다물었다. 그녀가 인플루언서라는 사실이 노출되는 게, 그녀에게 도움이 되지는 않을 테니까. 물론, 내가 이 집에 동거 중이라는 사실도 밝히지 않았다.

어느 일요일 아침, 그녀가 나를 깨웠다. 함께 갈 곳이 있다고 말했다. 그녀의 말에, 성인이 된 뒤 처음으로 일요일 예배를 빼먹었다. 원피스를 차려입은 그녀와 함께 간 곳은 다름 아닌 어느 대학교 앞 카페였다. 그곳엔 덩치가 크고, 얼굴이 시커먼 남자 대학생이 앉아 있었다. 두툼한 그의 학과 잠바에는 체육학과라고 적혀 있었다. 대학생은 우릴 만나자마자 커피를 사겠다고 했다. 학생이 무슨 돈이 있냐며 내가 사려는데, 옆에 있는 그녀가 벌써 주문을 하기 시작했다.

"여기서 가장 비싼 게 유기농 딸기바닐라라테인가요? 그거랑 티라미수 두 조각 주세요. 오빠도 이거, 제일 비싼 거 마셔."

대학생이 두툼한 손으로 주섬주섬 지갑을 꺼냈다. 낡고 해진 지갑에서 체크카드를 꺼내 결제했다. 그는 아무것도 주문하지 않았다. 자리에 앉자마자, 그녀는 가져온 종이 가방에서 두툼한 서류 뭉치를 꺼냈다. 수백 페이지의 서류는 꽤 여러 번 사람 손을 탄 듯 너덜거렸다.

"지금부터 이걸 잘 보세요. 저한테 성괴마녀라고 악플 달았다가, 처벌받은 사람들의 반성문이니까."

첫 장은 그녀의 블로그에 달린 댓글 인쇄본이었다. 그녀의 몸매를 지적하며 '성형 괴물', '악녀'라고 쓴 악플들이었다. 다음 장은 그 악플러를 고소한 그녀의 고소장이다. 특이하게 컴퓨터로 타이핑해 출력한 게 아니라 손글씨로 쓴 수기 고소장이었다. 고소장 다음에 나온 건, 그 악플러가 그녀에게 쓴 반성문 사본이었다. 이것 역시 수기 반성문이고 악플러의 지장도 찍혀 있었다. 그녀의 집에서 3년을 살면서도, 이런 문서들은 본 적이 없었다. 그런데 이게 시작이었다. 수백 장의 두툼한 서류 뭉치는 수많은 악플러들의 댓글 캡처본, 고소장, 반성문의 반복이었다. 지금껏 이렇게 많은 악플러들과 싸워온 것인가.

그녀는 그 대학생 앞에서 악플을 하나씩 읽고, 고소장 내용을 설명하고, 다시 반성문을 읽어주었다. 장장 세 시간에 걸쳐, 그녀는 그 많은 내용을 쉼 없이 설명했다. 거구의 대학생은 내내 아무 말이 없었다. 마지막 장으로 펼친 종이에 적힌 건 앞에 앉은 대학생의 악플이었다. 대학생은 자신의 댓글을 알아본 듯 고개를 돌렸다. 그녀는 악플을 읽었다.

"성형한다고 온몸에 칼을 대? 그게 사람이야, 터미네이터야? 성괴마녀 주제에 아주 꼴값하네… 이거 본인이 쓴 거 맞죠?"

"죄송합니다. 진짜, 진짜 죄송합니다."

"지금 잘못을 인정하시는 거죠? 잘못을 인정하셨어요. 그리고 이건 제가 지난주에 경찰에 제출한 고소장입니다."

그녀는 고소장을 꺼내 첫 장을 읽었다. 여전히 대학생은 말이 없었다. 그녀가 이렇게 덧붙였다.

"자, 그래서 지금부터 저한테 뭘 해주실 건가요?"

나는 그녀의 말이 무슨 뜻인지 이해하지 못했다. 고소를 한다는 건가, 아니면 반성문을 쓰라는 건가. 아마 앞에 앉은 대학생은 지난 세 시간 동안 수많은 반성문을 보며, 악플을 달았던 자기 자신을 수없이 책망했을 것이다. 아마 손가락이라도 잘라버리고 싶은 심정이었을 테다. 덩치는 크지만 20대 초반의 어린 남자애니까, 그만하면 실컷 혼내준 거란 생각도 들었다.

하지만 그녀는 멈추지 않았다. 여전히 자신에게 무언가를 해달라는 말만 되풀이했다. 그녀의 분노가 공감되었지만 내 앞에 앉은 대학생의 모습도 측은해 보였다. 이마와 콧등에 맺힌 땀방울이라도 좀 닦았으면 좋겠다. 아님 학과 잠바라도 좀 벗거나. 하지만 그녀에게 세 시간 동안 수많은 고소장과 반성문으로 얻어맞은 이 대학생의 멘탈은 이미 콩가루가 된 듯했다.

"다음 주 중에 경찰서에서 전화가 올 거예요. 형사님께 조사받고, 검사님께 또 조사받고, 그러면 두 달 뒤쯤 판사가 유죄를 선고할 겁니다. 벌금형을 받으면, 벌금을 내야겠지요. 그것도 결국 빨간 줄… 그러니까 전과가 생긴다는 건 대학생이니까 당연히 아시죠?"

그러곤 다시 물었다. 뭘 해줄 수 있냐고. 고개를 떨군 채 말이 없던 대학생이 말했다.

"제가 다음 주에 PC방 알바비를 받으면, 75만 원쯤 돼요."

알바비라니, 이게 대체 무슨 대화인가. 근데 더 당황스러웠던 건 그녀의 말이었다.

"그럼 다음 달까지 알바하면 얼마가 되죠?"

"주말이랑 야간까지 다 하면 150… 아니 160만 원까지 벌 수는 있어요."

"160만 원… 그럼 형평성에 안 맞는데."

160만 원의 형평성. 그녀는 대학생이 제시한 알바비를 저울질하고 있었다. 이래도 되는 건지 혼란스러웠다. 악플을 달았는데, 고소당하지 않는 조건으로 돈을 주라는 거다. 이렇게 흥정을 해도 되는 건가?

"오빠, 그렇게 하는 거야 원래. 내가 고소하면 쟤는 전과자가
될 거 아냐. 그거 봐주는 조건으로 합의하는 거지. 나도 악플 때
문에 잠 못 자고 괴로웠던 시간에 대한 피해 보상을 받는 거야. 내
가 힘들어했던 건 누구보다 오빠가 잘 알잖아."

돌아오는 길에, 조수석에 앉은 그녀가 웃으며 말했다. 그녀는
형평성을 위해 175만 원에 합의했다. 단, 3개월간 나눠서 할부로
지급하는 조건이었다. 그녀의 말은 구구절절하게 맞다. 악플은
사람의 마음을 잡아먹는 범죄다. 응당 처벌을 받아야 한다. 그녀
같은 피해자가 금전적으로라도 보상을 받는 게 당연하다. 그 대
학생 같은 악플러도, 그녀 덕분에 잘못을 깨달아 반성하고 형사
처벌도 안 받으면 좋은 일이다.

다만 나를 혼란스럽게 만들었던 건, 그녀가 덧붙인 말이었다.

"전화했더니 유도 유단자라는 거야. 그 말 듣고 사실 무서웠는
데, 오빠가 같이 가줘서 든든했어. 고마워."

"착해 보이긴 하던데."

"오빠는 사람을 참 못 봐. 저런 애들이 더 무서운 거야. 아무튼
이걸로 이번 주에 딱 천만 원 채웠다. 지난주보다 훨씬 합의가 쉽
게 끝났어. 아주 은혜로운 일요일이네."

"뭐? 천만 원? 이번 주 내내 악플러들 만나고 다닌 거야?"

"당연하지! 그 사람들 때매 내 수입이 끊어졌는데, 이 정도는

받아내야지. 그래서 말인데 오빠, 우리 다음 달에 세부 갈까?"

"갑자기 해외여행을 가자고?"

"오랜만에 우리끼리 기분도 낼 겸 가자. 비행기랑 호텔은 내가 알아서 할게."

수금 같은 합의에 성공한 그녀는 기분이 매우 좋았다. 마치 범죄 피해의 트라우마를 극복한 사람 같아 보였다. 소위 말하는 '금융 치료'의 성공적 사례인가. 더 묻고 싶었지만, 들뜬 그녀의 기분을 깨뜨리고 싶지 않았다.

3.

"주님, 저희의 모든 죄를 사하여주시옵소서. 아멘."

점심을 먹고, 오후 예배에 참석했다. 그녀가 기도를 하며 평소보다 더 많은 눈물을 흘렸다. 오전에 합의도 받아내고 모든 게 잘 끝났는데, 왜 그러는 걸까. 무슨 큰 죄라도 저지른 사람처럼 운다. 그날 이후, 그녀는 적극적으로 나에게 도움을 청했다. 첫 번째 부탁은, 등기 우편 배달이었다. 법원에서 송달된 등기를 아침 일찍 가져다달라고 했다. 그리고 보내야 할 우편 등기도, 내 출근 길에 모아서 부탁했다. 처음에는 하나둘 부탁하더니, 어느 날부터 현관 앞에 작은 바구니를 만들어 그곳에 넣어두었다. 나는 출근길에 바구니에 들어 있는 등기를 사무실에 가져가 우편으로 부쳤다. 그리고 배달 업무가 시작되면, 가장 먼저 그녀에게 온 등기를 모아 전해주었다.

원칙대로라면 순번이 있고 절차가 있다. 하지만 나는 몇 번이고 규정을 슬쩍 비틀었다. 다른 집 우편보다 먼저 들고 나갔음에도 '배달 완료' 기록을 늦게 찍어둔 날도 있었다. 들키면 징계감이라는 걸 알았지만, 나는 그게 '그녀를 지키는 일'이라고 믿었다. 퇴근하면 거실엔 항상 수많은 악플 인쇄물과 고소장이 널려 있었다. 그녀는 아이디와 댓글 날짜, 이름, 그리고 고소 과정에서 알게 된 악플러의 주소에 따라 서류를 분류했다. 마치, 우체국에서 지역별로 우편물을 분류하는 것처럼.

월화수목금 근무하듯, 그녀는 수백 장의 고소장과 반성문이 담긴 서류를 들고 악플러들을 찾아다녔다. 카페에서 가장 비싼 음료를 시키고, 세 시간씩 서류를 보여주며 혼을 내고, 합의를 하는 게 그녀의 루틴이 되었다. 목적지가 멀 때에는 내가 함께 갔다. 때론 연차까지 쓰며 그녀의 기사이자 보디가드가 되어주었다. 혹시라도 악플러들이 해코지를 하면 안 되니 말이다. 하지만 온라인에서 독설을 쏟아내는 '키보드 워리어'들의 실체는 상상 이하로 찌질했다.

또 하루는, 그녀가 나를 데리고 서울역으로 갔다. 그곳에는 허름한 옷차림에 지팡이를 짚은 50대 남자가 우릴 기다리고 있었다. 그는 우리를 만나자마자 90도로 인사했다. 경상북도 청도에서 올라왔다고 한다. 한쪽 다리를 절룩거리는 그를 따라, 천천히 역사 안 카페에 자리를 잡았다. 그녀는 늘 그래왔듯 비싼 메뉴를 찾았다.

"여긴 다 가격이 고만고만하네. 저는 커피 프라페 한 잔이랑 마카롱 두 개 주세요. 마카롱 먹어도 되죠?"

"아유, 그럼에. 다른 거 더 시키셔도 됩니더."

음료와 마카롱을 테이블에 올려둔 채, 그녀의 설명이 시작되었다. 악플, 고소장, 반성문의 루틴은 상대방을 멍하게 만드는 주술 행위처럼 보였다. 댓글처럼 그녀는 진짜 마녀가 되어가는 걸까. 여러 번 보았지만, 나 역시도 그녀의 가스라이팅 같은 멘트에 홀렸다. 50대 남성은 세 시간 내내 성실하게 그녀의 설명을 들었다. 연신 고개를 숙이며 죄송하다는 말만 되풀이했다. 설명이 다 끝나고, 드디어 그녀는 시그니처 멘트를 던진다.

"그래서 저한테 뭘 해주실 건데요?"

말 없던 중년 남성은 찬찬히 자신의 사정을 얘기하기 시작했다. 그는 중소기업을 운영하다 부도가 났다고 했다. 이후 막노동판에서 돈을 벌었지만, 사고로 다리를 다쳐 장애를 얻었다고 했다. 그래서 경제적 사정이 매우 어렵다는 것이다. 오늘도 서울까지 오는 KTX 비용이 너무 비싸서, 청도에서 새마을호를 타고 올라왔다고 말했다. 빌다시피 하는 그는 딱 보기에도 가진 것이 없었다. 하지만 그녀의 태도는 달랐다.

"그럼 장애가 있으시면, 신용카드는 있어요? 장애인들 나라에서 돈 얼마씩 나오는 거 있다던데."

"카드는 있긴 한데예. 한도가 얼마 안 돼서예. 나라에서도 조금씩 보조금이 나오기는 합니더."

"그럼 됐네. 자기야, 휴대폰 바꿀 때 되지 않았어?"

휴대폰을 산 지 1년이 조금 넘긴 했지만, 바꿀 때는 아니었다. 하지만 그녀의 눈빛은 그걸 거역할 수 없게 만들었다. 셋이서 서울역 근처의 작은 휴대폰 가게로 향했다. 이번엔 우리가 앞서 걷고, 그 남자가 지팡이를 짚으며 천천히 따라왔다.

"사장님, 요즘 아이폰은 얼마나 해요?"

결국 나는 100만 원 초반대의 가격으로 휴대폰을 샀다. 최신형은 아니었지만, 그래도 고가인 휴대폰이었다. 옆에 진열된 케이스도 같이 골랐다. 남자는 12개월 카드 할부로 모든 금액을 결제했다. 그러고도, 그는 길에 서서 연신 우리에게 고개를 숙였다.

"그래도 제 사정도 이해해주시고, 고소도 취하해주셔가꼬 정말 감사드립니더. 그리고 다시는 이런 짓 안 할께예."

"그러니까 앞으로 착하게 사시고, 악플은 절대 달지 마세요!"

"그라믄예. 사장님, 정말 감사드립니더. 살펴 가이소."

그는 90도로 고개를 숙인 채 들지 않았다. 우리가 떠나 사라질 때까지 그는 꿈쩍도 하지 않았다. 그 모습이 너무 찜찜해서 잠이 오질 않았다. 분명 그는 잘못을 했고, 우리는 피해 보상을 받은 건데 왜 이렇게 죄지은 기분이 드는 걸까. 나의 찜찜함을 솔직하게 털어놓자, 그녀는 어이없는 표정을 지었다.

"오빠, 우리 다른 사람보다 70만 원 넘게 깎아준 거야. 그 사람이 우리에게 감사해야 한다고!"

시세보다 저렴한 합의금이었으니 마음이 편해도 된다는 거였다. 머릿속으론 이해하지만, 여전히 양심은 바닷물에 절어버린 것처럼 무겁게 질척거렸다. 일요일에 교회에서 예배를 드리는 동안 나도 모르게 그의 모습이 떠올랐다. 지팡이를 짚은 채, 어렵게 90도로 허리를 숙인 50대 남성의 모습. 꼭 갈취를 한 듯한 기분이 드는 건 왜일까?

"주님, 저의 죄를 사하여주시옵소서."

나도 모르게 드는 죄책감에 울컥 눈물이 쏟아졌다. 굵은 눈물을 펑펑 쏟아내고 나자, 신기하게 내 마음이 날아갈 듯 가벼워졌다. 죄책감이 기도로 씻겨 내려간 것만 같았다.

그날 이후, 나는 완전히 변하기 시작했다. 일단 풍족한 그녀의 합의금 덕에 씀씀이가 달라졌다. 강남 편집숍에서 한 번에 서너 벌씩 옷을 담았다. 운동화도 한정판만 골라서 신고, 명품 시계로 손목을 휘감았다. 그런 나를 동료들은 낯설어했다. 평소 나를 아끼던 회사 선배들은 검소하게 살아야 한다며 잔소리를 늘어놓았다. 하지만 나는 그들의 말에 전혀 개의치 않았다. 나는 더 이상 그들처럼 평범함을 잃지 않으려 아등바등 살기 싫었다. 부모님 댁에서 반찬도 받아오지 않았다. 대신 금요일 밤이면 그녀와 유명한 셰프들의 파인다이닝 식당을 찾아다녔다.

두 달 뒤엔 그녀가 가고 싶다던 세부로 향했다. 그녀는 최고급 리조트를 예약했고 마음껏 휴가를 즐겼다. 그다음 달에는 일본, 또 다음에는 다낭, 발리, 푸껫… 해외에 갈 때마다 그녀와 나는 면세점에서 명품을 사들였다. 집에 등기 우편이 쌓일수록, 비행기 마일리지도 함께 쌓여갔다. 덕분에 크리스마스에는 마일리지 승급으로 로스앤젤레스까지 비즈니스 좌석을 타고 갈 수 있었다.

회사 일은 점점 시시해졌다. 그녀와 함께 수금하러 다니는 일에만 집중하고 싶었다. 다만, 악플러에 대한 우편물을 챙기고, 또 등기 우편을 보내는 일은 계속해야만 했기에 우체국 일을 그만두지 않았다. 그저 양치질처럼, 어쩔 수 없이 해야 하는 일로 느낄 뿐이었다.

불행인지 다행인지, 그녀를 욕하는 악플러는 줄어들지 않았다. 아니 계속 늘어났다. 황금알을 낳는 거위처럼, 우리는 끊임없이 악플러들을 찾아 합의금을 받아냈다. 그리고 일요일이 되면, 어김없이 교회에 나란히 앉아 뜨거운 눈물을 흘렸다.

몇 달 뒤 우린, 한강이 보이는 힙한 성수동의 빌라 펜트하우스로 이사를 갈 수 있었다. 물론, 매매가 아닌 월세가 대부분인 반전세였지만. 집주인은 계약서에 사인하러 나온 자리에서 대문에 달린 도어락을 자랑했다. 독일 제품이라 웬만한 드릴로도 뚫리지 않고, 요즘 세상엔 이 정도는 해야 안심할 수 있다는 얘기였다. 보안이 철저한 그 집이 무척 마음에 들었다. 혹시라도 악플러들이 집에 찾아올 수도 있으니 말이다. 그래서일까? 그녀는 자신이 아닌 내 명의로 임대 계약을 하길 바랐다.

"근데 이건 네 아파트 전세금이 포함된 건데? 게다가 너에 대한 피해 보상금이잖아."

"그래도 우리 집에서 직장 생활하면서 열심히 일하는 건 오빠잖아. 사실상 오빠가 우리 집 가장인데, 오빠 명의로 하는 게 맞지 않을까?"

나에게 가장의 지위를 주는 듯한 말투였다. 기분이 나쁘지 않았다. 아니, 오히려 좋았다.

"앞으로 합의금도 오빠 계좌로 받자. 남자가 통장이 두둑해야, 사회생활 하면서도 자신감이 생기지."

이러다 혼인신고까지 하는 건 아닐까 싶었지만, 딱 거기까지였다. 여전히 그녀는 결혼에 대해서도, 임신에 대해서도 철저하게 경계했다.

한강뷰의 펜트하우스에는 방이 네 개나 있었다.

"근데 오빠, 작은 방 하나는 나 혼자만 써도 될까?"

"거기서 뭐하려고?"

"뭘 할 건 아닌데. 그래도 각자 사생활이 있으니까. 특히 여자들은 그런 게 필요하단 말이야."

4.

그녀는 비밀의 방을 만들었다. 가끔 들어가서 뭔가를 정리하는 소리는 났지만, 무얼 하는지 알 수 없었다. 나 역시 그 방에 관심을 갖지 않았다. 그녀가 말하지 않는 걸, 먼저 물어보는 행동은 하지 않았다. 연애 초기부터 할 수가 없었기도 하다.

이상한 건 비밀의 방이 생긴 이후, 그녀의 표정이 부쩍 어두워지기 시작했다는 점이었다. 또 밤마다 불면증에 시달리는 듯 잠을 설쳤다. 보다 못한 나는 그녀를 억지로 병원에 데려가 수면제를 처방받았다. 하지만 그뿐이었다. 그녀는 수면제를 먹으려 하지 않았다. 대신 술에 의존했다. 내가 퇴근하고 돌아와서 보면, 항상 그녀는 빨간 거실 소파에 앉아, 작은 스탠드만 켜둔 채 홀로 술을 마시고 있었다. 어느 날은 소주, 또 어느 날은 와인이었다. 술의 종류도 대중이 없었다.

나의 걱정 어린 잔소리가 늘어가며 우리 둘의 대화는 단절되어갔다. 그녀는 밖에서 술을 마시기 시작했고, 말없이 늦게 오는 날도 늘어났다. 누구와 마셨냐고 물을 때마다, 그녀는 친구들과 놀았다고만 답했다. 어떤 친구냐고 물어보면, 그런 게 있다고만 대답했다. 의심하는 눈초리로 꼬치꼬치 캐묻는 건 기분이 나쁘다는 말을 들으면, 나는 거기서 멈춰야 했다. 우리의 관계는 늘 그렇게 유지되어왔다.

그녀가 또 늦었다. 이번엔 그녀의 옷차림이 헝클어져 있었다. 예쁜 긴 생머리도 엉망이었고, 립스틱 자국도 번진 듯 흐릿했다. 대체 누굴, 아니 어떤 놈을 만나고 온 걸까. 하지만 만취한 그녀는 아무 말이 없었다. 빨간 투피스를 바닥에 벗어던진 채, 총 맞아 죽은 사람처럼 침대에서 잠이 들었다. 두들겨 패서라도 깨워서, 뭘 하다 온 건지 따져 묻고 싶었다. 꾹 참고 어금니를 악물었다. 대신 그녀의 가방을 열어, 비밀의 방 열쇠를 꺼냈다.

처음으로 들어가본다. 내가 이 방에 들어갔다는 걸 알면, 그녀가 헤어지자고 할지 모른다. 그 정도로 위험을 감수해야 하는 일이었지만, 나는 이 밤이 끝나기 전에 확인하고 싶었다. 대체 이 방의 정체가 무엇이기에, 그녀가 불안한 얼굴로 매일 밤 술을 마시는 건지. 그녀가 달라진 이유가 분명 이 방 안에 있다.

문을 열자, 수천 장의 고소장과 반성문 서류 뭉치가 눈에 들어왔다. 언제 이만큼 모은 건지 의아할 정도로 양이 많았다. 그 옆엔 대형 캐리어가 하나가 세워져 있었다. 처음 보는 물건이었다. 심지어 그녀답지 않은 검은색이었다. 무게가 상당했다.

캐리어를 열자, 수북한 달러 뭉치가 나왔다. 정리되지 않은 채 무질서하게 쌓인 듯한 달러 뭉치가 들어 있다. 얼마인지 가늠이 되진 않았지만 억대는 충분히 될 거란 생각이 들었다. 캐리어 한편에는 트레이닝복 세트, 모자, 속옷, 양말, 칫솔 등 생필품이 가득했다. 특이한 점이 있다면, 모두 새 물건이라 가격표가 달려 있다는 것이었다. 마치 재난 상황을 대비한 생존 가방 같았다.

산처럼 쌓인 서류 더미 뒤에는 검은색 티셔츠, 검은색 후드, 검은색 모자, 검은색 트레이닝복 바지, 그리고 검은색 운동화까지, 온통 까맣게 깔맞춤된 의상이 준비되어 있었다. 캐리어에 든 물건들과 달리, 밖에 놓인 물건에는 모두 가격표가 없었다. 화려한 붉은색을 좋아하는 그녀는 대체 왜 이런 걸 준비해두었을까.

잠이 오질 않았다. 베란다에 서서 빛나는 한강을 바라봤다. 아무런 감흥도 느껴지지 않았다. 그저 강물의 비린내만 야릇하게 느껴질 뿐이었다. 처음으로 내가, 그녀에 대해 너무 모르고 있다는 생각이 들었다. 그녀는 매번 대답하기를 거부해왔다. 나는, 아름다운 그녀가 나를 떠날까 봐 애써 묻지 않았다. 물어보질 않았으니, 그녀의 과거에 대해 아는 게 하나도 없었다. 어디서 태어나, 어느 학교를 다녔고, 부모님은 어떤 분인지… 3년 만에 처음으로 알고 싶어졌다.

이제는 확인해야만 했다. 내가 동거 중인 여자가 누군지, 어떤 사람인지, 꼭 알아야만 했다.

나는 그녀의 약점을 이용하기로 했다. 아름답고, 말도 잘하는 그녀는, 놀랍게도 컴맹이었다. 요즘 시대에 '컴맹'이라는 단어가 말이 되냐고? 심지어 그녀는 인플루언서인데? 누구도 이해하기 어렵겠지만, 그녀는 진짜 컴맹이 맞다. 블로그를 검색하고, SNS를 열어 사진을 업로드하는 건 할 줄 안다. 하지만 그뿐이다. 그녀는 문서 프로세스도 쓰지 못해, 수기로 수십 장의 고소장을 작성하는 사람이다. 당연히 인터넷 뱅킹 같은 건 꿈도 못 꾼다. 필요한 서류가 생기면, 매번 법원에 직접 가서 복사하는 데 익숙했다. 그러니 내가 온라인에 접속해 그녀의 온갖 정보를 알아낸다 한들, 잠에서 깨어난 뒤에도 절대 알아차리지 못할 것이다.

안방에 다시 들어갔다. 여전히 만취한 그녀는 의식이 없었다. 옆에 있는 명품 파우치에서 그녀의 와인색 휴대폰을 꺼냈다. 화면을 켜자, 멋지게 찍은 그녀의 사진이 보였다. 얼굴은 드러나지 않는, 붉은 드레스와 빨간 구두가 보이는 사진이었다. 그녀의 엄지손가락을 끌어당겨, 휴대폰 잠금을 해제했다. 그리고 정부 24 웹사이트를 열었다. 공식 서류를 통해 개인정보를 확인해보기로 한 것이다.

맨 처음 열람한 건 주민등록초본이었다. 출생 신고를 한 곳은 경기도 하남이었다. 그 아래로는 낯선 도시 이름들이 이어졌다. 부천, 안양, 의정부, 원주, 안동, 청송, 대전. 그러다 열여덟 살쯤 되었을 때, 오랫동안 기록이 멈췄다. 지면이 멈춘 게 아니라, 그녀의 인생이 멈춘 듯했다. 그러다 스물세 살 성인이 되자, 다시 전입신고 기록이 이어졌다. 안산, 인천, 양주, 그리고 서울.

한 줄 한 줄을 넘길 때마다, '내가 하나도 모르고 살았네'라는 혼잣말이 툭툭 튀어나왔다. 어린 시절부터 가정 형편에 문제가 있었던 걸까, 아니면 아버지가 지역을 옮겨 다녀야 하는 직업을 가졌던 걸까. 대체 부모님은 어떤 사람이었을까. 그에 대한 해답을 찾기 위해 가족관계증명서를 발급받았다.

안타깝게도 부모님은 이미 세상을 떠난 후였다. 그녀는 형제자매도 없는 외동딸이다. 대신, 그 종이의 맨 아래엔 다른 두 명의 이름이 적혀 있었다. 열네 살 남자, 일곱 살 여자… 놀랍게도 그들은 그녀의 자식이었다.

뒷골이 당겼다. 이건 그녀가 열여덟 살에 첫 출산을 했다는 뜻
이다. 더 놀라운 건, 두 아이의 성 씨가 다르다는 거였다. 대체 어
떻게 된 걸까. 이미 결혼을 두 번이나 한 걸까. 이 아이들은 대체
어디서 살고 있는 걸까. 이 모든 진실을 알고 있을 사람은 그녀 말
고 딱 한 명 더 있었다. 그녀보다 아홉 살이 많은 성인 남성으로,
'배우자'라는 단어 옆에 이름이 찍힌 사람. 그랬다. 그녀는 현재,
법적으로 혼인한 상태인 유부녀였다.

숨이 쉬어지지 않았다. 아무리 숨을 쉬어도, 호흡이 되지 않았
다. 크게 숨을 쉬려 하자, 멀미가 난 듯 머리가 어지러웠다. 공황
이 온 것이다. 베란다로 뛰쳐나가, 무릎을 꿇고 찬바람을 들이켰
다. 그럼에도 숨이 쉬어지지 않았다. 두 손을 모아 코와 입을 막
고, 호흡을 계속했다.

20분 정도 지나자, 다시 숨이 돌아오는 것이 느껴졌다. 그제
야 긴장이 풀린 나는, 베란다 바닥에 그대로 드러누웠다. 꼭대기
층에 살다 보니, 하늘이 넓게 보였다. 그 하늘 가운데 둥글고 커
다란 달이 비현실적으로 떠 있었다. AI로 합성한 것 같은 달이 손
에 닿을 것만 같은 느낌이었다. 내가 점점 미쳐가고 있다는 걸 이
내 깨달았다. 그럼에도 한동안 일어날 수 없었다.

거실로 다시 돌아왔을 땐, 이미 새벽 세 시였다. 남편과 두 아
이가 있는 유부녀인 그녀는 여전히 같은 자세로 침대에서 자고 있

었다. 내가 저 여자에 대해 알고 있었던 건, 어쩌면 이름과 생년
월일, 그리고 외모뿐이었는지도 모른다. 왜 이렇게까지 자신을
숨기려 했을까. 지금껏 속고 살았던 내가 바보다.

그런데 과거를 숨기려는 그녀의 노력과 달리, 정작 직업은 자
기 삶을 고스란히 노출해서 돈을 버는 '인플루언서'가 아니던가.
하지만 과거를 숨겨야 했기에 얼굴 없는 인플루언서로 살아온 건
가. 그 이유만으로는 선뜻 납득이 가지 않았다. 그 순간, 얼마 전
에 보았던 등기 우편 하나가 떠올랐다. 경찰서에서 온 우편이었
다. 별것 아니라는 그녀의 말에 넘기고 말았던, 굵은 고딕체의 그
우편이 툭 하고 마음에 걸렸다. 그 우편이 심상치 않을 거란 직감
이 들었다.

새벽 네 시, 내가 다음으로 접속한 사이트는 형사사법포털이
었다. 자신과 관련된 모든 형사 사건을 조회할 수 있는 곳인데,
이 사이트에 접속해보는 것은 나도 처음이었다. 그녀의 이름으로
인증을 한 뒤, '사건 조회' 버튼을 눌렀다. 손이 떨렸다. 잠시 뒤,
사건 목록이 떴다.

경찰 사건만 총 5건, 기관명도 제각각이었다. 서울종로경찰
서, 경기수원영통경찰서, 부산영도경찰서… 도시 이름이 바뀔 때
마다 내 속이 같이 뒤집혔다. 떨리는 손으로 사건번호를 하나씩
눌렀다. 조사가 진행 중인 내역이 날짜별로 기록되어 있었다. 낮

선 용어들이 한 번에 이해되진 않았다. 다만 전국 각지에서, 그녀를 상대로, 수개월에 걸쳐 수사를 진행하고 있다는 사실만큼은 명확했다. 게다가 검찰에도 사건이 세 건이나 더 있었다. 모든 사건에서 그녀는 '피의자'였다. 죄명은, 명예훼손, 공갈, 협박, 사문서 위조 등 다양했다. 머릿속이 하얘졌다. 그녀가 죄를 저질렀다는 건, 상상도 못 해본 일이었다. 내게 그녀는 늘 수많은 사람들에게 공격받는, 보호해줘야 할 '피해자'였다.

대체 그녀에게 무슨 일이 있었던 걸까. 생각이 거기까지 미쳤을 때, 지팡이를 짚고 청도에서 서울역까지 왔던 중년 남성이 떠올랐다. 만일 그가 악플러가 아니라면? 아니면 그녀가 피해자가 아니라면? 물론 그 남자는 악플을 단 것을 인정했고, 그녀도 그 증거를 보여줬으니 그럴 가능성은 희박했다. 그럼에도 불구하고, 그 남자의 사례가 찜찜해졌다. 나는 아직 그날 산 휴대폰을 사용하고 있었다.

안방 문을 열어 그녀의 얼굴을 들여다봤다. 같은 입술, 같은 속눈썹, 같은 목선인데도 낯설었다. 내가 사랑한다고 믿어온 사람은, 존재하지 않았던 걸까.

다시 베란다로 나가 하늘을 보고 드러누웠다. 얼마 지나지 않아, 해가 뜨려는지 하늘이 어스레하게 밝아왔다. 대체 그녀는 누구일까. 범죄자가 맞을까. 어쩌다 이런 일에 연루된 걸까… 혹시 과거에도 범죄를 저지른 경력이 있을까?

베란다 너머로 일출이 시작될 무렵, 나는 그녀의 전과경력을 조회해보고자 했다. 일명 '범죄경력조회'다. 그녀의 이름으로 모든 인증 절차를 거쳐 조회 버튼을 눌렀다. 그런데 바로 '승인이 필요합니다'라는 문장이 떴다. 주거 지역의 경찰관이 승인 버튼을 눌러줘야 한다는 것이었다. 아침 아홉 시에 누군가 출근해야 가능하다는 뜻이다. 화면을 노려보며 고민했다. 이대로 멈출 수는 없었다. 그녀가 깨기 전에, 모든 진실을 확인해야만 한다.

검색해보니, 본인이 직접 파출소에 가서 확인하는 방법도 있었다. 오프라인에서 내가 그녀인 척 할 수는 없다. 가발을 쓰고 옷을 바꿔 입어도 여자처럼 보이진 않을 것이다. 방법을 뒤져볼수록, 내 안에서 이상한 감정이 같이 자랐다. 궁금함과 공포가 한 덩어리로 붙어, 나를 밀어냈다. 분명히 있을 것 같으면서도, 내심 전과만은 없기를 진심으로 바랐다.

결국 방법은 하나였다. 시간을 더 벌어야 한다. 만취한 그녀를 등지고, 드레스룸 서랍을 뒤져 약을 찾았다. 처방만 받아놓고 먹지 않은 수면제였다. 두 봉지를 뜯어 컵에 담긴 물에 녹였다. 그걸 들고, 침대에 걸터앉아 그녀를 흔들어 깨웠다.

"왜 이렇게 술을 많이 마셨어. 물 좀 마시고 다시 자. 그래야 숙취가 덜해."

"하아… 오빠… 미안해… 내가 미안해….”

"알았어. 얼른 일어나서 물만 마시자. 일어나세요.”

말소리를 내었지만, 그녀는 여전히 몸을 가누지 못했다. 나는 눈도 뜨지 못하는 그녀의 상체를 끌어안아 반쯤 일으켰다. 내 어깨에 머리만 걸친 그녀의 입에 컵을 들이댔다. 그녀가 비몽사몽 물을 벌컥 마셔댔다. 술을 많이 마셔서 갈증이 났을 테다. 나는 물을 끝까지 마시게 한 뒤, 다시 침대에 눕혔다. 베개 위에 머리를 올리고, 이불을 끌어올렸다. 한동안, 아니 어쩌면 꽤 오랫동안 그녀는 깨어나지 않을 것이다.

홀로 커피를 타서 식탁에 앉아 홀짝거렸다. 잠이 오지는 않았지만, 더 명료하게 의식을 깨우고 싶었다. 아홉 시가 되어 범죄경력을 조회하면, 더 바쁘게 움직여야 할지도 모른다.

오전 아홉 시 이십 분, 범죄경력조회가 승인되었다는 표시가 떴다. 나는 그녀에게 전과가 없기를 진심으로 바라며 조회 버튼을 클릭했다. 하지만 그녀의 과거는 내게 또 다른 모습을 보여주었다. 범죄경력조회서에는 19건이 기록되어 있었다. 다시 말하면, 그녀는 전과 19범이었던 것이다. 손이 너무 떨려서, 나도 모르게 두 손을 맞잡고 깍지를 끼었다. 그러자 어깨와 가슴이 덜덜 떨렸다. 온몸이 멈출 수 없을 정도로 아드레날린이 솟구쳤다.

첫 번째 기록은 강도치상이었다. 강도를 하면서, 누군가를 해친 모양이었다. 당시 나이는 18세였다. 이사 기록이 멈췄던 건, 구속되었기 때문일까. 그런데 그즈음 그녀는 첫아이를 출산했다. 그렇다면 교도소에서 출산했을 가능성이 높다. 드라마도 이렇게 쓰면 설정이 과하다고 욕먹을 거다. 제일 많은 건 공갈과 협박이었다. 그녀는 공갈, 협박 등의 죄로 수없이 처벌을 받았다.

마지막 기록은 불과 4년 전으로, 내가 그녀를 교회에서 만난 무렵이었다. 그렇다면 처음 보았던 그녀의 눈물은, 19번째 범죄에 대한 회개였을까? 주술을 거는 마녀처럼, 악플러들에게 온갖 말을 쏟아내던 그녀의 모습이 떠올랐다. 그녀는 피해자가 아니라, 공갈과 협박에 아주 능한 범죄자였던 것이다.

범죄자와 4년을 함께 살았다. 매일 얼굴 맞대고, 같은 침대에서 잠을 자고, 여행을 다녔다. 심지어 주일에는 함께 손잡고 하나님 앞에서 예배도 드렸다. 아직도 모든 게 믿기지 않았다.

하지만 과거는 과거일 뿐이다. 두 번 결혼하고, 두 번 출산한 것도 어쩌면 피치 못할 사연이 있을지 모른다. 아직 혼인 상태인 것도, 남편이 미친놈이거나 엄청 유명한 범죄자여서 이혼을 못한 걸 수도 있지 않은가. 게다가 어린 나이에 실수로 범죄자가 되었을 가능성도 있다. 이후 교도소 친구들과 어울리다가, 몇 번 더 실수로 범죄를 저질렀을 수도 있다. 그러다 교회에 와서, 하나님을 영접하고, 또 나를 만나서 새 삶을 살고 있는 걸 수도 있었다.

아, 아니다. 그러기엔 지금도 경찰서 다섯 군데와 검찰청 세 군데에서 그녀를 수사하는 중이다.

오전 열 시 십오 분, 나는 여전히 그녀가 누구인지 알지 못한다. 다시 비밀의 방에 들어가, 쌓여 있는 모든 서류 더미를 거실로 옮겼다. 거실 바닥에 서류가 펼쳐지는 소리는, 우체국에서 봉투가 쌓일 때 나는 소리와 묘하게 닮아 있었다. 우편물을 분류하듯 차근차근 서류를 순서에 맞게 정리했다. 그러다 알게 되었다. 이 서류들은 총 13개의 SNS 계정에 달린 악플에 관한 것들이라는 사실이었다. 그녀가 계정을 13개나 운영하는 줄은 몰랐다.

SNS에 접속해 실제 기록과 인쇄된 종이를 하나씩 맞춰보았다. 다 맞았다. 날짜도, 캡처도, 문장도 일치한다. 그녀가 보여줬던 증거들은 '정확했다'. 조작된 것이 아니었다. 그러다 아주 사소한 것 하나가 눈에 걸렸다. 사진 속 방의 창틀, 벽지의 결, 테이블 모서리의 상처… 우리 집과 닮았는데, 우리 집이 아니었다. '기분 탓이겠지'라고 넘기려는데, 다음 사진에서 또 덜커덩거렸다. 그 다음 게시물에서는 조리대가 달랐고, 그다음 게시물에서는 손톱 모양이 달랐다. 아주 작은 차이들이 연달아 튀어나왔다.

결정타는 고양이 사진이었다. 얼굴이 보이지 않는 인플루언서가 집에서 고양이를 안고 있었다. 고양이가 털을 털며 카메라를 바라보는 장면을 찍어 올렸다. 이상하다. 우리 집에는 고양이가 없다. 심지어 나는 고양이 알레르기도 있다.

일상은 많이 노출되지만, 인플루언서의 얼굴은 절대 나오지 않는 계정들이었다. 집 구조, 지역, 심지어 자주 가는 카페까지…. 그녀는 이 계정들의 주인이 아니었다. 13개 모두 남의 계정이었다. 그녀는 지금껏 자신이 계정 속 인플루언서라고 사칭하며 악플러들에게 돈을 뜯어내고 있었던 것이다.

타인을 사칭하고, 문서를 위조한 뒤, 그걸로 다른 사람을 공갈하고 협박해서 돈을 갈취해왔다. 그녀는 지난 4년간 범죄를 저지르지 않은 것이 아니라, 잡히지 않은 것뿐이었다.

여기까지 오자, 화가 나지도 공황에 빠지지도 않았다. 그저 허탈한 마음만 들었다. 나는 대체 누구를 사랑했지? 허무한 기분에 텅 빈 마음속으로 두려움이 급습했다. 피해자로 합의금을 받아온 그녀가 범죄를 저지른 것이라면, 이 돈은 모두 범죄 수익금이라는 의미다. 그 돈을 받으러 다닐 때, 내가 따라가기도 했다. 함께 앉아 있었고, 모든 상황을 목격했고, 심지어 휴대폰까지 받았다. 게다가 그 돈으로 맛있는 걸 사 먹고, 비행기를 타고 여행도 다녔다.

"오빠가 우리 집 가장인데, 오빠 명의로 하는 게 맞지 않을까?"

아뿔싸. 이 집 전세 계약 명의도 나로 되어 있다. 그녀의 리스 외제차도 내 명의고, 심지어 얼마 전부터 합의금을 내 계좌로 받고 있었다. 그녀가 입고 있는 옷을 제외하고는, 그녀의 소유로 기록된 게 아무것도 없었다.

그녀는 언제든 해외로 도피할 준비를 이미 끝낸 상태였다. 옷과 캐리어가 전부 준비되어 있었다. 그녀가 이대로 사라지면 내가 모든 걸 뒤집어쓰고 만다. 그녀의 여권부터 확보해야 했다. 분명 내가 서랍에 넣어뒀었는데, 여권은 어디에도 없었다.

맨발에 슬리퍼만 신고, 지하 주차장으로 가서 그녀의 벤츠를 뒤졌다. 트렁크 안쪽, 비상 타이어가 들어 있는 공간에서 빨간색 파우치 하나를 발견했다. 그 안에 그녀의 여권이 들어 있었다. 안도하는 순간, 파우치에서 서류 한 장이 더 나왔다. 내일 밤 모스크바로 떠나는 비행기 티켓이었다. 그랬다. 그녀는 36시간 뒤면 떠날 사람이었다.

이제 사랑 따윈 안중에도 없다. 부질없는 감정 따위는 의미가 없다. 배신감을 느끼는 것도 지금은 사치다. 당장, 내가 모든 것을 뒤집어쓰지 않고 살아남는 게 중요하다. 아마 내가 모든 사실을 알았다는 걸, 그녀도 깨어나면 눈치챌 것이다. 그렇다고 자고 있는 그녀를 죽일 수도 없다. 그건 더 큰 범죄에 수렁에 빠지는 일이다. 생각할수록 치밀한 그녀에게 화가 났지만, 나는 차분해져야만 했다.

다시 베란다로 나가, 한강을 보며 외마디 비명을 크게 질렀다.

그러곤 냉정하게 생각을 정리하기 시작했다.

5.

　이대로 체포되면 안 된다. 자수해도 범죄의 공범이 되는 걸 피하기 어려울 터였다. 전과자가 되면 우체국에서도 잘린다. 그럼 남은 나의 인생을 모두 망치고 만다. 그녀가 나를 배신하기 전에, 내가 먼저 그녀를 버려야만 한다. 하지만 방법이 떠오르지 않았다. 이 함정에서 어떻게 벗어나야 할지 한참 동안 머리를 쥐어뜯었다. 챗GPT에게도 방법을 물어보고 검색도 해보았다. 하지만 묘수는 없었다.

　그때 한 단어가 머릿속을 스쳤다. 피해자! 그래, 나는 그녀의 피해자가 되어야만 한다.

　면피를 위해서라도, 나는 그렇게 되어야만 했다. 그러면 공범이란 의심에서 벗어날 수 있을지 모른다. 어떤 범죄인지는 몰라도, 그걸로 그녀가 체포되게 만들어야 한다. 그럼 완벽하게 그녀와 격리될 수 있다. 아니, 실제로 나는 피해자가 맞다. 유부녀에게 속아 여태 사실혼으로 살았으니 피해자인 거고, 공갈 협박 범죄에 이용당하는지도 모르고 끌려다니고, 계좌도 빌려주고, 명의도 도용당했으니 내가 누구보다 큰 그녀의 피해자다.

거기까지 생각이 들자, 놀랍게도 돈 생각이 먼저 들었다. 전세금과 내 통장에 있는 현금, 그리고 캐리어에 든 달러까지 합하면 10억 원이 넘는다. 어떻게든 그녀를 몰아내고, 모든 재산을 독차지하고 싶어졌다. 수렁에 빠진 인생, 이거라도 내가 보상금으로 챙겨야겠단 생각이 들었다. 나는 피해자니까 그래도 된다. 오히려 떳떳하다.

이 와중에 재물을 탐내는 나 자신이 한심했다. 하지만 냉정히 따져보면, 이 돈을 피해자들에게 돌려줄 수는 없다. 되돌려주는 순간, 나도 공범이었다는 걸 인정하는 꼴이 된다. 게다가 그들은 순수한 피해자가 아니다. 어쨌거나, 명예훼손이라는 범죄를 저지른 악플러들이다. 굳이 범죄자들에게 돈을 돌려줄 필요는 없다. 오히려 또 다른 보상을 요구하며, 나를 괴롭힐지도 모른다.

대략적인 계획이 서자, 허기가 몰려왔다. 짜장면을 시켰다. 탕수육 작은 것도 함께. 뱃속에 탄수화물을 집어넣어야 뇌도 좀 더 빠르게 돌아갈 것만 같았다. 좀 더 크고 과감한 범죄로, 한 방에 그녀를 구속시킬 수 있는 방법을 떠올려야 한다. 다시는 출소하지 못할 만한 큰 범죄자가 되게 하는 방법… 그건 바로 그녀가, 나를 죽이는 것이다.

물론, 진짜 살인이 아닌 살인미수여야 한다. 그것만으로도 전과 19범인 그녀가 아주 오랫동안 교도소에서 나오지 못할 게 분명했다. 그러려면 나는 진짜 피해자가 되어야 한다. 구체적인 설계가 필요했다. 매일 보던 범죄 관련 유튜브 채널을 열었다. 지금 상황에 딱 맞는, 진짜 범죄자들의 사건을 빠르게 뒤졌다.

나는 침대 옆에 한참을 서 있었다. 방 안에는 술 냄새와 와인 향이 섞여 떠다녔다. 내가 알던 그녀는 이미 사라졌고, 남은 건 내가 붙잡고 있던 환상뿐인 것 같았다.

'그녀가 나를 죽이려고 하면 된다.'

그 문장을 속으로 되뇌는 순간부터, 나는 어디까지 갈 수 있는 사람인지 스스로 시험대 위에 올라 있었다. 머릿속에서는 '피해자'라는 단어가 계속 돌았다. 피해자, 피해자, 피해자… 그 말을 반복하면, 내가 하는 일이 덜 더럽게 느껴질 것 같았다.

자고 있는 그녀의 손톱에서 네일을 뜯어냈다. 그걸로 내 얼굴과 가슴을 할퀸 뒤, 침대 옆 바닥에 흩뿌렸다. 그리고 부엌에서 제일 큰 식칼을 꺼냈다. 칼날을 천천히 내 목에 가져다 댔다. 그리고 꼭 그녀가 내 목을 향해 칼을 휘두른 것처럼 빠르고 얇게 두 번 그었다. 볼과 팔에도 스치듯 칼자국을 만들었다. 그리고 내 손바닥에 여러 차례 칼을 그어 상처를 냈다. 그녀의 공격을 막다가 생긴 것 같은 방어흔을 만든 것이다. 그녀의 오른손 엄지와 검지에도 칼에 여러 번 긁힌 자국을 만들었다. 이건 칼에 익숙하지 않은 그녀가, 칼을 휘두르다 스스로 베인 것처럼 보이게 해줄 것이다. 물론, 평화롭게 잠든 그녀의 손을 당겨 칼자루에도 지문을 남겼다.

제대로 되었는지 꼼꼼히 확인 한 후, 자고 있는 그녀를 굴려 침대 아래 맨바닥에 떨어뜨렸다. 퍽 소리와 함께, 얼굴부터 떨어진 그녀의 코에서 피가 났다. 이도 부러진 듯 입술 밖으로 피가 새어나왔다. 하지만 수면제 약효 덕에 여전히 깨지 않았다. 아마도 칼을 휘두르던 그녀가 내 주먹에 맞아 기절한 것처럼 보일 것이다. 드레스룸 화장대 위에 올려진 화장품을 모두 바닥으로 밀어 떨어뜨렸다. 깨진 화장품 또한 격렬한 몸싸움의 흔적으로 해석될 것이다.

마지막으로 나는 침대에 대자로 누웠다. 살인미수로 만들려면 내 몸에 결정적인 공격 흔적을 만들어야 한다. 처음엔 허벅지가 떠올랐다. 하지만 허벅지에 칼을 맞는다고 죽진 않을 것 같았다. 그럼 살인미수가 안 될지도 몰라. 전과 19범인 그녀는 어떻게든 빠져나갈 것이다.

내 몸에서 꽤 위험한 부위에 칼을 찔러야 한다. 진짜 급소는 아니지만, 어쨌거나 매우 위험해 보이는 부위여야 한다. 출혈도 어느 정도 있어야 한다. 죽을지도 모르지만, 빨리 구조되면 생명에 지장이 없는 곳, 5분이면 달려오는 119 구조대가 나의 생명을 구할 수 있는 그런 신체 부위를 찌르자.

고심 끝에 고른 곳은 옆구리였다. 그중에서도 골반에 가까운 아래쪽을 찌르기로 했다. 유튜브에서도 여기에는 칼을 맞아도 죽지 않는다고 나왔다. 칼을 뽑지만 않으면, 출혈도 심하지 않을 것 같았다. 위험한 장기도 없으니 후유증도 덜할 테다. 무섭고 두려웠다. 하지만 그녀를 응징하고 모든 재산을 빼앗으려면 큰 리스크는 감당할 수밖에 없다. 결정한 이상, 빠르게 진행해야 한다. 이를 악물고, 내 왼쪽 옆구리에 부엌칼을 내리꽂았다.

묵직한 고통이 생각보다 훨씬 컸다. 난생처음 느껴보는 밀도 높은 고통이다. 그 충격에 비명조차 나오지 않았다. 영화에서 칼에 찔린 채 싸우는 건 전부 다 뻥이었구나. 칼을 뽑지 않아서인지, 침대나 벽에 핏방울이 많이 튀지는 않았다. 그 상태로 나는 손에 피를 조금 묻힌 뒤, 그녀의 휴대폰을 열어 112에 전화를 걸었다.

"살려주세요. 제 여자친구가 저를 칼로 찔렀어요. 몸을 움직일 수가 없어요. 얼른 와주세요⋯."

전화를 하는 동안, 등 밑이 축축해졌다. 아마도 찔린 옆구리 상처로 피가 흘러 침대보에 스며드는 듯했다. 112 상담원은 얼른 출동하겠다며, 전화를 끊지 말라고 했다. 하지만 나는 얼른 끊어버렸다. 당연히 녹음이 될 텐데, 혹시라도 말실수를 하면 안 되니까. 2분 정도 지나자, 조금씩 의식이 흐려지고 몸에서 한기가 느꺼졌다. 생각보다 출혈량이 많았다. 나는 의식을 잃지 않으려고, 내가 설계한 살인미수 시나리오를 계속 되뇌었다.

만취해 들어온 그녀가, 오후가 되어서야 깨어난다. 왜 늦었냐고 따져 묻는 나를 보며 그녀가 화를 냈고, 그러다 그녀가 칼을 들고 휘둘렀다. 몸싸움 끝에 그녀는 기절했지만, 내가 칼에 찔리고 말았다. 급히 짜낸 시나리오인지라 논리가 다소 어설프지만, 먹힐 거라 확신했다. 그녀는 전과 19범의 범죄자이기 때문이다. 게다가 강도치상의 전과도 있는 사람이다. 그에 비해 나는 우체국에서 근무하는 평범한 공무원에 불과하다. 그러니 형사들은 내 말을 믿어줄 것이다. 이 죽음의 고비만 넘기면, 모든 재산은 내 것이 된다.

창밖으로 사이렌 소리가 희미하게 들려왔다. 점차 가까워지는 소리를 들으며, 정신을 계속 가다듬었다. 다 왔다. 이제 그들만 오면, 내 계획대로 다 진행될 거야. 이내 현관문을 두드리는 소리가 들렸다. 이제 저 문만 열리면 된다.

"계십니까? 아무도 안 계세요? 문 좀 열어주세요."

문을 두드릴 뿐, 경찰들은 들어오지 못한다. 순간, 집주인이 잠금장치를 가장 비싼 걸로 설치했다는 말이 떠올랐다. 그 어떤 드릴로도 뚫지 못할 독일산 제품. 젠장 그럼 저들이 어떻게 들어온단 말인가. 112에 신고했을 때 현관문 비밀번호를 알려줬어야 하는데.

전화가 울렸다. 경찰에서 전화를 다시 건 듯했다. 받으려 했지만, 출혈을 막느라 손이 피범벅이 된 탓인지 액정이 미끄러워 전화를 받을 수 없었다.

비밀번호를 알려줄 방법이 없다. 어차피 소리쳐도 안 들릴 거다. 피가 계속 흘러서 내가 현관까지 갈 수도 없다. 이대로 몇 분만 출혈이 계속되면 내 생명이 위독해질 수 있다. 그렇다면 일단 공범이고 뭐고, 내가 살고 봐야 한다. 그럼 방법은 단 하나다. 그녀를 깨워야만 한다.

"일어나! 일어나라고. 야, 이 성괴마녀야! 얼른 일어나서 문을 열어주라고! 제발! 정신 차려!"

악을 쓰는 내 목소리를 듣자, 조용하던 그녀가 옆으로 돌아눕는 소리가 들렸다. 하지만 이내 코를 골기 시작했다. 빌어먹을. 평소 수면제를 안 먹어서 내성이 없으니 약효가 제대로 든 거다.

침대보가 피로 더 흥건해지더니, 이내 진득거렸다. 온몸에 한기가 퍼져, 턱과 손발이 달달 떨린다. 전화가 계속 걸려 오고, 대문을 망치와 드릴로 부수는 소리도 들렸다. 하지만 기운이 빠진 나는, 움직일 수도 소리를 칠 수도 없었다. 눈앞이 흐릿해졌다. 세상의 모든 소리가 오래된 냉장고처럼 웅웅댔다. 마치, 거대한 항아리 안에 들어 있는 느낌이었다.

그래, 범죄도 아무나 하는 게 아니었어. 저 여자를 생각해봐. 날고 기는 전과 19범이지만, 또 8건이나 발목이 잡혀 아등바등하다 결국 해외로 튀려는 거잖아. 근데 나 같은 평범한 우체부가, 인생 최초의 범죄로, 살인미수 조작 사건 같은 초고난이도 범죄를 벌이다니. 피해자 코스프레하려다 진짜 피해자가 되게 생겼다.

이러다 진짜 내가 죽기라도 하면, 그녀는 살인자가 되어 평생 감옥에서 살지도 모른다. 만약 그렇게 되면, 이 재산은 누가 갖는 걸까. 아, 여기까지는 생각을 못했네. 어쩌면 좋아. 인생을 이렇게 마무리하고 싶진 않았다. 나는 아직 30대라고. 인생이 한참이나 남았는데. 내가 죽으면 우리 부모님은 어떻게 하나.

눈물이 쏟아졌다. 출혈 탓인지 피가 역류해서 눈에서도 핏물이 흘렀다. 뿌옇던 눈앞이 빨갛게 번져갔다. 떨리는 두 손을 꽉 잡고 깍지를 낀 채, 속으로 기도를 올렸다.

주여, 이 죄인을 살려주소서. 다시는 남의 돈을 탐하지 않겠습니다. 다른 사람이 피눈물 흘릴 짓도 절대 저지르지 않겠습니다. 저의 죄를 용서하여주소서.

오, 주여. 그러니 제발, 제 목숨만은 살려주시옵소서.

저 정말 살고 싶어요. 죽기 싫어요. 제발… 저 좀 살려… 주세요… 제발요….

고백합니다. 저는 남의 불행을 먹고, 지금껏 잘 살아왔습니다. 방송국 PD라는 직업 덕분입니다. 타인의 미소보다 눈물에 더 주목했습니다. 다른 이의 고통을 '아이템'이라는 무색무취의 단어로 규정하며, 낱낱이 기록하는 일로 월급을 받았습니다.

어느 날 주위를 둘러보니, 저 말고도 그런 사람들이 꽤 많더라고요. 판사, 검사, 변호사, 의사, 경찰 등 남의 불행으로 경제활동을 하는 사람들입니다. 남의 불행을 먹고 산다고 가볍게 표현했습니다만, 정확히는 남의 불행을 위해 싸우는 분들이지요. 살인자를 처벌하고, 암을 치료해주는 훌륭한 분들입니다. 그 직업적 행위 자체로 고귀하기에, 사명을 다하는 그분들께 우리는 존경을 표하기도 합니다.

그런데 말입니다. 남의 불행을 먹고 살다 보면, 검은 유혹에 시달리기 마련입니다. 환자의 공포를 조장해, 돈을 갈취하는 자들이 있습니다. 피해자의 고통을 악용해, 명예욕을 채우는 데 급급한 자들도 있죠. 금기된 욕망을 채우려다, 범죄자로 전락하는 자들도 종종 목격합니다. 그들을 볼 때마다, 매번 스스로 이런 질문을 던져왔습니다.

'만일 나라면, 저 상황에서 어떤 선택을 했을까?'

그 하나의 질문으로 시작된 상상 속 이야기들은, 항상 꼬리에 꼬리를 물고 새로운 결말을 향해 달려갔습니다. 저는 그걸 꾸준히 기록으로 남겨 왔고요. 무려 20년 가까이 말이죠.

이 소설집은 그 상상의 기록으로 탄생시킨 첫 번째 산물입니다. 라곰 최지연 대표님 덕분입니다. 대표님께서 먼저 이 작업을 제안하지 않으셨다면, 어쭙잖은 스토리는 책으로 엮이지 못했을 겁니다. 어설픈 원고를 정리해주시고, 멋진 디자인에, 훌륭한 마케팅까지 애써주신 라곰과 타인의취향 관계자분들께도 깊이 감사드립니다.

그리고 철없는 제가 넘치는 호기심을 주체하지 못해, 늘 주변 사람들이 고생하고 있습니다. 나의 사랑하는 아내 만송이와 모든 가족들에게 진심으로 감사하다는 말을 드립니다.

여전히 남의 불행을 먹고 살지만, 지금 원고를 마무리하는 저는 무척 행복합니다. 소설 같은 현생을 사는 것만 같네요. 이 글을 읽고 계신 독자분들께서, 바로 제 인생의 은인입니다. 그러니 이왕 이렇게 된 김에, 끝까지 도와주세요. 앞으로도 저는 '이야기꾼'으로 신나게 달려보겠습니다!

2026년 3월, 이동원

남의 불행을 먹고 사는 사람들

초판 1쇄 발행 2026년 3월 25일
초판 4쇄 발행 2026년 4월 28일

지은이 이동원
펴낸이 최지연
편집 김민채
마케팅 강민지, 김경민, 정인혜, 하승예
경영지원 강미연
디자인 표지 [★]규, 본문 수오

펴낸곳 라곰
출판신고 2018년 7월 11일 제 2018-000068호
주소 서울시 마포구 마포대로 49 1106호
전화 02-6949-6014 **팩스** 02-6919-9058
이메일 book@lagombook.co.kr

ⓒ이동원, 2026

ISBN 979-11-93939-49-9 03810